Novelettes

Axel Bakunts

ՎԻՊԱԿՆԵՐ

ԱԿՍԵԼ ԲԱԿՈՒՆՑ

Novelettes

Copyright © 2016, Indo-European Publishing

Contact:
IndoEuropeanPublishing@gmail.com

ISNB: 978-1-60444-835-1

ՎԻՊԱԿՆԵՐ

© Հնդեվրոպական Հրատարակչություն, 2016

Հրատարակված է Ամերիկայի Միացյալ Նահանգներում:

Կապ՝

IndoEuropeanPublishing@gmail.com

ISNB: 978-1-60444-835-1

ՀՈՎՆԱԹԱՆ ՄԱՐՉ

1

Հուլիսի շոգ օրերից մինն էր: Արևն այնպես էր այրում, ասես մտադիր էր կրակ թափելու արտերի ու այգիների վրա, ծծելու գետերի ջրերը, որպեսզի գոմեշները չկարողանան թաղվել ջրի մեջ և իրենց հաստ կաշին ազատել արևի խանձող շողերից: Ո՞վ գիտե, արևն ուրիշ էլ ի՞նչ մտադրություն ուներ, սակայն կարևորն այն է, որ հուլիսի այդ շոգ օրին, արևի տակ, ժամանակը կորել էր, հալվել, անհնար էր որոշել ժամը, թեկուզ ժամացույցները զարկում էին դողէրոցքով տառապողի թույլ երակի պես:

Եվ երբ գանցքը փշոտ ճամփով գլորվող գոմշասայլի պես մոտեցավ կայարանին, հերթապահին թվաց, թե ցեխի մեջ թաթախված գոմեշների մի երամակ ահռելի փնչոցով կանգնեց կայարանի առաջ, փնչոցո՛վ, որ նշանակում էր՝ օ՜ֆ, շոգ է:

Ինչքա՜ն դանդաղ ու չկամ, գնացքից դուրս եկան ուղևորները, որը քրտինքը սրբելով, որը բաճկոնի կոճակները մինչև գոտին արձակած, մի խուրջին ուսին, թաշկինակով կրծքին հով անելով: Կայարանի ստվերում թիկն տված երկու մուշտ հենց այդտեղից էլ ձայն տվին իջնող ուղևորների, թե ո՞վ իր ունի տանելու, և երբ պատասխան չեղավ, նորից գլուխները թեքեցին, թառամած արևածաղկի պես:

Ոչնչով հիշատակելի չէր դառնա հուլիսյան այդ շոգ օրը, եթե գնացքը, որպես թանկագին բեռ, շատ զգուշությամբ այդ օրը չբերեր Հովնաթան Մարչին: Եվ այդ նրա ամերիկյան դեղին կոշիկը դիպավ գետնին, կոշիկը տերը ժպտաց: Հավանորեն այդ ժպիտն ունեցավ և Կոլումբոսը՝ նոր ցամաքի վրա առաջին անգամ ոտք դնելիս:

Եվ ոչ ոք չնկատեց, թե ինչպե՜ս նա դարձավ Արարատի կողմը և, հասկանու՞մ եք, ձեռքով սալամ ուղարկեց հեռու սարին: Սակայն նրա ողջույնը միայն ձեռքի շարժումով չվերջացավ: Եթե մոտիկ կանգնած մարդ լիներ, նա կլսեր, թե ինչպես Մարչն ասաց. «Օ՜, Արմենիա, երկիր դրախտավայր»… Ասաց ու քրտինքի մի կաթիլ գլորվեց այս երկրի արևից խանձված հողին:

Ծովի մի ալիք, նույնիսկ այն ժամանակ, երբ հանդարտ է ծովը, հանկարծ ափ է նետումհեռու երկրից ծովն ընկած պտուղի մի կճեպ, այդ ափին կճեպը մնում է այնքան, մինչև մի ուրիշ ալիք է ելնում, ափը լիզում և կճեպը բաշին առած հետ տանում ուրիշ եզը շպրտելու, իսկ ծովը մնում է հանդարտ, անտարբեր:

Արևն էլ հանդարտ մնաց իր հրե քայլքի մեջ, երբ գնացքն ուրիշ աշխարհից հուլիսյան մի շոգ օր ցամաք նետեց Հովնաթան Մարչին: Սակայն կառապանները նորեկի հանդեպ չունեցան նույն անտարբերությունը: Նրանցից մի քանիսն աղմուկով իրար անցան, և մինչդեռ Հովնաթան Մարչը լսում էր նրանց մայրենի բարբառը և զմայլվում, ամենից հանդուգնը նախ նրա իրերը դարսեց կառքում, ապա Հովնաթան Մարչին էլ նստեցրեց և մտրակեց ձիերին:

Ճանապարհին, փոշու ամպի մեջ, մեկը հիացմունքով էր նայում շրջապատին և ծաղկանկար թաշկինակով բերանը ծածկած, շնչում հայրենի երկրի բույրը, որ տվյալ դեպքում կառապանի քրտնած մեջքից էր ելնում, ճամփի ճահճուտից, աղբակույտից, իսկ մյուսն իր մտքում հաշվում էր՝ կրկնակի ուզի՞, թե՞ եռակի, Ամերիկայից եկած հարուստ պասաժիրից:

Թե ինչո՛վ վերջացավ կառապանի հաշիվը, դժվար է ստույգ-ինչ գրել: Հյուրանոցի դռանը Հովնաթան Մարչն իջավ և երբ պայուսակները գետնին դարսեց, կառապանի բռան մեջ նա այնպիսի մի թղթադրամ դրեց, որ նա ձիերին մտրակեց, բռան մեջ սեղմեց դրամը և հրապարակն արագ անցնելով կորավ կողքի փողոցներում, առանց հետ նայելու: Քիչ էր մնացել, որ մայթից մայթ անցնող մի բարեպաշտ ծերունի ընկնի կառքի տակ:

Հյուրանոցի սենյակում Հովնաթան Մարչը ճակատի քրտինքը սրբելուց հետո, գերադաս համարեց միաժամանակ մեկնվել բազմոցի վրա: Այդ դիրքում շատ մտքեր խռնվեցին նրա գլխում, շատ հույզեր, և այդ ամենն այն երկրի շուրջը, որի ջուրը գրաֆինի մեջ էր, սեղանի վրա, Հովնաթան Մարչին մի քայլ միայն հեռու, որի արևը խաղում էր նրա պայուսակների հետ:

Սկիզբն այնքան էլ պարզ չէ, բայց հայտնի է, որ տարիներ շարունակ ատենաբանություն անելուց, ընկերություններ և մարմիններ կազմելուց ու վերակազմելուց հետո, որոնց բոլորի առանցքը եղել է հեռուներում ընկած դրախտավայր մի աշխարհ, նրա կարոտը երգելուց, նրա մասին ճառելուց ու նրա անունով հանգանակություններ անելուց վերջ, մի օր Հովնաթան Մարչը գնում է մեծատուն Անդրեաս Բալիքյանի մոտ:

Այդ լինում է օրվա այն պահը, երբ Բալիքյանի հազար ու մի կերակուրներով լեցված ստամոքսը գերիշխող է լինում նրա դատողության վրա և, սիգարի կապույտ ծուխի օղակներին ի տես, ամենից շատ փափկած է լինում նրա սիրտը, — դուռը բացվում է, դռան շեմքին երևում է Հովնաթան Մարչը: Անդրեաս Բալիքյանը բավարար է համարում մի քանի կոճակներ կոճկել, դեպի վեր տնկած ոտքերին հորիզոնական դիրք տալ և ադամանդյա մատանիներով զարդարած փափուկ ձեռքը մեկնել Հովնաթան Մարչին:

Դուք կարծում եք՝ թե նա միայն սեղմում է Բալիքյանի մեկնած ձեռքը և նստում աթոռի՞ն: Ո՛չ, այդ օրն արտասովոր մի մի դեպք է կատարվում, հենց ձեռքը սեղմած ժամանակ: Հովնաթան Մարչը Բալիքյանի առողջության մասին հարցնելուց հետո սկսում է խոսել հին հայրենիքից, բարեգործությունից և վերջացնում է հետևյալ խոսքերով.

— Ո՛վ մեծատուն, եթե կուզես անունդ հավերժացնել, որ դարեդար հիշվիս, աճապարե՛, քանի դեռ ողջ ես:

Այդ բառերը զարմանալի հեշտությամբ ազդում են Անդրեաս Բալիքյանի սրտին, և այն վայրկյանին, երբ նա ուզում է բերանը բաց անել երկու խոսք ասելու, Մարչն ավելացնում է.

— Մեր հին հայրենիքին մեջ ավան մը շինե ու թող ապրին փղշտացիք ու եթովպացիք…

Բալիքյանի ժպիտը բարեհաջող հանգամանք համարելով, Հովնաթան Մարչն աթոռն ավելի է մոտեցրել նրան, սկսել է պատմել այդ տիպի բարեգործության առավել կողմերի մասին: Ծոցից հանելով քառածալ թղթի մի կտոր, Մարչն սկսել է կարդալ, թե այդ նոր ավանը կամ քաղաքը, այդ ապագա Նոր Եթովպիան քանի՛ տուն պիտի ունենա, ամեն մի տուն պետքարան մը վեց մետր խորությամբ, եկեղեցի մը, ուր պիտի հավաքվեն բնակիչները կիրակի օրերը իրենց ընտանիքներով, լսելու հոգևոր հորդորներ և այլն:

Հովնաթան Մարչը հայտնել է, որ Փղշտացոց Բարեսիրաց Մարմնի որոշումն է այդ, և որ իրեն է հանձնարարված դիմելու մեծանուն հայրենակցի հայրենաբաղձ սրտին:

Եվ սիգարի ծուխի մեջ, երբ Բալիքյանի աչքին երազի պես երևացել է մանկությունը, հոր տան կտուրին՝ աղավնատուն, ցորենի կարմիր արտերը և նման բարեմասնություններ, որոնք երանության ժպիտ են հարուցել նրա չաղ և մաքուր սափրած երեսին, ժպիտն արտացոլել փափուկ մատներին հագցրած մատանիների ադամանդների մեջ, Հովնաթան Մարչը աթոռը համարյա Բալիքյանի բազմոցին միացնելով, շարունակել է այնպիսի մանրամասնություններ ասել, ինչպես օրինակ՝ վարժապետին ընտրությունը:

Այս և այս կարգի խոսակցությունից հետո ի՞նչ է իջնում Բալիքյանի սրտին, ամենևին հայտնի չէ, որովհետև այդ սիրտը կակղում է, որպես արևի տակ ընկած մեղրամոմ, նա իր համաձայնությունն է տալիս և առաջարկում Հովնաթան Մարչին ճանապարհվել հին հայրենիքը, այնտեղ որոշել Նոր Եթովպիա տեղը, այդ երկրում եղած փղշտացիներին ու եթովպիացիներին հավաքելու, նոր քաղաքում տեղավորելու:

Այստեղ հարկավոր է հիշատակել մի չնչին դեպք: Նոր Եթովպիո մասին խոսելիս՝ Հովնաթան Մարչը հայտնում է, որ Փ.Բ.Մ. (Փղշտացոց Բարեսիրաց Մարմին) նիստում առաջարկ անողը եղել է այրիացյալ տիկին Մարինե Քրաջյանը: Այս հանգամանքը կարևոր է հիշատակել, քանի որ մինչ այդ Բալիքյանը բազմոցի վրա պառկած էր լսում Մարչին, իսկ այս խոսքերից հետո վեր է կենում, սենյակի գորգապատ հատակի վրա քայլում և մի քիչ խորհում: Հենց այդ րոպեին ներս է մտնում Անդրեաս Բալիքյանի կինը, և Մարչը նկատում է, թե ինչպես գորգավաճառ բարերերի թավ հոնքերը կախվում են: Մի պահ լռություն է տիրում, և կինը ստիպված է լինում հեռանալ, որից հետո Անդրեաս Բալիքյանը նորից է պառկում և հրահանգներ տալիս Հովնաթան Մարչին, թե ինչպե՛ս պիտի մեկնել, ու՛մ պիտի տեսնել այնտեղ, ինչպիսի՛ վայր պիտի ընտրել:

— Տեղը հովոտ չպիտի ըլլա... Խոտը շատ ըլլալու է, որ հայրենակիցները կրնան մաքիներ ալ պահել: Կը կարծեմ, թե աղվոր գորգեր կը գործվի հոն, եթե բուրդը աղեկ ըլլա...

Բավական երկար ժամանակ զրուցելուց հետո Հովնաթան Մարչը սեղմում է նրա ձեռքը և սենյակից դուրս թռչում, վազում իր բնակարանը, ուր սպասում էին Մարինե Քրաջյանը, Բարունակ Ճիթեչյանը և մյուսները: Եվ այդ նույն գիշեր, ընկերական փառավոր հավաքույթին, Հովնաթան Մարչը դառնում է հերոս...

Ահա՛, ընթերցող, Անդրեաս Բալաքյանի այդ համաձայնությունից է սկսվում այն երկար ճանապարհորդությունը, որի վախճանը եղավ հուլիսյան մի շոգ օր:

Երբ նույն օրը Հովնաթան Մարչը պառկել էր բաղնիսի քարին, և քիսաչի Հովակի բոբիկ ոտքերը սահում էին նրա մեջքի վրայով, քիսաչու գլխում խորհրդածություններ էին ծնում այն մասին, թե ի՛նչ լավ պահած մարմին ունի մուշտարին, — Հովնաթան Մարչը քթի տակ մռմռում էր հայրենաբաղձ երգերից և գլխին բամբակի քուլաների պես թափվող սապոնի պղպջակների միջից նայում Հովակին, նրա շիլ աչքին, կախ ընկած, բարակ պոչով բեխերին:

— Փղշտացի՞ է, — մտածում էր Մարչը նրա մասին: Ինչքա՛ն կուրախանա, եթե հենց այդտեղ, հայտնի իր միտքը, Հովակին տեղավորել կառուցվելիք Նոր Եթովպիայում:

— Ուսկի՞ց ես բարեկամ, — հարցրեց Մարչը, երբ Հովակը նրա մազերի մեջն էր խրել իր մատները և լվանում էր փղշտական գլուխը:

— Հող ունի՞ս, տուն-տեղ...

— Հողն ի՞նչ պիտի անեմ... Էսպես յոլա ենք գնում: Ունեմ, հա, հող ունեմ: Քարոտ տեղ է մեր տեղը: Էստեղ լավ է, օրական հացի փող ենք աշխատում...

Այս վերջին միտքը Հովակը որոշ նկատառումով ասաց, նորեկ մուշտարու առատաձեռնության դռները բանալու հուսով: Եվ երբ դույլով լի սառը ջուր թափեց նրա գլխին, Հովակը չնկատեց, որ իր բառերն արդեն պաղություն էին թափել Մարչի տաք հայրենասիրության վրա:

Ինչպե՞ս: Մարդ հող չունենա՞, չկամենա կապվել հայրենիքի հետ, իր քրտինքը չթափի՞ պապերի կոխած տեղում, չքերի՞ այս չքնաղ երկրի կուրծքը և նրա օդում չհնչեցնի՞ գյուղական հորովել: Ուրեմն փղշտացի չէ քիասչի Հովակը, և լավ է, որ ինքը նրան չհայտնեց Նոր Եթովպիա մասին:

Երբ հյուրանոցի մահճակալի վրա պառկած, Հովնաթան Մարչը լիաթոք շնչում էր բաց պատուհանից ներս մտնող իրիկվա հովը և հովի հետ էլ փողոցից եկող ձայները լսում, — նա ապրում էր հոգու խաղաղ մի վիճակ, որպիսին մարդ ունենում է, երբ մեջքի վրա պառկած, կտրան վրա, երկնքի աստղերն է դիտում:

Ինչքա՜ն հեռու էր այն երկիրը, որտեղից նա ճանապարհվեց: Մարչը մտքով մի անգամ էլ եկած ճանապարհը կտրեց և այդ անելուց հետո ինքն իր աչքում բարձրացավ, դարձավ հերոս: Վերադարձին ինչե՜ր պիտի պատմի և ինչ ճառեր ասի, ճառե՜ր, որ արցունքներ հոսեցնելուց բացի, դոլլարներ պիտի հավաքեն և ճամփու դնեն այս երկիրը՝ շենացնելու, ցեղին համար օրրան մը կերտելու…

Մի անգամ էլ վերհիշեց Բալիքյանին, սիգարի կապույտ ծուխի մեջ, իր ճառը, ճանապարհվելու վերջին օրերը, ընկերական հավաքույթը, որի հերոսն էր, անհայտ մի երկիր ուսումնասիրելու գնացող խիզախ հետախույզ: Ապա երգեր, պար, տիկիններ, որոնցից ամեն մեկն այդ գիշեր աշխատում էր ավելի շատ խոսել Մարչի հետ, ժպիտներ տալ, ասես ժպիտները ճամփի պաշարի գաթաներ էին:

Ամենից շատ սիրալիր էր տիկին Մարինեն:

Այստեղ արդեն, ընթերցո՜ղ, Մարչը վերհիշեց այնպիսի դեպքեր, որ կապ չունենալով նրա առաքելության հետ, կազմում են հոգու այն թանկագին անկյունը, որի ամեն մի իրի ինչ լինելը միայն տիրոջն է հայտնի: Այդ վերհիշումի հետևանքն եղավ այն, որ Հովնաթան Մարչը մի կողքին դարձավ, ձեռքերը ծալեց այնպես, ասես ձեռքով գրկել էր մի գլուխ: Բայց ես խոստացա չպատմել այդ մասին, քանի որ այդ գլուխն ամենից թանկ իրն էր նրա հոգու անկյունում:

Երեկոյան նրա մոտ եկավ կարճլիկ մի մարդ, որին փողոցում տեսնելիս շատերը կարծում էին, թե քաղաքի ամենից զբաղված մարդն է, որի վրա է ծանրացած անթիվ հոգս՝ հիվանդներ բժշկել, երկաթուղիներ անցկացնել, ձիաբուծարան հիմնել և այլն, և այլն:

— Բժիշկ Երանոս:

— Շատ ուրախ եմ…

Եվ բժիշկը հիհիհ սկսեց պատմել մի ուրիշ տեղ շտապող մարդու պես արագ-արագ խոսելով, որ ինքը վաղուց է լսել նրա գալուստի մասին, անհանգստանում էր, թե չլինի՞ ճանապարհին մի բան է պատահել:

— Լա՞վ եկաք, չնեղացրի՞ն …

— Օ, ո՜չ, փառավոր: Ես հիացած եմ…

— Գիտե՞ք, այստեղ շատ բան կտեսնեք…

— Անշու՜շտ, հարկավ:

Մի քիչ հետո Մարչը բժիշկ Երանոսին պատմում էր Նոր Երևանի մասին, թե ի՜նչ սքանչելի քաղաք պիտի լինի, ովքեր պիտի ապրեն և թե մեծաքանակ գումար է հատկացված այդ գործի համար: Բժիշկ Երանոսը զմայլանքով էր լսում: Ահա մեծ սենսացիա: Իսկույն հարկավոր է դուրս թռնել, ասել սրան-նրան, լուրը տարածել: Եվ բժիշկը թռթվեց Մարչի ձեռքը, խոստացավ հաճախ տեսնվել, ուրիշներին էլ բերել:

— Շատ պատվական և ազնիվ մարդիկ կան, — ասաց բժիշկը և դուրս գնաց, — ո՛չ, գլորվեց որպես ֆուտբոլի գնդակ, որ հարվածից դիպչում է մերթ այս քարին, մերթ այն պատին, նորից հետ դառնում ու նորից դիպչում:

Իսկ Հովնաթան Մարչը գոհ առաջին ծանոթությունից մեկնվեց մահճակալի վրա, առաջին հանդիպումը խմբագրելով այսպես.

— Հոս ալ պատվական ազգայիններ կան…

Այդ գիշեր մի սոսկալի արշավանք սկսվեց Հովնաթան Մարչի դեմ: Ճամփից հոգնել էր, քիչ առաջ Հովակի բոբիկ ոտքերն էլ մաժել էին նրա երակները: Եվ քունը չուշացավ ոչ միայն նրա կոպերն իջեցնելու, այլև մարմնի մասերը այս ու այն կողմ ազատ ու հանգիստ փռելու:

Հուլիսյան յադ կեսգիշերին, երբ թվում էր, թե բացել են անթիվ անհամար կրի և գաջի գործարանների դռներ ու թեժ վառարաններից տաք օդ են մղում քաղաքի փողոցները, երբ միլիցիոները մինչև ծնկերը վեր քաշած ոտներն առվի ջրի մեջ էր կոխել և ննջում էր, հրացանի կոթից բռնած, երբ շոգից անքուն, ինչ-որ մարդիկ լուսնոտների պես թափառում էին փողոցներում և մի զով տեղ փնտրում նստելու և նստած ննջելու, երբ բաց պատուհանի առաջ քնած ամուսնական զույգը թարմ օդ շնչելու համար գլուխն էր կախել մայթի վրա, խռռացնում էր և շնչում, — տոթ այդ գիշերին Հովնաթան Մարչը կոշիկի երկաթ կրունկով, հին հայրենիքում, հյուրանոցի պաստառների վրա ջարդում էր մլակներին, որոնց անթիվ շարքերը, քաղցած ոհմակի պես, մութից օգտվելով գրոհ էին տվել մահճակալի վրա մուշ-մուշ քնած մաքուր մարմնի բարակ մաշկը ծակելու և ծծելու Հովնաթան Մարչի փղշտական արյունը:

Ամեն անգամ, երբ երկաթ կրունկի տակ ճլփոցով դիտապաստ էր լինում մլակը, զարշահոտ տարածում, Հովնաթան Մարչը ժպտում էր, բարիք կատարող մարդու պես:

— Ահա, կերար, — ու մի հարված էլ:

— Այսպես էլ հոթե՛լ: — Ու մի զարկ էլ, և զարշահոտ, արյունոտ պաստառ:

Մերթընդմերթ ոտքերն էր բարձրացնում, ձեռքով խփում մարմնի զանազան մասերին, որովհետև այն ժամանակ, երբ Մարչն աչքերը ման էր ածում պաստառի վրա կամ վերմակն էր աջ ու ձախ դարձնում և հարվածում, մի ուրիշը ոտքն ի վեր բարձրանում էր և ուզած տեղը ծակում, ծծում, մինչև նրա ձեռքը հասներ:

Այդ աշխատանքը սկզբում դուրեկան թվաց: Ահա որսորդը, որ եղեգնուտում կրակում է անընդհատ, և ամեն մի կրակոցից վայրի մի խոզ թավալգլոր է լինում: Հետո քունը հաղթեց, գլուխը ծանրացավ... Իսկ մլակները հա գալիս էին: Եվ այդ պահին նրա բեզարած գլխում ծնվեցին մտքեր, որ դառնահամ էին, մասամբ հուսահատ, մասամբ զղջումի շեշտով:

— Ինչու՞ եկար այս երկիրը... Կար փափուկ անկողին, մաքուր սենյակ և ուրիշ պարազաներ: Կար և գլխի մեջ մի կակուղ զանգված, սրտի մեջ կարոտ դեպի հեռու երկիրը: Եվ այդ ամենը որպես կապույտ մշուշ, անհաս, ինչպես ամպն Արարատի գլխին, որպես առասպել, Նոյյան տապանի պատմություն: Իսկ այժմ... Կեղտոտ պաստառներ, մլակներ, տոթ, անքուն գիշեր...

Հովնաթան Մարչի անչքն ընկավ պատից կախած հյուրանոցի կանոններին: Մայրենի լեզվով էր գրած, Մեսրոպ Մաշտոցի հնարած տառերով: Այդ կանոններին ի տես նրա սիրտը թունդ առավ, և երբ ձեռքը մոտեցրեց, տախտակը բարձրացրեց, մլակների մի հոծ բազմություն, խրտնած ոչխարի հոտի պես, շաղ եկավ:

— Ինչու՞ եկար այս երկիրը...

Նրա սրտին հովություն չտվավ և գրաֆինի պաղ ջուրը, հայրենիքի ջուրը, որի մասին հավաքույթի այն գիշերը ոսկեգույն խոպոպներով տիկինը այնքան չքնաղ ժպիտով, բարակ շրթունքներն իրարից բաժանելով, ասել էր.

— Պարո՛ն Մարչ, ինձի կը հիշեք, երբ առաջին անգամ հայրենիքի ջուրը խմեք...

Եթե մինչև արևի բարձրանալը լուսաբացի զովությունը չլիներ, Հովնաթան Մարչի դեմքին մյուս օրը նայողը պիտի կարծեր, թե նա ուրիշ ծանր հոգսերի հետ ունի և ստամոքսի խանգարում, կերածը չի մարսում:

2

Տղա՛, ինչու՞ կարգապահ եղար և Հովնաթան Մարչին իսկույն ներս չթողիր, երբ նա դանդաղ քայլերով և ամենայն վեհությամբ մոտեցավ այն դռան, որի վրա գրված էր Պետի առանձնասենյակ, և որի կողքին կանգնել էիր, ձեռքդ դռան պղնձե կոթից բռնած: Եվ թութակի նման կրկնեցիր.

— Առանց զեկուցման չի կարելի, ընկե՛ր:

Հովնաթան Մարչը ցնցվեց, մի քիչ հետ քաշվեց և երբ այցետոմսը մեկնեց, դու գիրկապ անելով կարդացիր.

— Փղշտացոց Բարեսիրաց Մարմնի լիազոր, — նորից ուսերդ թոթվեցիր, կրկնելով նույն անիմաստ բառերը հերթի մասին:

Նախասենյակում խռնվել էին գյուղացիք: Ոմանք չոքել էին գետնին, զրուցում էին իրար հետ, ոմանք էլ մուտքից քիչ հեռու կանգնած հերթի էին սպասում: Հայ, թուրք, եզդի ու բոլոր բարբառները, բոլոր գավառների բույրը, տեսակ-տեսակ շորեր և շորերից տարբեր հոտ՝ գոմի, հողի, աղբի, քրտինքի: Հարկավո՞ր էր, որ Հովնաթան Մարչը նախասենյակում շնչի այդ ծանր հոտը և հաճախ մետաքսե թաշկինակով սրբի ճակատի քրտինքը, որի ամեն մի կաթիլը գլորվում էր փղշտական մի քաղաք հիմնելու ցամաք ու աղքատ Արմենիայում:

Երբ Հովնաթան Մարչը պատուհանի առաջ կանգնած փողոցի անցուդարձին էր նայում և պատին սեղմվում, հենց որ նախասենյակում սպասողներից մեկնումեկը անցնում էր կողքով ու քիչ էր մնում ոտքը կոխեր, — նրա դեմքին երևում էր այնպիսի մի արտահայտություն , որի մասին դեռ դարեր առաջ այսպես էր գրած Հովհաննու ավետարանում.

— Յուրսն եկն և յուրքն զնա ոչ ընկալան...

— Խնդրե՛մ, ընկեր, — ասաց տղան և դուռը լայն բաց արեց:

Հովնաթան Մարչը կայծակի արագությամբ մտքերը ժողովեց, դասավորեց որպես խաղաթուղթ և դռնից ներս մտնելիս պատրաստվեց կրկնելու այն, ինչ եղավ Անդրեաս Բալիքյանի սենյակում, երբ պետը հեռախոսի խողովակն ականջին մոտեցնելով, աջ ձեռքով Հովնաթան Մարչին առաջարկեց նստել ազատ աթոռին:

Մոտ հինգ րոպե, մի ուրիշը, որ չէր սպասել նախասենյակում, հեռախոսով այնպիսի մի նյութի մասին խոսեց, որ պետական խոշոր գաղտնիք թվաց Հովնաթան Մարչին: Որովհետև երեխան էլ կհասկանա, թե ի՛նչ է նշանակում.

— Ասում ես սահմանի մո՞տ են..

— Այո՛, միջոցներ ունենք: Կարող ենք մի խումբ ուղարկել...

— Եղեգնուտները կխանգարեն: Թող վառեն: Բոլոր միջոցները կտանք:

— Այո՛, այո՛:

— Ութ հազարի չափ: Իհարկե, վտանգը մեծ է: Գյուղերից սայլեր կհավքենք: Եթե կարիք լինի, կարող ենք բնակիչներին դուրս հանել…

— Լա՛վ, լավ: Հենց այս գիշեր մերոնք դուրս կգան…

Դուք կարծում եք, թե այս ամբողջ խոսակցության ժամանակ Հովնաթան Մարչը եգիպտական մումիայի քարացած դե՞մք ուներ և չէ՞ր հուզվում, աթոռի վրա տեղը չէ՞ր շտկում, թուքը սովորականի պե՞ս էր կուլ տալիս:

Քա՛վ և մի՛ լիցի: Այն ժամանակ, երբ հեռախոսի խողովակը լսեց սահմանի մոտ են բառերը, Հովնաթան Մարչը մեջքը ձգեց ճիշտ այնպես, ինչպես զինվորներն են անում, երբ զենք ու զրահի մեջ կորած, մարզադաշտում անցնում են հրամանատարի կողքով: Ինչպես ասում են, Հովնաթան Մարչի լեղին ճաքեց, երբ ամենայն անտարբերությամբ պետը մի ուրիշ աներևույթ մարդու հայտարարեց, որ մերոնք գիշերս դուրս կգան…

Զորաժողո՞վ, սայլերի բռնագրավու՞մ, ի զե՛ն, ի սու՛ր, հայրենիքը վտանգվա՞ծ է… Եվ այդ՝ հուլիսյան շոգ օրի՛ն, երբ օդում ամեն ինչի հոտ կար, բացի վառոդի: Այո՛, այո՛, անպարտելի են Արմենիո տերերը, եթե նրանք պատերազմի հրամանն արձակում են այդքան անտարբեր, նույնիսկ քնատ աչքերով:

Այս ամենը կատարվեց հինգ րոպեում: Վեցերորդ րոպեին պետը աչքերը դարձրեց Հովնաթան Մարչի հարթուկած զգեստին, մաքուր ածիլած երեսին և այդ երեսի քնքուշ, բարակ մորթուն:

— Ինչու՞մն է բանը, — հարցրեց նա, և այդ պետը աչքերն էր տրորում, Հովնաթան Մարչը մի քիչ մոտեցավ նրա սեղանին ու շարեց բավական սահուն մտքեր:

— Հեռուներեն եկած եմ: Կփափագիմ քաղաք մը հիմնել, աշխարհիս մեջ ցանուցիր եղած փղշտացիներով բնակեցնելու: Հոս տեղ ալ կը փնտրեմ փղշտացիներ, եթովպացիներ: Անոնք հայրենակիցներ են…

— Լա՛վ, բարի…

— Հարկավ, առանց Ձերին բարյացակամության այս գործը գլուխ չի գար: Հուսով եմ, որ Դուք ալ տոգորված սիրով դեպի այս երկիրը, մեզի հողամաս մը կը տրամադրեքՆոր Եթովպիո…

— Լա՛վ, լավ... – Եվ այդ լավերը զուգորդում էին կակուղ հորանջոցներին:

— Այո՛, այսպես: Մեր ուզած տեղը երկրի սրտին մեջն ըլլալու է: Նախընտրելի է ազգային վայր մը, պատմական և այլն: Մեր հայրենակիցները գորգագործությամբ պիտի պարապին: Գիտեք, որ աշխարհիս մեջ մերայինք մեկ հատիկ են, մրցակից չունին: Հռչակավոր հնդահաններ են, աֆիոն, ծխախոտ և նման անվանի գործեր ունին ամենքն ալ, դրամ շահելու կողմանե: Ինքը Բալիքյանն ալ այդպես պզտիկ գործ մը նախընտրեց, ետքը դարձավ մեծանուն ազգասեր: Հիմա անոր կողմեն է, որ կը բանակցիմ, նաև Փղշտացոց Բա...

— Լա՛վ: Քանի դեսյատին հող է պետք, ջրովի՞, թե՝ անջրդի:

— Մեզի առաջին հեղ սանկ հինգ հարյուր հեկտար կը բավե: Վերջը, երբ մեծնանք, ամեն կողմերե հոս հավաքվին փղշտացիք, եթովպացիք, հոս ծաղկյալ դրախտ մը պիտի շինվի: Ամենքն ալ այդ փափագով կը տառապին, հայրենիքի հողին վրա մեռ...

— Դուք հիմա՞ եք հող ուզում, — ասաց պետը պահարանից քարտեզը հանելով: Տղան դուռը կիսաբաց էր անում, աչքի տակով նայում: Այդ ընդունված պայմանական նշանն էր այն մասին, թե նախասենյակը հուզվում է:

— Ահա ձեզ ազատ հող: Արաքս կայարանի մոտ: Ղամշլուի շրջան և Արազդայան: Այս երեք տեղից բացի ազատ հող չունենք:

Հովնաթան Մարչը նայեց քարտեզին: Սա է Արմենիան, տեղ-տեղ կանաչ օազիսներ, այգեշատ ավաններ, ապա ցամաք տափարակ, դեմի ապառաժներ և լեռներ՝ անտառներով և առանց անտառի:

Արաքս... Դաշնամուրի մի ակորդ կարող է ձեզ հիշեցնել անցյալի մի պատմություն: Դուք կարող եք փափկանալ, ինչպես կրակին մոտեցրած մոմ, գուցե և հալվել, այսինքն արտասվել, և այդ ամենը դաշնամուրի մի ակորդ լսելուց հետո: Արաքս... Հովնաթան Մարչ, քայլամոլոր գնում եմ և ապա հին հին դարեր, ինձի կհիշեք, պարոն Հովնաթան, զանգուր խոպոպներով բարեգործական մի տիկին, որի համար այս հեռավոր երկիրը, Փոքր Ասիայի խորքում ընկած Արմենիան, դուրեկան միրաժ է, մանուկ օրերի երազ:

Պետը քարտեզը կոլոլեց, և երբ Մարչի աչքերից ծածկվեց քաթանի վրա գծած վերջին հորիզոնական գիծը, հայրենասիրական սեանսը վերջացավ: Մնաց մինչև փողոց հասնելը մի քիչ էլ ապրելու նկարի գեղեցկությամբ, որովհետև փողոցի ժխորը պիտի հօդս ցնդեցներ այդ միրաժը:

— Գեղեցիկ: Ես կերթամ, կպտտիմ այդ կողմերը, — ասաց Մարչը, ընդունելով պետի մեկնած ձեռքը, — վտանգավոր չե՞ն, Ձեզմե մանդատ առնելու հարկ չկա՞,- հարցրեց նա: Հասկանալի է, որ նա վերհիշեց մերոնք այս գիշեր դուրս կգան...

— Ոչ մի թուղթ: Նշանակեցե՛ք անունները, տեղում ծանոթացեք, մենք համաձայն ենք: Կհատկացնենք հինգ հարյուր հեկտար:

Եվ երբ Հովնաթան Մարչը մոտեցել էր այն շեմքին, որից նախասենյակ մտնել հնարավոր է և առանց զեկուցման, — հանկարծ ետ դարձավ:

— Ինձի մեծ պատիվ ըրած պիտի ըլլաք, եթե հուշատետրիս մեջ Ձեր անունը ստորագրեք: Հավետ անմոռաց հիշատակ մը մեր առաջին հանդիպումի:

Պետի ժպիտը հայերենով գրելու համար հարկավոր է գտնել այնպիսի մի բառ, որ նշանակի և՛ զարմանք, և՛ ծիծաղ, և՛ արհամահրանք: Բայց և այնպես ստորագրեց: Սանդուղքներից իջնելիս Հովնաթան Մարչը այդ հուշատետրի այդ սպիտակ թերթը տանում էր որպես մասունք:

... Հեռախոսի զանգը այնպես զիլ քրքջաց, երբ Մարչը փակեց դուռը:

Այդ օրը N 27 փոստարկղն ընդունեց զարմանալի մի նամակ:

«Սիրելի՛ հայրենակիցներ. կպտտին դժնդակ լուրեր: Սահմանի մոտ

ինչ-որ եռուզեռ կա: Այս գիշեր ութ հազարնոց բանակ մը պիտի անցնի Արաքսը: Չեմ կրնար երկար գրել, ձեռքս կդողա: Ո՞րն է այս երկրին ներքին իմաստը, հողին ույժը: Ով ալ տիրելու ըլլա չքնաղ Արմենիո, կռնակը Արարատին պիտի կրթնեցնէ: Տեղեկությունները ստույգ են, բայց գաղտնի կպահիվի: Ի՞նչ պետք կա ավելորդ թմբկահարության: Ա՛հ, կսիրեմ, կսիրեմ այս վերին գաղտնիքը: Գործս հաջող կերթա: Վաղը Նոր Եթովպիո տեղը տեսնելու պիտի երթամ: Ինծի կըսեն, թե այդ հողին վրա արքայական դամբարաններ կան: Օ՛, ցնծա, երկիր մայրենի: Փղշտացի դեռ չեմ տեսած, լուր ունիմ,որ Ալագյազի կողմերը քանի մը եթովպացի կա: Առայժմ այսչափ: Հոս տաք է, սակայն կառավարության դիրքը անսասան կերևա…»

Եթե ստորագրությունը ցույց տային Բուենոս Այրեսում ապրող խոպոպիկներով տիկնոջ, անպատճառ ուրախությունից ձեռքերն իրար պիտի զարկեր և կանչեր.

— Հովնաթա՛ն Մարչ…

Հենց այդ նույն օրը, երբ հովը մի քիչ կոտրեց ցերեկվա շոգը, ութ հոգի, նավթի բիդոններով, եղեգնյա երկար ցողերով, դեղորայքի արկղներով քաղաքից մեկնեցին սահմանամերձ մի վայր, որի եղեգնուտների մեջ մորեխ էր երևացել և սպառնում էր հարևան գյուղերի ութ հազար դեսյատին արտերին ու բամբակին…

3

Ավտոմոբիլը սլանում էր առավել արագությամբ: Շոֆերի աչքը սլաքին էր և ժապավենին, որ դառնում էր և ցույց տալիս՝ 75-80-75: Թվում էր, թե մեքենան անիվներ չունի, սլանում է ոչ թե խճուղով, այլ եթերում է ճախրում: Այո՛, այդպես թվում էր, և տեսնողը գուցե կարծեր, թե ավտոմոբիլն արագ քշելով կարելի է դարձնել տերոպլան կամ վերիիշեր Եղիա մարգարեի քառաձի կառքի առասպելը, եթե մեքենան փոշու ամպ չբարձրացներ և այդ ամպը չնստեր խճուղով անցուդարձ անող սայլերի, սելվորների և գոմեշների վրա:

Զորությունը մեքենայի մեջ չէր, այլ այն մարդու հոգում, որ կաշվի բարձի վրա նստած, աչքերը տափարակի անհունության մեջ սուզած, մտքով հեռուն էր թռչում, տասնյակ դարեր հետ և պատմության փոշեպատ խորքերից հանում դեմքեր, որոնց ստույգ լինելու մասին միայն ծերունի մատենագիրն է վկայել:

Մեքենայի թափը արագ բռնկվող բենզինից չէր, այլ Հովնաթան Մարչի հրդեհվող հայրենասիրությունից: Սլանում էր մեքենան, քամուց ֆոֆռում էր նրա լայն վերնազգեստը: Կարծես մարդ չէր նստած, այլ թևավոր ոգի, որ հուլիսյան շոգին հայտնվել էր անամպ երկնքի խորքից, փոշի բարձրացրել ու անհետանալու էր փոշու ամպի մեջ:

— Ինչ յաման կքշա՛ անիրավը... Տեսնես ո՞վ ա...

— Ամերիկացու կնմաներ:

Այսպես էին խոսում սելվորները, փոշու ամպի մեջ փորձելով որոշել, թե ու՞ր կորավ մեքենան:

Ուրիշ էլ ինչ կարող էին խոսել մարդիկ, որոնց ուղեղը արևի տակ կակղել էր, և որոնց լեզուն ցեխախառն թուքի մեջ դառնում էր այնքան ծուլորեն, որքան գոմեշը տիղմի մեջ: Հարկ չկա վիրավորելու Հովնաթան Մարչի պայծառ հիշատակը (ընթերցողը հետո կտեսնի, որ իիրավի, խոսքը միայն հիշատակի մասին կարող է լինել) և գրել, որ գյուղացիներից մեկը, որի գոմեշները խրտնեցին և սայլը թեքեցին այնպես, ինչպես նավն է թեքվում ճեղքվածք ստանալիս, որ գյուղացիներից մեկը ծա՛նր, շատ ծանր հիշոցք շպրտեց, ուղղված և՛ Մարչին, և՛ նրա... Օ՛, ոսկեզանգուր խոպոպիկներով տիկին, եթե Բուենոս Այրեսում դու լսեիր...

Հովնաթան Մարչը գնում էր Նոր Եթովպիո տեղը որոշելու, տեսնելու այն տափարակը, քարոտ և անջուր երկիրը, որի մասին բանաստեղծները երգել են որպես չքնաղ դրախտավայր, և ուր Փղշտացոց Բարեսիրաց Մարմնի մոգական ուժով պիտի հարություն առնի մեծ մեռած քաղաք, մի Նոր Եթովպիա, ո՛չ, ահագին մի աշխարհ:

Արարատյան դաշտը ամենևին չքնաղ գեղեցկուհի չէր հուլիսյան այդ շոգ օրին, թեկուզ այդպես էր երևում Հովնաթան Մարչին՝ ակնոցների հաստ ապակու ետևից: Այդ մի պառավ կին էր, ստինքները՝ չորացած տրեխներ, որի ճաքճքած պռոշները միայն ջուր էին ուզում, խոստանալով այդ դեպքում միայն երևան հանել իր խորքում թաղված ուժը:

Հովնաթան Մարչը ուշք չէր դարձնում մեքենայի ցնցումներին: Նա չէր ջոկում բամբակի դաշտերը ցորենի դեղնած արտերից, մեքենան գյուղերի միջով սլանալիս՝ նրան այնպես էր թվում, թե հասարակ հողաբլուրներ են և ոչ բնակավայր, հնուց մնացած թմբեր, որոնց տակ, հասկանու՞մ եք, թաղված է այս երկրի արքայական անցյալը, երբ իշխանները Արարատյան շամբուտներում որսի էին դուրս գալիս, վարազներին նիզակահար անում և Արաքսի կղզիների վրա սարքում խրախճանք:

Քշի՛ր, շոֆեր, քշի՛ր... Ինչքան էլ արագ սլանաս, պասաժիրիդ մտքի թափին չպիտի հասնես, թեկուզ գյուղերն էլ տրորես անիվների տակ: Քշի՛ր, և թող իրականը Հովնաթան Մարչի աչքին մի պահ չերևա, թող Արմենիան դառնա ամպերից կախ ընկած դրախտ, որի բնիկները զտարյուն են, Թորգոմյան ցեղի անաղարտ հոգով, կատարյալ և իսկատիպ փղշտացի, եթովպացի և ոչ մոլլա-բայազետցի միջակ կամ աղքատ:

Հեղափոխությու՞ն, սոցիալի՞զմ... Քշի՛ր, շոֆեր: Հովնաթան Մարչը այդ համարում է անցողիկ երևույթ, նու՛, որպես պատմության մի գրիպ, մարմնի ժամանակավոր խանգարում, որից հետո մոխիրների տակից պիտի հարություն առնեն բոլոր մեռած քաղաքները, քանի երկրագնդի անկյուններում Հովնաթան Մարչի պես մարդիկ Արմենիա ասելիս աչքերից արցունքներ են գլորում և գրկում այդ գաղափարը, որպես թունդ հարբեցողը վերջին շիշ օղին:

Մեքենան կանգնեց: Շոֆերը քրտինքը սրբելով հետ նայեց ու մի պահ զարմացավ: Հովնաթան Մարչը քնել էր փափուկ բարձերի վրա և բնազդաբար շարունակում էր օրորալ, որպես օվկիանոսի շոգենավ՝ մարմանդ կոհակների վրա: Միայն մարմինը չէր օրորվում, մտքերը ճոճանակի պես տարուբեր էին լինում, թեկուզ միտքն էլ աշխատում էր որպես խանգարված ժամացույց:

Շչակը ոռնաց: Հովնաթան Մարչը ցնցվեց, աչքերը տրորեց: Ա՜խ, եթե շամբուտներ լինեին, և իշխանական վարազը մռնչար շչակի պես: Շուրջն ամայի տափարակ էր, տեղ-տեղ քարակույտեր:

Ահա ինքը՝ փղշտացոց լիազորը ոտք է կոխում ապագա քաղաքի սահմանը և քայլում է որպես հաղթանակից վերադարձող զորավար: Ու՞ր են կամարները, ինչու՞ շեփորները չեն ավետում քնած քաղաքին այն մասին, թե...

Շոֆերը մեքենայի գլուխը հետ դարձրեց, և որովհետև Հովնաթան Մարչի պատվերը կար մի հով տեղ սպասելու, քշեց դեպի դեմը երևացող ծառաստանը: Հովնաթան Մարչը նայեց հեռացող մեքենային, ապա երեսը դարձրեց տափարակի կողմը:

Անշուշտ, երբ Պետրոս Մեծը ճահճուտների մեջ կանգնած, աչքը ծովախորշին, իր խոսքն էր ասում, անշուշտ, ռուսական արքայի դեմքին էլ նույն արտահայտությունը կար, ինչ որ Հովնաթան Մարչի դեմքին, որի քթքուշ մորթը արևից մի քիչ խանձվել էր: Ճիշտ է, տարբերություն կար, ինչպես օրինակ այն, որ ռուսական արքան երկարավիզ կոշիկներով էր, իսկ Մարչը դեղին բոտերով կամ այն, որ Մարչը երկրորդ անգամ էր պատմությունը կրկնում (իսկ այդ հայտնի ֆարս է), — բայց և այնպես նմանությունը ակներև էր:

Հովնաթան Մարչը շատ քայլեց ամայի տափարակում: Հին, հայրենիքի փոշին նստեց նրա դեղին կոշիկներին: Մարչը քայլում էր, նայում աջ ու ձախ, մտքում հաշիվներ անում, տների, ագարակների հաշիվներ, պարտեզներ տնկում, փողոցներ անցկացնում և ընդարձակ հրապարակ, կենտրոնում հսկա մի շենք, ամենաքիչը իններորդ դարու ոճով կառուցած, փղշտական հանդեսների ու եթովպական հավաքույթների համար: Նա տեսնում էր այդ քաղաքը և քայլում էր այնպես, ասես ասֆալտած են մայթերը:

Մի օձ, մաշկն սպիտակ բծերով մի օձ, քարի վրա տաքանում էր:

Ռտնաձայնից գլուխը վեր հանեց և, հավատու՞մ եք, գլուխն այնպես տնկեց, ասես օձային իր լեզվով հարց էր տալիս նորեկին՝ ո՞վ ես, ի՞նչ ես ուզում ամայի այս դաշտում: Մարչը չտեսավ օձին: Գուցե դրանից նեղացած օձը բարվոք համարեց շուլալվել քարի տակ և շարունակել օձային յուր մտքերը ակնոցավոր նորեկի մասին:

Բայց զայրացածը արևն էր: Ասես ուրիշ երկիրներից իր շողերը հետ էր կանչել, որպեսզի այդ ժամին խիտ շարքերով շիկացնի քարերը, մինչև կարիճներն էլ արևահար լինեն և քարերը ճաքեն: Սակայն Մարչը չէր զգում ոչ արև, ոչ լուսին: Եվ այդ ավելի էր զայրացնում արևին: Ո՞վ էր նա, գուցե վաղուց մեռած մի արքա, մի Արշակ թագավոր կամ Գագիկ զորավար, որ ամերիկյան տուրիստի տարազ հագած՝ հարություն էր առել և շոգ ցերեկին անմարդաբնակ դաշտում իր դղյակի հետքերն էր որոնում և ստուգում, թե ի՞նչպես է հիշում իրեն սերունդների սերունդը…

Մի հավաքույթ, բաժակաճառեր, կենաց խոսքեր, օտարազգի հյուրեր և հայրենական երգեր, որոնցից օտարազգի հյուրերի լռությունը սակավ էր շոյվում, սակայն ժպտում էին՝ վայելուչ մնալու համար: Հովնաթան Մարչը խոսում էր.-Օտար հորիզոն… Այնտեղ, հայրենի հողի վրա, ուր ջուրը մայրենի բարբառով կկարկաչե… Մարչը խոսում էր ոսկեբերան լեզվով, և Մարչի լեզվով խոսում էին բոլոր մատենագիրները, զորավարները, ժպտում էին ոսկեգանգուր խոպոպիկները: Մեկի կուրծքը հիհիև բարձրանում էր, երբ Մարչը հնչեցնում էր իր ձայնը, որպես բամբիռ՝ բամբ որոտան և իջնում, երբ նրա ձայնը դառնում էր առավոտյան զեփյուռ ու շոյում կտավատի կապույտ ծաղիկները:

Հովնաթան Մարչը ճակատը տրորեց, թեթև գլխապտույտ զգաց: Արևը միամտորեն կարծում էր, թե նրա գլխարկի տակ հաստակլեպ դդում է և ուզում էր խաշել այդ դդումը:

Հովնաթան Մարչը այդ գիշեր հերոս էր… Ա՛խ, եթե տեսնեին նրան այդ դիրքով, հայրենի հողը կոխելիս, ինքն իրեն զրուցելիս, որպես մի Լիր արքա, ո՛չ, որպես աշխարհակալ, որի վայրկենական մտքերը պատգամներ են գալիք սերնդի համար:

Հովնաթան Մարչը կռացավ, քարերի արանքում բուսած խոտերից մի փունջ պոկեց և մետաքս թաշկինակի մեջ լցրեց մի բուռ հող: Մետաքս թաշկինակ… Այրիացյալ տիկին Մարինե Քրաջյան…

… Երեկոյան Մարչն աչքերը բաց արեց, նայեց չորս կողմ ու նորից փակեց: Երա՞զ էր: Ո՞վ կառուցեց այս խրճիթը տափարակում: Քներակները զարկում էին և ամեն մի զարկի հետ ծակոցներ էր զգում գլխում: Մարչը ձեռքը ճակատին տարավ և զովություն զգաց ճակատին դրած թաց շորից: Երբ շորը փոխեցին, Մարչը նորից աչքերը բաց արեց, ճրագի լույսի տակ տեսավ շոֆերի դեմքը և մի ուրիշ դեմք: Մի կին ճրագը բարձր բռնել էր, ասես գլխին էր դրել: Նա փորձեց խոսել, բայց հազիվ կարողացավ ջուր ուզել ու աչքերը նորից փակեց:

Հովնաթան Մարչը արևահար էր եղել այն ժամանակ, երբ հուլիսյան արևի տակ, ցամաք տափարակում, որպես միրաժ, նա տեսնում էր նոր Երևանի սպիտակ տները: Շոֆերը սպասել էր մի ժամ, երկու, վերջը մոտեցել էր և նրան տեսել արևի տակ ուշաթափ ընկած:

Երբ մի անգամ էլ նա աչքերը բաց արեց, մի մարդ ամանի մեջ մածուն էր խառնում ջրին, կինը կանգնել էր կողքին, ինչ-որ երեխաներ կախվել էին կնոջ փեշերից և զարմանքով նայում էին խսիրի վրա պառկած մարդու շորերին, կոշիկներին, ակնոցների ապակիներին, որոնց մեջ արտացոլում էր ճրագի լույսը: Եվ մանուկներին այնպես էր թվում, թե մարդը կրակե աչքեր ունի:

— Ու՞ր եմ, — հարցրեց Մարչը, և մինչ շոֆերը պատասխան կտար, նրա սնարի վերև տնկվեց երկարահասակ մեկը և ասաց.

— Անհոգ եղեք: Հաջի Խարաբ գյուղն է կամ հին հայոց Բագնարանը:

— Հին հայո՞ց... Հրամանքնիդ ո՞վ եք:

— Անթանոսյան Հմայակ, գյուղի վարժապետը: Ես էլ օտարական եմ, այս հեռու գյուղում եմ աշխատում:

Եվ Անթանոսյանը շատ կցկտուր պատմեց իր կյանքն ու գլխով անցածը, ամեն ինչ համեմելով այնպիսի բառերով, որոնց քաջ ծանոթ են հին գրաբար գիտցողները: Շոֆերին այնպես էր թվում, թե մարդը պոչ ունի և խոսելիս պոչը գետնովն է տալիս:

Տանտերը առաջարկեց հիվանդին կտուրի վրա տեղավորել:

— Վերև քամի կլինի, լավ կքնեք: Համ էլ կարիճից, մժեղից երկյուղ չի լինի:

Մարչին վերև տարան: Սանդուղքով բարձրանալիս նա թեթև գլխապտույտ զգաց ու հենվեց Անթանոսյանի թևին:

— Վաղը եղեգնուտը պիտի տեսնեմ: Ինչպե՞ս է անունը:

— Տեղացիք Ղամըշլու են ասում, — ասաց Անթանոսյանը: — Պատմական...

Ղամըշլուի պատմական անունը Հովնաթան Մարչը այնպես էլ չլսեց: Կտուրը բարձրանալիս զգաց, որ ոտքերը դողում են, հազիվ հասավ թախտին ու մեկնվեց:

Երկինքն աստղազարդ էր, իհարկե, որովհետև հուլիսյան գիշերը բոլոր հորիզոնների տակ էլ աստղազարդ է: Հովնաթան Մարչը աչքերն աստղերին ուղղելուց առաջ հարկ համարեց, անձի ապահովության համար, հարցնել կարիճների մասին և տեղեկանալով, որ այդպիսիք կտուրների վրա հազվագյուտ են, երեսը դարձրեց Անթանոսյանը կողմը:

Այդ այնպես հանկարծ եղավ, ասես մինչ այդ նա չէր զգացել նրա ներկայությունը: Մարչը նրան հարցրեց հողի, ջրի մասին, ոչ վերացական մի ինչ-որ հողի կամ ջրի, այլ որոշ՝ մեր, այս, հին, հայրենի և այլն: Այդ խոսակցությունը այնքան հաճելի թվաց Մարչին, որ նա գլուխը վեր հանեց, նստեց տեղում ու ցնծության աղաղակ արձակեց:

— Ահա փղշտացի մը...

Շոֆերը կարծեց, թե կարիճը խայթեց պասաժիրին: Խրճիթում քնած տանտերը կնոջը հարցրեց:

— Ինչու՞ ճվաց:

Երկինքն աստղազարդ էր: Սակայն այդ չէր կարևորը, այլ այն, որ Հաջի Խարաբ գյուղի ծայրին, կտուրի տակ Հովնաթան Մարչը զրուցում էր մի մարդու հետ, որ իր նախատիպն էր, սակայն մի քիչ ավելի պակաս աշխարհ տեսած, ավելի բարձրահասակ և գյուղի ուսուցիչ, այն ժամանակ, երբ ինքը... Նու՛, ինքը, իհարկե...

Խոսքը դարձավ Նոր Եթովպիո մասին: Հովնաթան Մարչը պատմում էր, ավելի ճիշտ զառանցում, որովհետև քներակների մեջ ծակոցները շարունակվում էին: Իսկ Անթանոսյանին թվում էր, թե այդ ձայնը մռռացված, բայց հարազատ հեռուներից է գալիս:

Նրանք անվերջ կզրուցեին, եթե մի դիպված չլիներ, անմեղ մի քայլ: Երբ Անթանոսյանը պատմում էր հին օրերից, երկուսին հասկանալի լեզվով: Հովնաթան Մարչին այնպես էր թվում, թե ինքը ինչ-որ կղզիների վրա է և ոչ հայրենի երկրում: Մի Տաիտի, Ֆորմոզա կամ անհայտ այլ կղզի, ուր ապրում են կարմրամորթներ և ջրերի վրա գերաններից տներ կառուցում ճիշտ այնպես, ինչպես տան կտուրը:

Անթանոսյանը պատմում էր: Կարո՞ղ էր անհայտ կղզու բնակիչը պատմել, թե ի՞նչ գեղաքանդակ է Ղամըշլուից ոչ հեռու ընկած ավերակ եկեղեցին, ուր եզիդի հովիվները ձմեռը ոչխար են պահում: Կարո՞ղ էր Տաիտիի բնակիչը պատմել...

Միայն փղշտացին կարող էր արտասվել հուլիսյան աստղազարդ երկնքի տակ, լսելով Հովնաթան Մարչի խոսքը այն մասին, թե ինչպես տափարակի մի քարի տակ, թաշկինակը հողով լցնելուց հետո, նա մի թուղթ է թաղել, որպես հիմնադրեք Նոր Եթովպիո, որպես նոր ուխտ:

Եվ այդպիսի զրույցները վերջ չէին ունենա, եթե չլիներ մի դիպված, որի պատճառը այն էր, որ Հովնաթան Մարչի քներեկները ցավում էին, ու կարծում էր, թե Հաջի Խարաբ գյուղը անհայտ կղզու վրա է, տները ցցաշեն են, պատերի տեղ՝ գերաններ են ջրի մեջ: Երբ Անթանոսյան Հմայակը հայրենի երկնքում մի համաստեղություն էր փնտրում և Հարդագողի ճանապարհից մտքով գիծ անցկացնում մինչև β աստեղաշարը, Հովնաթան Մարչը վեր կացավ, մոտեցավ կտուրի ծայրին ցցած կոտրած կարասին, որով ամեն առավոտ օջախի ծուխն էր բարձրանում:

Դիպվածը, ճիշտ է, վերևից սկսվեց, հենց ծխնելույզի կարասից, բայց աղմուկը խրճիթից ելավ, որովհետև վերից ծլլացող հեղուկը հանգցրեց ճրագը և Հովնաթան Մարչին այնպես թվաց, թե պետքարանում մարդիկ են խեղդվում: Այդպես չէր կարծում, սակայն, տանտերը, որի խոր համոզմամբ, հուլիսյան աստեղազարդ գիշերին, երկինքը երբեք անձրև չի թափում և այն էլ ծխնելույզով:

Աղմուկի վրա շոֆերը դուրս թռավ, և մինչդեռ Հովնաթան Մարչը Անթանոսյանին ապացուցում էր, որ պետքարանում մարդիկ են խեղդվում, իսկ փղշտացի Հմայակը մեջքով կտուրն էր հրում, ուզում էր, որ կտուրը տեղ անի և պարտակի իրեն, շոֆերը բակում շապկանց կանգնած և բռունցքը դեպի կտուրը ճոճող տանտիրոջ հետ՝ մոտավորապես այսպես էր խոսում.

— Լա՛վ, հերիք է, գուցե էն չէր, խմելու ջուր էր:

— Ի՞նչ ես ասում, էնպես խմելու ջուր կլինի՞: Էս էլ իմ պատվի տե՞ղն էր: Երեխեքս վեր թռան...

— Դե չիմացա՛վ, մեր տեղին ծանոթ չի, Ամերիկայից է եկել...

— Է լա՛վ, էդ անտեր երկրում բա կտուրով տուն չկա՞...

Խնդրին վերջնական լուծում տվին այն արծաթները,որ Անթանոսյանի բռի մեջ իջան սանդուղքով և զրնգոցով թափվեցին գյուղացու բուռը, որպես երկնքից իջած աստղեր:

Ահա այդ դիպվածն էր, որ ընդհատեց նրանց քաղցր զրույցը: Ասվում է ընդհատեց, քանի որ խաղաղություն տիրելուց հետո, Հաջի Խարաբ գյուղում, խղճուկ մի կտուրի վրա, երկու փղշտացիների զրույցը նորից ծայր առավ:

Լուսաբացը այսպիսի պատկեր տեսավ: Անթանոսյանը պառկել էր գետնին,մեջքի վրա, դեմքին՝ երանության ժպիտ: Ընթերցո՛ղ, մանուկ ժամանակ սպանե՞լ եք գորտ ու տեսե՞լ եք, թե ինչպես գորտը դառնում է մեջքին, ոտքերով չանչ անում, ասես գանգատվում է երկնքին: Այդպես պառկել էր Անթանոսյանը,սակայն ոչ ոքի գանգատ չէր անում: Թախտի վրա Հովնաթան Մարչն էր պառկել, ձեռքը գլխի տակ, երեսը դեպի հեռու՝ մշուշի մեջ երևացող տափարակը:

Այդպես քնել էին խաղաղ ու անխռով երկու փղշտացի:

Եվ էին նրանք անձինք նվիրյալք սիրույն Արմենիո...

4

Այդ օրը պատարագիչ Արիստակես եպիսկոպոսը, երբ երեսը դեպի աղոթողները դարձրեց և սկիհը բարձրացնելով ասաց՝

— Առե՛ք կերեք, այս է մարմին իմ, — մյուսների հետ մոտեցավ և Հովնաթան Մարչը, ուտելու այն մարմինը, որ ամփոփված էր եպիսկոպոսի ձեռքին բռնած անոթի մեջ: Եվ երբ սրբազանի մատները շոյեցին նրա լնդերքը, բերանում գինու համ զգաց, Հովնաթան Մարչի երակներում արյունը խաղաց, որպես եռման հասած ջուր: Երջանկության զագաթնակետն էր նրա համար:

Ա՜խ, այդ երջանկությունը... Կատուն դռան շեմքին, արևի տակ ծուլորեն պառկում է, հորանջում և երբ արևից խաղում է արյունը, թաթերն այնպես նազանքով է մեկնում, ասես երջանկությունն արևի շողերի մեջ լողացող դեղին թիթեռնիկ է:

Պատարագը շարունակվում էր: Մերթ բեմից էին երգում, մերթ ներքևից պառաված ու երեր ձայնով մեկը պատասխանում էր, զովում լուսավորչական աստծուն, որ մուտքի առաջ չոքած գաղթական բիձայի համար բավական նման էր պատարագիչ Արիստակես եպիսկոպոսին: Նույն ալեհեր միրուքը, փառահեղ մալանչներով մինչև գոտին կախ ընկած, նույն սպիտակ ու կակուղ մատները, որ դեղին մոմի էին նման և բույրը՝ կնդրուկի, խունկի և զանազան անուշահոտ յուղերի միախառնված բույրը, որ օդում բարակ հետք էր թողնում ամեն անգամ, երբ Արիստակես եպիսկոպոսը մայր դռնից ներս էր մտնում, վիզը վեհորեն աջ ու ձախ դարձնում՝ տեսնելու, թե քանի՞ հոգի են չոքել վանքի սառը քարերին: Համարյա ամեն օր նույն տեղում գաղթական բիձային էր տեսնում, մի քիչ մշեցի տեր Հուսիկ քահանային, մոմի արկղի առաջ կանգնած:

Այն բառերը, որ ելնում էին պատարագիչ սրբազանի բերանից, որ հնչում էին դպիրներն ու երգասաց տիրացուները, — Հովնաթան Մարչի համար սովորական գրաբար չէր, այլ աստվածային երաժշտություն, մի անտես երգեհոն, որի ամեն մի ելևջի հետ հոգին ոչ միայն բարձրանում էր մինչև վանքի գմբեթը, այլև աղավնակերպ դուրս թռչում նեղլիկ պատուհանից և ո՞վ գիտե, ի՜նչ հրաշքով խառնվում հուլիսյան կապույտ երկնքին:

Խոնավությունից պատերի կրածեփը տեղ-տեղ ճաքել էր, թափվել: Հին յուղաներկ նախշերն ավերվել էին, ասես ժամանակը կեղտոտ լաթով սրբել էր պատերը, ցեխոտ ջուր շաղ տվել, մի տեղ սևացրել, մի տեղ էլ գույները առաջվա պայծառությամբ թողել: Ժամանակը վաղուց էր իր վճիռը կարդացել վանքի համար, մնում էր, որ նույն ժամանակն ուղարկի դատական կատարածուին ըստ ցուցակի եղած գույքը հանձնելու այն անհատակ անդունդին, որ պատմություն է կոչվում:

Հովնաթան Մարչի աչքերը սահում էին պատերի վրայով, նայում նկարներին, նախշերին: Ահա հրեշտակապետը՝ թրով ու կշեռքով...Հին առասպել մեղքի ու արքայության մասին: Քանի՜ դար նա արնոտ աչքերով նայել է միամիտ պառավներին, նրանց հոգում սարսափ ծնել և սնոտի ջերմեռանդություն, որ վախճան է ստացել կեղտոտ թաշկինակի ծայրին կապած պղնձե դրամը հրեշտակապետի նկարի ներքևը կախած զանձանակի մեջ գցելով:

Տիրամայրը ... Բավական համակրելի դեմքով մի կին և այնքան ճերմակ ուսեր ու կարմիր շրթունքներ, որոնցից մայրությունը կաթում է, որպես հասած նռան ջուր: Տիրամոր նկարը, որին ի տես շարվեշար կանգնած միաբանները շատ որոշ տեսել են և մարմնի այն մասերը, որ չկան նկարի վրա:

Որտեղի՞ց ներս ընկավ մեղրաճանճը և տզզալով պտույտներ գործեց, մոտեցավ, նստեց տիրամոր նկարի վրա, թևերն իրար քսեց, հետո թռավ, կորավ գմբեթի տակ:

Երբ որ հիմնվի Նոր Եթովպիան, ուրիշ նորանոր քաղաքներ , այս երկիրը կդառնա ամենից չքնաղը զլոբուսի վրա, հին քաղաքների ոգին հարություն կառնի, փղշտացոց ցեղը նորից կդառնա հզոր ու անպարտելի:

Այսպես մտածելուց հետո Հովնաթան Մարչը տեղը փոխեց, որովհետև պատուհանից արևի շողերի մի խուրձ տաքացնում էր այն գլուխը, որ հարբել էր լուսավորչական պատարագից ու հայրենաբաղձ մտքերից: Տեղը փոխելիս Մարչը տեսավ զաղթական երկու բիձայի հետև կանգնած Անթանոսյան Հմայակին: Նրանց հայացքներն իրար հանդիպեցին:

— Ես էլ Ձեզ պես, — ուզում էր ասել Անթանոսյանը:

— Կաքանչանա՛մ, հավատարիմ զինակից , — այսպես կարելի էր խմբագրել Մարչի դեմքի արտահայտությունը, հիմք ընդունելով նրա աչքերի փայլը, որ և՛ կրոնական էքստազ էր, և՛ փղշտական հայրենասիրություն, և՛ մեղմ քնքշանք ի տես Անթանոսյանի նիհար ու բարակ մարմնի, զզզված մազերի և այն խեղճ կեցվածք, որպիսին ուներ Անթանոսյանը աղոթող բիձաների կողքին:

Այն առավոտ, երբ լուսաբացը Հաջի Խարաբ գյուղում տեսավ նրանց որպես անձինք նվիրյալք, այն առավոտ արևի շողերի խտղտոցից զարթնելով, Հովնաթան Մարչը տրորեց աչքերը և նայեց տափարակին: Նրա հոգին թունդ առավ, կոշիկի թելերը կապելուց հետո, վճռականորեն մոտեցավ կտուրի ծայրին որպես լուսնոտ մի մարդ, որ թևերը ձգելու է վեր և իջնելու կտուրից:

Շունը մռռաց: Մարչը հետ նահանջեց, և նահանջելու հետ միասին աչքին շատ պարզ երևաց Հաջի Խարաբ գյուղը, հողաշեն տները, անկարգ փողոցները, բամբակի ու ցորենի արտերը և կտուրի կարասե ծխնելույզը:

Անթանոսյանն էլ զարթնեց, վեր թռավ և այնպիսի ժպիտով մոտեցավ նրան, ասես աչքն էլ չէր փակել և ամբաղջ գիշեր ժպտացել էր:

— Դիտու՞մ եք: Հրաշալի՛ է, — ասաց նա:

Մարչը մռմռաց, որից երևաց այն, որ տեսարանը հրաշալի լինելով հանդերձ, նրա հաղթ մարմինը ուտել էր ուզում: Եվ երբ շոֆերը ներքևից ձայն տվավ, որ թեյը պատրաստ , Մարչը ժպտաց:

Ոչ ոք չլսեց, թե ի՞նչ խոսեցին Հովնաթան Մարչն ու Հաջի Խարաբ գյուղի ուսուցիչ Հմայակը տան ստվերում, այն ժամանակ, երբ շոֆերը մեքենայի փոշին էր սրբում, իսկ տան տերը հողուրագն էր սարքում:

— Ու՞ր, վարժապետ, — հարցրեց տանտերը, երբ մի քիչ հետո Անթանոսյանը նստեց ավտոմոբիլի մեջ:

— Նոր երկիր, — եղավ պատասխանը: Գյուղացին ոչինչ չհասկացավ: Եթե նա լսե՛ր, թե ի՞նչ խոսքեր ասացին իր հողաշեն խրճիթի ստվերում, այնտեղ, ուր հորթերն են պառկում:

Վանքի մայր դռնից ներս մտավ պարարտամարմին մի կին, սև վուալով: Կինը խաչակնքեց այնպես արագ, ասես մատների ծայրին բամբակ կար, պուդրայի մեջ թաթախած: Այդ արարից հետո վիզը թեքեց այնպիսի խեղճությամբ, կարծես ամենքին ասում էր.

— Ես եմ հոգով աղքատը, որի համար է կախավորած երկնի արքայությունը: Ես եմ կայծակից խանձված ծառ՝ կանաչ պարտիզում:

Վեղարավորներից մեկը ետ նայեց պառավ եզի դանդաղկոտ շարժումով: Հովնաթան Մարչը չիմասավ վեղարավորը բուրվառող սարկավագի՞ն խոնհարեց, թե՞ կնոջը ողջունեց:

Զանգերը զարկեցին: Սառը քարերի վրա չոքած պառավ կանայք օրորվեցին, արտի մեջ տնկած խրտվիլակների նման, երբ թեթև քամի է ելնում:

— Դձի՛ն-բոմ-բոմ..., դձի՛ն-բոմ-բոմ...

— Եվ երկիր և երկին անցցեն, բայց բանք իմ մի անցանիցեն...

Արիստակես եպիսկոպոսի ձայնը բեմի վրայից աղոթողներին ազդարարում էր գալիք կյանքի մասին, և ոչ ոք չէր զգում բորբոսնած այն ձանձրույթը, որ կար պատերի վրա,մոմովաճառ տեր Հուսիկի դեմքին, Գաբրիել հրեշտակապետի աչքերում, թեկուզ այդ աչքերը սարսափ էլ ծնեցրել են միամիտ պառավների հոգում:

Հովնաթան Մարչի մտքերը հեռու՛ էին, շատ հեռու: Ահա մանկության օրերը, ապա վանքի դպրանոցը շատ հեռու մի քաղաքում, ուր բարձր մայրիներ կան, չնաշխարհիկ պուրակներ: Հայրը՝ բարեպաշտ լուսավորչական, ավանի Սերոբ աղան, գորգագործարանի տեր: Ու միշտ հայրը կասեր.

— Ձգե՛ յավրիս, այդ քու գործը չէ:

Այդպես էր ասում հայրը որդուն, երբ վերջինս հարևան տղաներից խումբ կազմած, պարսատիկներով ու կեռ փայտերով զինված, դպրոցից գալիս հոռոմ ու տաճիկ տղաների հետ կռվի էր բռնվում: Օ՛, հերոսական մանկություն, որ կնիքդ դրիր Հովնաթան Մարչի հետագա տարիների վրա և նրան դարձրիր որոտման որդի:

Մի անգամ էլ թշնամին հարձակվեց և հայրական տան ապակիները փշրեց: Այդ գիշեր, ծեծի ու լացի անմոռաց գիշեր. պահվել էր սնդուկների հետև, մայրը որպես պահապան հրեշտակ պտտվում էր սենյակում, մինչև հայրը տուն գար և իմացներ: Հետո ծեծ, քաշկռտուք, թուք ու մուր և մառանը, չոր մրգերով լեցրած մառանը, որպես աքսորավայր:

Ապա Պոլիս, ազգային վարժարան, ճառեր, ցույցեր... Երազներ, մոտ, շա՛տ մոտ: Հարկավոր էր միայն ցանկանալ, ուժեղ ցանկանալ ոչինչ չանել, նստել սրճարանում, ծխի թանձր քուլաներ արձակել, բերանը ողողել դառնահամ սուրճով, ծամել սուրճը, մինչև նյարդերը սրվեն և ձգված նյարդերը պատկերացնեն երազը:

— Պատարագը վերջացավ, — ձայն տվեց Անթանոսյանը: Հովնաթան Մարչը ցնցվեց: Կաղլիկ լուսարարը, փայտը գետնին դեմ տալով, մեկ-մեկ հանգցնում էր մոմերը, բաց գրքերը ծալում: Տեր Հուսիկը պղնձե դրամն էր հաշվում: Եկեղեցում ուրիշ ոչ ոք չկար:

— Մարչը մոտեցավ տեր Հուսիկից դեղին մոմեր գնելու, մայր աթոռի մոմեր:

— Հավատացյալ հայրենակից մը ունիմ Բուենոս Այրես: Անոր բաղձանքն է, երբ վախճանը մոտիկնա, սնարի վերև մայր աթոռի մոմ վառել, — ասաց Մարչը մանրիկ արծաթներ գլորելով մոմավաճառի առաջ:

— Աստված թողություն շնորհեսցե, — պատասխանեց մշեցի քահանան ու կռացավ գետնին ընկած արծաթը վերցնելու:

Եվ հանկարծ մի միտք, որպես կայծակ, փայլատակեց Հովնաթան Մարչի գլխում: Ահա նա, արծվաքիթ, տիպար քահանան, որի միրուքի մազերի արանքում հացի փշրանք ու պանրի կտորներ կային, կատարյալ քահանա, այն երկրից, հասկանու՞մ եք այն մեռած երկրից, ու կար Մշո Սուլթան սուրբ Կարապետ և մեղրագետեր և որի անունը էլեկտրական հոսանք էր նրա նյարդերի համար: Ահա նա, հայրենի երկրի սխտորահոտը կարկատած ֆարաջայի փեշերին, ճակատի կնճիռները որպես անընթեռնելի հիերոգլիֆ:

Տեր Հուսիկը միրուքն առավ ոսկրոտ մատների մեջ և ներքին հրճվանքից այնպես տրորեց միրուքը, ասես հիմա պիտի պոկեր, որպես սոսինձով փակցրած գրիմ: Սակայն ոչինչ չեղավ արտառոց: Հուլիսյան այդ օրը, հենց մայր տաճարի կամարների տակ , բոլոր հրեշտակների ու առաքյալների ներկայությամբ, մշեցի տեր Հուսիկ քահանան նշանակվեց Նոր Եթովպիո ծխատեր:

Ինչու՞, ինչու լաց եղավ Գաբրիել հրեշատակապետը, և ձեռքի կշեռքը դողաց թեթև, շա՜տ թեթև...

Մինչև ճաշ բավական ժամանակ կար:

— Հայրենի հուշարձանները տեսնելու երթանք, — ձայնեց Մարչը: Անթանոսյանը հետևեց նրան որպես և՛ թիկնապահ, և՛ զրուցընկեր: Անթանոսյանից քիչ հեռու քայլում էր տեր Հուսիկ քահանան:

Այդպիսի շքախմբով Հովնաթան Մարչը վանքի դռան գերեզմանաքրերը դիտելուց հետո, տեր Հուսիկի առաջարկությամբ, գնաց Գայանեի վանքը:

— Օտարը պարծանք կսեպե մեր վանքի պատի տակ թաղվիլ, իսկ մենք չենք հարգեր նախնյաց հիշատակը, -ասաց Մարչը, որից հետո տեր Հուսիկն ավելացնելու ոչինչ չունենելով, ա՜խ քաշեց, հասկացնելու համար, թե Մարչն իր սրտից խոսեց:

Ամայի էր ճանապարհն էլ, վանքի շրջապատն էլ: Եվ երբ դռնով ներս մտավ, վանքի բակում մի շուն հաչեց նրանց վրա, այնպես անտարբեր, ասես շնական իր լեզվով ասում էր.

— Միևնույն է, էլ հաչելու չեմ, եթե դուք վանքն եք ուզում տեսնել, որովհետև այնտեղ ինձ պահ տված ոչինչ չկա:

Բայց այդ չէր կարևորը, և դրանից չէր, որ Մարչը ցնցվեց: Մեկը թրի ծայրով եթե նրա սիրտը ծակեր և դրանով էլ չբավականանալով, սիրտը տեղահան աներ, Մարչն այդպիսի ցնցում չպիտի աներ: Սրբապղծություն չէ՞ հնադարյան վանքի բակում շուն կապել, բուրդը զզզված քոսոտ շուն, լեզուն շոզից կես արշին կախ և այդ այն ժամանակ, երբ նրա մտքի առաջ Գայանե կույսն էր, մազերը թիկունքին կախված, երկար զգեստով և հողե հնձանը, ուր կույսերն ուլունքներ էին պատրաստում և պահվում Տրդատ թագավորի անսանձ կրքերից:

— Ու՞ր կերթաք, — ձայնեց մի կին, որ շան հաչոցից տնից դուրս էր եկել ու, ձեռքով երեսն արևից պահելով, նայում էր նրանց:

— Վանքի դուռը բա՞ց է, քույրս, — հարցրեց Անթանոսյանը:

— Ապա ի՞նչ, — ասաց կինը և ներս մտնելուց առաջ կանչեց.

— Հորթը չթողեք, որ դուրս ելնի:

Սակայն երեքից և ոչ մեկը չլսեց կնոջ կանչը: Այդ ժամանակ տեր Հուսիկը Հովնաթան Մարչին ինչ-որ պատմություն էր անում, ավելի ճիշտ հնարում, իսկ Հովնաթան Մարչը մերթ գլուխն էր օրորում, մերթ ակնոցների արանքից նայում տեր Հուսիկին,ասես ուզում էր ստուգել, թե որքան հաջող է Նոր Եթովպիո ծխատեր քահանայի ընտրությունը:

— Այստեղ թաղված է Հովհաննես երկրորդ կաթողիկոսը, — ասաց տեր Հուսիկը: Եթե նա մի քիչ նրբազգաց լիներ, կտեսներ Հովնաթան Մարչի այլայլված դեմքը, երբ աչքը զցեց դամբարանին, և աչքն ընկավ մարմարի վրա մատիտով գրածին.

— Այստեղ ես Սիրուշին... Ինչ լազաթ էր...

Ընթերցո՛ղ, դուք հասկանում եք (դուք, իհարկե, հասկանում եք), թե ի՞նչ է կատարվել վեհապետի շիրմաքարի վրա և ինչպես նրա ոսկորները շուռ են եկել մյուս կողքին, երբ որբանոցի աղջիկ Սիրուշին... Մի՞թե այդքան անհոգի են մաշտոցյան գրերը: Նոքա պատմում են փառապանծ օրերի մասին ու նույն սառնությամբ շարվել են կողք կողքի, մեկի պղծությունը ավետելու այն խաղաղ ու սրբազան անկյունում, ուր ննջել են հոգևոր հայրերը:

Մարչը թուքը հաճախ էր կուլ տալիս, շրթունքները շարժում: Այդ ամենը հուզմունքի և ներքին զայրույթի նշան էր: Սակայն դիմացի՛ր Մարչ, որովհետև հեռու չես զայրույթի նոր պոռթկումից:

Վանքի արևմտյան մասում ուրիշ գերեզմաններ էլ կային, և նրանցից ամենից հասարակի քարին, որի տակ հանգչում էր 18-րդ դարու նշանավոր հայրենասերի աճյունը, այդ քարի վրա որպես ապահով վայր, կինը փռել էր իր կարկատած…

Մանրացած սերունդ, որի սրտում նախնի փառքը տեղ էլ չունի՝ սարդի ոստայնի պես գոնե օձորքից կախվելու: Ի՞նչ ուրազան էր, որ սրբեց, տարավ: Եղե՞լ է արդյոք այդ հինը…

Ահա այդպես էր մտածում և ինքն իրեն հարց տալիս Հովնաթան Մարչը այն ժամանակ, երբ տեր Հուսիկը երեսը մի կողմն էր դարձրել քահանայական իր անարատությունը զերծ պահելու, իսկ Անթանոսյանը ոգևորված պատմում էր այն օրերից, երբ հենց այդ վանքի պատերի տակ կամավորների վեցերորդ գունդը բանակ էր զարկել: Ոչխարները մայում էին վառվող խարույկի մոտ, եռանդով ու ավյունով լցված կամավորները թրի հարվածով վանքի թթենիներն էին կտրատում:

— Ես էլ էի… Հավետ անմոռաց օրեր:

Վանքի դուռը բաց արին: Աղավնիները թռան, պահվեցին գմբեթի ճեղքերում: Կիսամութի մեջ Հովնաթան Մարչը տեսավ լղարիկ հորթին, որ աղավնիների աղմուկից վախեցած կանգնել, նայում էր եկողներին:

Մարչը տեղում մեխվեց: Ոսկի հո՞րթ, կուռք… Սակայն հորթը շարժվեց դեպի դուռը և դռան մոտ բառաչեց այնպիսի ուրախությամբ, որ միայն հորթին է հատուկ:

Իզուր էր տեր Հուսիկը այս ու այն խաչքարի կամ քանդակի մասին մի բան պատմում և ամենը շաղկապում Գայանե կույսի անվան հետ:

— Այս քարով են անիրավները ջարդել խեղճին, — ասաց տեր Հուսիկը, ցանկանալով միանգամից ցույց տալ և՛ ջերմեռանդ, և՛ գիտուն լինելը: Եվ այդ բուռն ոգևորությունից այնպիսի մի քար ցույց տվեց տեր Հուսիկը, որ անհնար էր տեղից շարժել, թեկուզ ա՛յն ժամանակ:

Վանքի բակում շունը մի անգամ էլ հաչեց: Կինը թոնթորաց, երբ տեսավ, որ հորթը բաց դռնով դուրս է եկել և կրծում է բակի կաղամբը: Այդ ամենին անտարբեր Հովնաթան Մարչը անցավ բակի երկայնքով, նրանից պատշաճ հեռավորության վրա՝ Անթանոսյանն ու տեր Հուսիկ քահանան:

Երբ Մարչը թաշկինակով ճակատի քրտինքն էր սրբում և քայլում փոշոտ ճամփով, նա իր մտքերի ծովումն էր, որպես անղեկ, անառագաստ նավ: Լավ չէր զգում իրեն, նեղվում էր հով ու տաքից: Եվ եթե փոշի էր բարձրանում նրա քայլերից, շիկացած մտքերն էլ պաղ գոլորշի էին արձակում, երբ այդ մտքերը թաղվում էին առտնին առօրյայի սառը ջրում:

Դուք սիրում եք մի սիրուն աղջիկ, որի մեջ թերի ոչինչ չեք տեսնում և որը ձեզ համար կատարյալ տիպ է, խտացրած գեղեցկություն , բարի սիրտ, մի խոսքով մարդկային բոլոր առաքինի բարեմասնությունների գումար: Եվ հանկարծ հայտնվում է, որ աղջկա ատամները անմաքուր են, գարշահոտ կա այն շրթունքների հետև, որոնց կարմիրը ձեզ համար և՛ վարդ էր, և՛ նռան կլեպ:

Այսպես էր և Հովնաթան Մարչը: Մերթ տաք, մեկ հով: Մերթ հերարձակ Գայանեն՝ ուլունքների շարանը պարանոցից կախ, մերթ լղար հորթ, խոնավ ճաքճքած պատեր, որբանոցի աղջիկ Միրուշ…

Մռայլ էր և Անթանոսյանը: Եվ երբ ճամփի եզրին կապույտ քարը ցույց տվեց ու ասաց թե՝

— Այստեղ թաղված է Խենթի սիրած աղջիկ Լալան, — Անթանոսյանն իր դերը պահ մի վերջացած համարեց, որովհետև մտքերը մի ուրիշ հողաբլրի շուրջ ցատկոտեցին, կապույտ քարից ոչ հեռու, որի տակ թաղված էին մայրն ու կինը, իր՝ Անթանոսյան Հմայակի, վեցերորդ կամավորական գնդի զինվոր Անթանոսյանի հարազատ մայրն ու կինը:

Խոլերի տարի էր, թեկուզ հույսի բոլոր դռները կրնկահան էին, և ուխտերի քարավանը խոստումներով բարձած Վանա երկրի ճանապարհին էր բռնել: Մի բան ճմլտկաց նրա սրտում: Մոխիրների տակ մոռացված մի կայծ էլ պսպղաց: Ունեցե՞լ է կին ... Ինչու՞ է մոռացվում դեմքը, և ինչ ծա՛նր է, երբ մարդու հիշողության առաջ մեռած մի հարազատ կանգնում է անիմաստ ժպիտն երեսին: Չգիտես հանդիմանու՞մ է, թե՞ շոյում:

Թեև շոգ կեսօր էր, պլպլում էր արևը, բայց Անթանոսյանը սառնություն զգաց, կուչ եկավ: Երբ հրդեհում են երիտասարդ օրերը, առատաձեռն ու սրտաբաց ցրիվ տալիս, հանկարծ, մի վայրկյան միայն, երիտասարդ օրերի տերը իրեն հարց է տալիս.

— Վաղն էլ, մյուս օրն էլ, և ապա առաջին ճերմակ մազը...

Սակայն այդ տևում է միայն մի վայրկյան, որովհետև հաջորդ վայրկյանին երիտասարդը դառնում է նույն հրձիգը:

Այդպես մտածեց Անթանոսյանը:

— Անցա՞վ ամեն ինչ... Ու՞ր են կրակները:

Սակայն նորից սիրտը թունդ առավ... Հովնաթան Մարչի առողջ պարանոցից, լայն թիկունքից, վճռական քայլերից:

— Ահա՛ մարգարեն: Ու ծովը պիտի ճեղքի, պիտի գան փղշտացիք, եթովպացիք, կեսարացիք, ուռհայեցիք, բոլորը, բոլորը, և երկիրը պիտի դառնա մրգաշատ պարտեզ, աղբյուրները պիտի ծորան մեղր ու կաթ:

— Ճաշի ժամանակ չէ՞, հայրենակից, — դարձավ Մարչն Անթանոսյանին: Տեր Հուսիկը այնպիսի ցատկումով մոտեցավ նրան, որ ուզում էր ասել.

— Ի՛նձ հարցրու...

Սակայն իզուր: Հենց այդ վայրկյանին Արիստակես եպիսկոպոսի ծառան, որ հեռվից տեսել էր նրանց, մոտեցավ և Մարչին սրբազանի անունից հրավիրեց ճաշի:

Մարչը հետևեց ծառային: Տեր Հուսիկը տուն գնաց: Մնաց Անթանոսյանը՝ գլուխը կախ, որպես հարցական նշան:

Մոտակա տափարակում ցել անող տրակտորը, ասես, ոչ թե ֆրթֆրթում էր, այլ քրքջում և թքում բենզին:

5

Ծղրիդները գիշերվա կեսին այնքան միալար ու մեղմ էին ձայնում, որ եթե Հովնաթան Մարչի ծանր մտքերը չլինեին, նրանց երգը քնաբեր օրոր պիտի լիներ, և նա մուշ-մուշ պիտի քներ փափուկ անկողնում: Սակայն կային այդ մտքերը, և դրա համար էլ Արիստակես եպիսկոպոսի ննջարանի ծղրիդներն այդ գիշեր ոչ թե քուն բերին, այլ ջղայնություն:

Հովնաթան Մարչին թվում էր, թե պատի ճեղքերում անթիվ, անհամար մանրիկ ժամացույցներ են, և բոլորն էլ նույն ձայնն են հանում, որպես ծղրիդներ:

— Ծղի՜-տակ, ծղի՜-տակ...

Դրանից էր, որ նա երբեմն մեջքին էր պառկում, երբեմն աջ ու ձախ դառնում, վերմակը մի կողմ նետում: Երանի թե միայն դրանով վերջանար, և Հովնաթան Մարչը քներ:

Այդ օրն այնքան բան անցավ նրա գլխով: Եվ ահա այդ անցածն էր նր քունը խանգարում, նստում կրծքին, երբ Մարչը պառկում էր մեջքին: Կողքին դառնալիս մտքերն էլ շրջվում էին: Մի ուրիշն էր ցցվում և հարցնում.

— Ինձ մոռացե՞լ ես...

Եթե միայն այդ օրվա մտքերը լինեին: Ի՞նչ կապ, օրինակի համար, Բուենոս Այրեսում կատարած հանգանակության մի հաշվեկշռի հետ, երբ պակասում էր միայն երկու հարյուր դոլլար, և Մարչը տքնում էր վաղվա ժողովին արդարանալու պատճառ երկնել, ի՞նչ կապ այդ երկու հարյուր դոլլարի մոռացված պատմության և թղթադրամի այն կապի հետ, որ սրտի ներքին թրթիռով, Արիստակես սրբազանի սեղանին խմած վանքի հին գինուց գլխի պտույտով, ճաշից հետո նա դրեց ամենից գերազնիվ և վեհ պատրիարքի պառավ ու համարյա կանացի ձեռքին:

Բարի, շատ բարի ժպտաց ծերունին, շոյեց Հովնաթան Մարչի փղշտական ճակատը, հարցրեց օվկիանոսի մյուս ափին մակաղած հոտի վարք ու բարքից, իղձերից:

Հավիտյան անջնջելի վայրկյաններ, որ այնքան կարճատև եղան, որովհետև ծերունին խոսքը՝ չծամած պատառի պես կիսատ թողեց ու քնեց փափուկ բազմոցի մեջ ընկղմված:

Պատկերը սրտառուչ էր: Կարճահասակ մի վարդապետ ծերունու ձեռքից կամացուկ վերցրեց թղթադրամի կապը, համրեց ու պահեց:

Մարչի աչքերը գամված էին ծերունու պատկառելի արտաքինին և նրա մարմնի կանոնավոր մակընթաց ու տեղատու լինելուն, որ կուշտ ու փափուկ ապրած մարմիններին է հատուկ: Երբ նա տեսավ թղթադրամը... Պատկերն, այո՛, սրտառուչ էր:

Վեհի ոտքերի առաջ Վանա պառավ կատուն, թավ բրդի մեջ թաղված, այնպիսի նազանքով էր լիզում դունչը, ասես պարծենում էր, որ պալատական կատու է և ոչ թե մարտ ամսին կտուրների տակ սեր երգող թափառական գուսան:

Ահա քեզ հինը, պատկառելին, միակը... Հովնաթան Մա՛րչ, ապրի՛ր, ծծի՛ր այդ պահը, բա՛ց արա ուղեղիդ ծալքերի մեջ այնպիսի մի էջ, ուր ոչինչ չես դրոշմել, ու տպիր այնտեղ ծերունու և Վանա պառավ կատվի կլիշեն: Դու չտեսար, ափսոս որ չտեսար, թե ինչքա՛ն խոշոր էին ու ադամանդի պես փայլուն արցունքի այն կաթիլները, որ սափրած այտերից վրայով գլորվեցին և ընկան ընդունարանի պայծառագույն գորգի վրա: Տառապած փղշտացիք լալիս էին արցունքներից հետ, ցեղից հավատքի տասնաբանյա տախտակների առաջ:

Անասելի տոթ էր: Լուսինը, կարծես, մոռացել էր, որ իր դերը արևից խանձված երկրին սառնություն պարգևելն է: Հովնաթան Մարչին բաց պատուհանից երևացող լուսինը թվում էր նույն արևը, մի քիչ համեստ ջերմությամբ: Իսկ ծղրիդները հա՛ կանչում էին ժանգոտած ձայնով:

Դուրս եկան ընդունարանից: Արիստակես եպիսկոպոսը մի ուրիշ սենյակ մտավ, և մինչդեռ ինքը նախասենյակի նկարազարդ պատերին էր նայում, ժպիտը դեմքին, կարճահասակ վարդապետը տնկվեց նրա առաջ և Մարչին մեկնեց ամենից վեհ ծերունու թուղթը՝ հայրական օրհնությամբ ու մաղթանքով:

Պատշգամբում կանգնել, նայում էին հրապարակին: Հանկարծ՝ փողերի ձայն, շեփորները կանչեցին, թմբուկներն այնպես ամուր թնդացին, ասես՝ պատռելու էին հաստ կաշին:

Երևաց մի ջոկատ: Զինվորները համաչափ քայլերով հետևում էին դրոշակակրին, միասին էլ փոշի հանում: Եվ փոշու մեջ այնպես էր երևում, թե հազարոտանի մի մարմին է քայլում:

Մարչի սիրտը թունդ առավ: Ահա հայրենի զորքը: Լայնաթիկունք երիտասարդներ, որոնք նետվում են կրակի մեջ ոչ թե ուրիշի համար շազանակ հանելու, այլ ցեղի փառքը, փղշտական ու եթովպական հին փառքը հանելու և ցցելու ամենից բարձր սարի գագաթին: Ահա սրանք են ութ հազարը, քսանը, բյուրը՝ կազմ ու պատրաստ:

— Մերոնք այս գիշեր դուրս կգան...

Ջոկատ ջոկատի հետևից անցան, ու գունդը կանգ առավ հրապարակում: Ուրիշ շարքեր եկան, տղաներ, աղջիկներ, կանայք դրոշակներով անդրոշ, երգով, շարքերով: Արիստակես սրբազանն ասաց, թե ստացվել է հեռագիր, հեղափոխություն է մի երկրում, որի ժողովուրդն արժանի է գեհենի: Ինչ-որ բան ասաց եպիսկոպոսը, սակայն Մարչը չլսեց և արագորեն իջավ սանդուխքով, խառնվեց հրապարակի բազմությանը:

Ինչու՞ մարդիկ սկսել են անհասկանալի լեզվով խոսել: Մարչը նորից հին հարցը տվեց: Մի՞թե ուրագան է անցել այս երկրով, մի՞թե խորն է անդունդը, վերադարձ չի լինելու... Չկա՞ կամուրջ, թեկուզ բարակ մի փայտ, որով ցեղը հետ դառնա հին փարախը և հայրենական խոտն ուտի:

— Ազգուրաց, ազգադավ...

Այսպես էր ասում Հովնաթան Մարչը այն երիտասարդի հասցեին, որ պատշգամբից, բանակի ու բազմության ցնծանքի աղաղակների տակ խոսում էր, ասում այնպիսի բառեր, որ ռումբերի պես էին պայթում:

— Կարմիր բանակը հայրենիք չունի, ընկերնե՛ր: Այսօր մենք միացած համաշխարհային... Մենք պատրաստ ենք մեր ընկերներին... Հեղափոխությունը, ընկերներ... Բանվոր դասակարգի զինված բռունցքը... Ալիքը բարձրանում է, ընկերներ...

Երիտասարդ ընկե՛ր, ինչու՞ գրպանիդ նագանից մի անգամ չկրակեցիր և չսպանեցիր Հովնաթան Մարչին, որի սիրտը, գիտե՛ս, նախ կուր եկավ քո բառերից և ապա, ռետինե գնդակի պես լայնացավ ներքին զայրույթից: Եվ եթե Անթանոսյանը բազմության մեջ տեսած չլիներ Հովնաթան Մարչի արդուկած զգեստը...

Օրը իր վերջում պահել էր Հովնաթան Մարչի համար հրճվանքի մի չտեսնված թռիչք ու ապա անկում: Մի ջոկատի կողքով անցնելիս Մարչը հանկարծ տեսավ ծանոթ մի գլուխ, ապա խաժ աչքեր ու թևերը լայն բաց արած իբրև արծիվ սլացավ դեպի զինվորականը:

— Մեսրո՛պ, Մե՛սի...

Քեռորդին էր, Մեսրոպը, մանկության ընկերը: Թևերը լայն բաց արած արծիվը չսլացավ մի սովորական ջոկատապետի գրկելու, այլ մի ամբողջ անցյալ, մանկություն, Սերոբ աղան և այլն: Տաքությանը հաջորդեց քրտինքը: Մեսրոպը ձեռքը մեկնեց նրան, ճանաչեց, մի քանի հարց տվավ, սակայն ուշքը հռետորի ճառին էր: Եվ հենց Մարչի քթի տակ այնպես լիաթոք «ու՛ռռա՛» կանչեց, որ Մարչը մի քիչ հետ քաշվեց: Ահա այստեղ, Հովնաթան Մարչը իր քեռորդու աչքերում տեսավ մի այլ բոց, որ հրդեհվում էր որպես հուլիսյան արև, և ոչի՛նչ փղշտական այդ բոցի մեջ:

Անգու՛թ, անխիղճ Մեսրոպ: Դու ջարդեցիր այն անոթը, որի մեջ Հովնաթան Մարչը իր ջերմ զգացումներն էր զեղում: Նա թռավ դեպի քեզ, որպես մանկության նետ, դու հետ կանգնեցիր, և նետը խրվեց վանքի մամռոտ պատին:

Երբ ժամացույցը երկու անգամ խփեց, ծղրիդները մի պահ տապ արին, հետո մեկը համարձակ եղավ, ձայն տվավ, մյուսներն էլ միացան:

— Ծվի՛-տակ, ծղի՛-տակ:

Մի մուկ պահարանում ուշացած ընթրիքն էր անում, երբեմն լռում, երբ

Հովնաթան Մարչը ծանր մտքերից անքուն, անկողնում աջ ու ձախ էր դառնում և դառնալիս ճռնչացնում մահճակալի երկաթյա զսպանակները:
Գիշերվա ժամը երկուսին, երբ մանկության հուշերն էլ մի կողմից էին կանչում որպես ծղրիդներ, իր քեռորդի Մեսրոպի արածը վերհիշելուց հետո, հովնաթան Մարչին ոչինչ չէր մնում անելու, շորերը հագնելուց և բաց պատուհանի առաջ նստելուց բացի:
Բակում խաղաղություն կար և այդ խաղաղությունը կատարյալ կլիներ, եթե հարևան սենյակում քնած Արիստակես սրբազանի կոկորդից չելնեին այնպիսի ձայներ, որպիսին հանում է եզը, երբ մսագործի դանակը խրվում է վզի փափուկ մսի մեջ:
Այդ ձայնը մի պահ ցրեց նրա մտքերը, սակայն մի պահ միայն: Ինչպե՛ս էր ուզում քնել, ոչինչ չզգալ, երազ էլ չտեսնել՝ որ ուղեղը հանգստանար և ուղեղի հետ էլ ծանրացած կոպերը:
Մի այլ երկրում մարդիկ հիմա աշխատում են, օրը ցերեկ է: Գուցե փղշտացիք ժողովի են, կարդում են իրար ուղարկած նամակները, հանձնաժողովները գործի են անցել, փորում են առուներ, որոնցով աշխարհի մեջ ցրված բոլոր փղշտացիք կայք ու գույքով պիտի հոսեն և շունչ առնեն Նոր Եթովպիայում:
Ա՞յս երկրում… Եվ դարձյալ պաղություն, ուղեղի ցավ, զինվորի պողպատյա սվինը: Մեսրոպը կանչում է «ու՛ռռա՛»: Մարչը աչքերը փակեց: Թվաց, թե սվինը հենց իր աչքին է ուղղած:
Մեկը շատ հեռվից աշխարհով մի կայծեր է ցանել, կայծերն ընկել են դեզերի վրա, խուրձերի մեջ, կայծերը ցոլք են տալիս վառոդի պահեստների առաջ, ռումբերի բուրգերի մոտ: Մի տեղ արդեն հրդեհ կա, մի այլ երկիր պայթում է ինչպես վառոդի պահեստը, կայծն ընկնում է ներս: Կայծերը վառվում են, և այս երկրում, ուրիշ փայլ են ստանում մարդիկ, ժամանակն այլ կերպարանք է տալիս ժողովրդին, այլ շահեր են, ալիքներն ուրիշ ափեր են ծեծում:
Բաց պատուհանից Հովնաթան Մարչը տեսավ վանքը, գմբեթները: Երեկոյան Արիստակես եպիսկոպոսի հետ գնացին թանգարան, տեսան ձեռագրերը և ուրիշ հնություններ:
— Լևոն Վեցերորդ՝ թագավոր Կիլիկիո… Ահա նրա թուրը:
Էլ ի՞նչպես արագ չբաբախեր Մարչի սիրտը, արքայական արծաթապատ թրին ի տես… Արծաթը շողշողում էր: Ձեռքը դողաց, երբ մեկնեց թրի կոթին:
— Մեսրո՛պ, Մեսի… Եթե տեսնեիր… Ի՞նչ է քո պողպատյա սվինը Լևոն Վեցերորդի հսկա թրի մոտ:
Ահա քեզ ազգային արժեք, դարերից մնացած մասունք, որ հնություն չէ, ընթերցո՛ղ, թանգարանի մի անկյունում ընկած իր, այլ կենդանի ույժ: Թուրը խոսում է, թուրը պատմում է վերջին թագավորի

քաջագործություններից, թուրը ոգևորում է: Էլ ինչու՞ զարմանալ, որ Հովնաթան Մարչը կռացավ ու համբուրեց թրի արծաթյա կոթը:

Եղե՞լ է հնում Գարեգին անունով հայոց սպարապետ: Չի՛ եղել, - ասում են պատմաբանները: Սակայն սխալ են նրանք, որովհետև այդ երեկո Արիստակես սրբազանը մի առանձին ակնածությամբ մոտեցավ գունավոր ծոպերով դրոշին, մեկնեց այն Հովնաթան Մարչին և հայտարարեց.

— Հայոց վերջին սպարապետ Գարեգինի դրոշը:

Եվ երբ ընդունեց Մարչը վերջին սպարապետի դրոշը և, այն է, պատրաստվում էր մտքերին սպարապետական ընթացք տալու, Արիստակես սրբազանն այնպես կանչեց ու կռացավ, որ եթե լսեիք, պիտի հիշեիք այն կենդանուն, որի վրա մանուկ Հիսուսը, ձիթենու ճյուղը ձեռքին, մտավ Երուսաղեմ՝ գիտական դիսպուտի:

Այն ժամանակ, երբ սրբազանը պատմում էր սպարապետի մասին, կարիճը բարձրանում է և խայթում սրբազանին: Մարչն իր չորս կողմը նայեց, բնազդմամբ ոտքերի տեղը փոխեց: Չլինի՞ թե...

Ծղրիդները կանչում էին: Լուսաբացը հեռու չէր:

Քիչ հետո Մարչը բակում քայլում էր: Լուսադեմի հովը շոյում էր նրա կուրծքը, ասես՝ բարակ ցնցուղից ջուր էին մաղում մարմնի վրա և ջրի հետ էլ անուշ նիրհ: Բակում խաղաղություն կար: Մարչը լսում էր ոտնաձայնը և հետ ու առաջ քայլում, մտքերն էլ քայլերի հետ մեկ-մեկ հետ էին դառնում, մինչև Բուենոս Այրես, մեկ առաջ՝ դեպի Նոր Եթովպիա:

Այդ անունը նրա համար նյարդային մարմաջ էր: Այն տափարակը, որ փռվել էր ուշաթափ ընկած մարդու պես, նրան էր սպասում: Ջուր է ցանելու ուշաթափի վրա, և հարություն է առնելու սպիտակաշեն Նոր եթովպիան, մի աշխարհ, ուր չի լինելու ոչինչ խորթ ու անհարազատ, ոչինչ օտար:

Այս և սրա նման մտքերով տարված, Հովնաթան Մարչը որպես լուսնոտ կամ ուրվական, կես գիշերին քայլում էր վանքի պատերի տակ և չնկատեց, թե ինչպես մոտեցավ վանքի մուտքին:

Օ՛, սոսկում... Մարմարի վրա մի սև գունդ կուչ էր եկել: Մեռա՞ծ էր, թե՞ քնած: Սպանությու՛ն և այն էլ տաճարի մուտքի մոտ: Մարչը մի քանի քայլ հետ արեց, ուզեց տուն դառնալ: Սառը քրտինքը կաթիլներ շարեց նրա ճակատին: Մեկ էլ սիրտ արեց, մոտեցավ, ձեռքը կամացուկ մոտեցրեց սև կիտուկին: Տեսավ կուչ եկած ոտքերը, լսեց շնչառությունը: Հանկարծ սև կիտուկը ձգվեց, մի գլուխ տնկվեց ու գլուխը խոսեց.

— Ես եմ, հայրենակից...

Մարչը ճանաչեց իր զինակից Անթանոսյանին:

... Հյուրանոց վերադառնալուց առաջ, մյուս առավոտ, Հովնաթան Մարչը Հաջի Խարաբ գյուղն ուղարկեց Անթանոսյանին և պատվիրեց պատրաստ լինել ամեն վայրկյան, գրությունն ստանալուց անմիջապես ներկայանալու՝ Նոր Եթովպիո աշխատանքներն սկսելու համար: Բաժանվելիս Հովնաթան Մարչը նրան ինչ-որ խոստումներ արավ, կրկնեց այն, ինչ ասել էր Հաջի Խարաբ գյուղի տան ստվերում:

Բարեկամներից բաժանվելուց հետո Հովնաթան Մարչը սիրով ընդունեց հյուրընկալ սրբազանի առաջարկը՝ տեսնելու ավերակների մի ուրիշ վայր, ուր թաղված է եղել իրեն՝ Լուսավորչի զանգը, ուր Տրդատ թագավորը դատ ու դատաստան է արել հին կրակատները, վերջապես ուրարտական Ռուզաս թագավորի քարե գրությունը:

Երբ կառքը կանգ առավ այն մուտքի առաջ, որով քուրմերն էին ներս ու դուրս արել և հերթապահ կանգնել կրակն անշեջ պահելու, — պատերի վրա տաքացող մի քանի խլեզներ բավական դանդաղաշարժ ու ծանրաբարո սողացին ու պահվեցին պատի ճեղքում, հայտնաբերելով եկվորներին, որ իրենք հող ուտող խլեզներ չեն, այլ ունեցել են հեթանոս կրակատան մոխիրը լիզող պապեր:

Ներս մտնելուց հետո, երբ սրբազանը աչքը տնկեց պահակի բոստանի սեխերին, որոնք կախ էին ընկել կրաշաղախի կտորների վրա, Հովնաթան Մարչը կանգնեց, աչքերը փոքրացրեց: Տեսարանն այնքան բարդ էր և տպավորիչ, որ անհրաժեշտ էր մի ակնթարթ աչքերը փոքրացնել, քիչ բան տեսնելու համար:

Մի ժամ հետո Արիստակես սրբազանը խոհեմություն համարեց նստել ստվերում ՝ սրտի տկարությունը պատճառ բռնելով, և զրուցել պահապանի փոքրիկ տղայի հետ, որ հենց մուտքի կողքին ցեխից տնակ էր շինում՝ իր ոճով, իր ճաշակով:

Իսկ Մարչը մերթ այս քարին էր մոտենում, զննում, մի քանի քայլ հետ կանգնում, բացականչում բառեր, որով իր հիացմունքն էր հայտնում, ոգևորությունն ու զարմանքը:

Մի ժամ էլ սպասելուց հետո, երբ կառապանն անհամբերությունից բարձրաձայն սկսեց տրտնջալ, Արիստակես սրբազանը անհրաժեշտ համարեց տեղից վեր կենալ և ավերակների մեջ փնտրել Հովնաթան Մարչին:

Մարչը կանգնել էր սեպագրերով պատած քարի մոտ, աչքերը տնկել էր քարի գրերին: Ինչքա՛ն անքննելի և խոր խորհուրդներ ունի պատմությունը իր խորքերում պահած: Քանիյոթ դար առաջ ուրարտական Ռուզաս թագավորը կապույտ քարի վրա փորագրել է տվել իր կամքը և ասել գալիք սերունդներին հետևյալը.

— Ես եկա, Կոյիտի երկրին տիրեցի, քաղաք շինեցի, այգի տնկեցի, ջրանցքներ անցկացրի և իմ աստվածներին զոհ մատուցեցի:

Իրավունք չունե՞ր քանիյոթ դար հետո փղշտացի Հովնաթան Մարչը նույնն ասելու, երբ Նոր Եթովպիան կառուցվեր…

Միթե՞ երկիր չէ Նոր Եթովպիան:

Եվ Արիստակես սրբազանն իզուր խանգարեց նրան: Հայտնի չէ՞ր, որ սեպագիր քարի մոտ Հովնաթան Մարշը, մի մեռած լեզվով, խոսում է ուրարտական Ռուզաս թագավորի ոգու հետ, հարցումներ է անում:

Հեթանոս խլեզներն ավելի խոհեմ եղան, քան քրիստոնյա եպիսկոպոսը:

6

Օրեր անցան, հուլիսն իր հերթը զիջեց օգոստոսին, սակայն շոգը մնաց առաջվա պես սաստիկ:

Շոգը չէր, որ պիտի նեղեր Հովնաթան Մարշին և հետ կասեցներ նրան ծրագրած գործից: Այն սիրտը, որ մսագունդ չէր, այլ հայրենիքի սիրով այրվող մոտոր, օր ու գիշեր բաբախում էր և փղշտական արյուն մղում երակներով: Արյան կաթիլներն ուղեղին սնունդ էին տալիս՝ նորանոր ծրագիրներ հղանալու:

Մարշը տարվում էր անտառներում բնող բոլոր վայրի տանձն ու խնձորը պատվաստելու Կալիֆորնիայից բերած ընտիր տեսակներով և թղթի վրա շարում էր զրոներ, որոնք երկիրը պիտի դարձնեին խնձորենու ու տանձենու մի անծայր պարտեզ:

Եվ երբ նրա առաջարկի վրա ծիծաղում էին կամ մեկը, մի հասարակ պաշտոնյա, որի երակներում արյան տեղ հոսում է ավշանման պղտոր ջուր, երբ այդ մեկն ամենայն անտարբերությամբ հայտնում էր, որ չիք են և անիմաստ այն ամենը, ինչ Մարշի ուղեղն է հղանում, — Մարշը այնպիսի մռնչյուն էր հանում և աչքերն այնպես էր խոժոռում, որ դիմացինը սարսափահար պիտի լիներ, եթե պաշտոնյա չլիներ:

— Կզարմանամ սա մարդկանց ուղեղին վրա: Երկիր մը ունին, որու նմանը չկա և չեն գիտնար երկրին համն ու հոտը:

Այսպես էր ասում Հովնաթան Մարշը բժիշկ Երանոսին (հիշո՞ւմ եք, ջրածտի պես ոստոստալ գիտեր), այն ժամանակ, երբ իրիկվան հովին քայլում էին փողոցի մայթերն աննպատակ մաշող բազմության հետ: Բժիշկ Երանոսը պիտի թեքվեր, նրա ականջին կամացուկ փսփսար, որ ինքը ոչ միայն համամիտ է, այլ ավելին գիտե և ընկերաբար կարող է այդ ավելին միայն Հովնաթան Մարշի ազնիվ սրտին վստահել: Ու կամացուկ պիտի հայտներ վերջին սենսացիան այն մասին, թե `

— Հայկոոպը Աոժողկոմի կարասները չի տալիս... Աիազին աղմուկ, իրարանցում:

Սենսացիայից հետո բժիշկ Երանոսը պիտի չքանար, Հովնաթան Մարշին մենակ թողներ և անպատճառ գտներ մի ուրիշին՝ կարասների պատմությունն անելու, այս անգամ իբրև Հովնաթան Մարչից լսած լուր: Եվ դարձյալ վստահելով որպես ընկերական…

Անտառների պատվաստման առաջարկին մերժում ստանալուց հետո, կարծում եք նրա սիրտը հանդա՞րտ էր մնում: Ահա քեզ մի ուրիշ հեռանկար, եկամուտի մի այլ անսպառ աղբյուր: Արմենիո բարակ աղիքները՝ ոչխարի, այծի աղիքները, որոնցով կարելի է ոսկիներ դիզել և անբավ գանձեր, եթե միայն հարկ եղած ուշքը դարձվի: Իսկ աղիքները փտում են, շները լափում են ոսկին, և երկիրը մնում է սակավարյուն ու գունատ:

Հապա որդան կարմիրը… Հիմա էլ մի հիմնարկի պահարանում, ուր խառնիխուռն թափված են թղթեր, ծրարներ, գործեր, թանաքի դատարկ շշեր, արաբական չորացած խեժ, հիմա էլ եթե քրքրեք այդ պահարանը, փոշոտված գործերի մեջ կգտնեք կապույտ շապիկով մի գործ, վրան գրած Փղշտացոց և Եթովպացոց: Քրքրե՛ք այդ թղթերը և դուք կտեսնեք Հովնաթան Մարչի ձեռքով գրած մի երկար առաջարկ, վաղուց անհետացած որդան կարմիրը վերականգնելու: Որպիսի խո՛ր մտքեր կան, հայրենաշունչ ի՛նչ բառեր, որոնց վրա, ավա՛ղ, փոշին նույնպիսի սառն անտարբերությամբ է նստել, ինչպես և ընդունվեց նրա առաջարկը: Գտնել հին թիթեռների ձվերը, որոնց մասին այնքան գովեստով խոսում է այսինչ մատենագիրը, այդ ձվերը գտնել և բազմացնել կարմիր թրթուրներ, որոնց մարմինը տալիս էր արնագույն ներկ:

Սակայն փղշտական մոտորը բաբախում էր ո՛չ միայն որդան կարմիրի, անտառի պատվաստման և աղիքների համար: Հիմնականը, որի շուրջը դառնում էր նրա ուղեղը, ինքը և իրեն հետ էլ Անթանոսյանը, Նոր Եթովպիան էր:

Այդ օրը, երբ Անթանոսյանը բարձրացավ սանդուղքով, մի քիչ հետո հյուրանոցի սպասավորը տեսավ, թե ինչպես Մարչը գնդակի արագությամբ իջավ սանդուղքով, միջանցքից թռավ, դուրս եկավ, ճանապարհը կորցրած ծիծեռնակի պես:

— Ի՞նչ պատահեց:

Անշո՛ւշտ, սպասավորի պարտքն էր բարձրանալ վերև, տեղում ստուգել եղածը, սակայն նա թերացավ իր պարտքը կատարելու և մեկնվեց հերթապահի բազմոցի վրա այնպիսի դիրքով, որ կարծես հայտնում էր.

— Միևնույն է, վեր չեմ կենալու:

Այն ժամանակ, երբ Անթանոսյանը սենյակում նստած ճակատն էր շոյում և քրտինքի փոշոտ կաթիլները ճակատից սրբում, հենց այդ ժամանակ Հովնաթան Մարչը կանգնել էր այն դռան առաջ, որի վրա գրված էր առանց զեկուցման… Անհամբերությունից նա քայլում էր նախասենյակում, մեկ էլ հանկարծ կանգնում, ունքերը կիտում և ձեռքը, սպիտակ, փափլիկ ձեռքը մեկնում այնպես, կարծես անտես մի մարդ վշտով ու զայրացած հարցնում էր.

— Ի՞նչ արիք…

Երբ Հովնաթան Մարչը նստել էր աթոռին և հարցնում էր պետին Նոր Եթովպիո հողերի մասին, հենց այդ նույն ժամանակ հյուրանոցում Անթանոսյանը կատարում էր սկսնակ դերասանի այն վարժությունները, որպիսիք արդեն սերտել էր Հովնաթան Մարչը նախասենյակում:

— Դավաճանությո՛ւն … Չար նախանձ, որ կրծում է որդի պես… Մեզ խոստանա՛լ և հետո՞…

Այդ հետոն հենց այն էր, որի համար էլ Անթանոսյանը այդ օրը եկել էր, արևի տակ փոշի կուլ տալով: Հաջի Խարաբ գյուղում ծանոթ մի գյուղացի ծիծաղելով հայտնել էր.

— Է՛, վարժապետ, հողերդ իրեն չափում են, ջո՛ւր են բերում, ջո՛ւր…

Եվ ի՞նչ տեսավ Անթանոսյանը հենց այն հարթության վրա, ուր պիտի լիներ Նոր Եթովպիան: Այստեղ, այնտեղ ձողեր, սեպեր, երկաթյա շղթաներ. մարդիկ, որոնք աշխատում էին, գրում, չափում: Ինչո՞ւ արևը չզարկեց նրանց և գետինը ճեղք չարեց կլանելու այն մարդկանց, որոնք սառնարյուն, առանց ոգևորության կտրատում էին դաշտը, ձևում, ինչպես զինվորական մասերից կապպալով պատվեր վերցրած դերձակ:

Անթանոսյանը դիմեց նրանցից մեկին, որ քարտեզի վրա ինչ-որ գիծ էր քաշում և հաշիվներ անում:

— Իսկ ո՞ւր մնաց Նոր Եթովպիան:

— Մենք դեռ հաշվում ենք, ձևում: Կուզենան, թող շինեն, — ասաց մարդը:

— Պղծվե՛ց, պղծվեց փրկության կղզին…

Իհարկե, Անթանոսյանը խոհեմություն ունեցավ այդ բառերը մտքում ասելու և շրթունքները կրծոտելով հետ դարձավ Հաջի Խարաբ և այնտեղից էլ հյուրանոց: Սպասավորի տեսածը կատարվեց նրա գալուց տասը րոպե հետո:

— Այդ հողերը կան ոռոգման մեր ծրագրի մեջ: Հարուստ են, բարեբեր և մեծ ծախս չի պահանջվում:

Այսպես պետն էր խոսում:

— Կխնդրեմ հրամայեք Նոր Եթովպիո տեղը պարապ ձգեն: Ես հեռագիր քաշած եմ, այսօր վաղը պատասխանի կսպասեմ: Բալիքյանեն լուր ունիմ, որ կլոր գումար մը որոշած է հատկացնել Ներ Եթովպիո շինության… Դրամը կտրվի ամենավաղ տոկոսով, գրեթե անվերադարձ: Ես արդեն գրած եմ ուր հարկ է, շուտով հանգանակություն սկսելու: Լուր ունիմ, որ Արգենտինի մեր հայրենակիցները սիրահոժար են այդ ձեռնարկության և կփափազեն օր առաջ հայրենյաց հողի վրա տեղա…

— Գիտեմ, գիտեմ, — ասաց պետը: Էլ ուրիշ ի՞նչ պատասխան կարելի է տալ:

Նոր Եթովպիան պիտի ունենա չորս թաղամաս, համեստ եկեղեցի մը, մանչերու և օրիորդաց վարժարան: Բարեկամս ինծի կգրէ, որ եթե այս գործը գլուխ բերվի, ինքը հանձն կառնէ նոր քաղաքի շինության համար պետք եղած գամերը ձրիաբար տրամադրելու: Երևելի հայրենասեր է բարեկամս, և չեմ կասկածեր, որ …

— Լա՛վ: Ե՞րբ եք մտադիր սկսելու քաղաքի շինությունը:

— Աճպարարելու հարկ չկա, կարծեմ: Նամակներ ղրկած եմ թե՛ Բարեսիրաց մարմնին և թե՛ ազգային այլևայլ հիմնարկներու: Ամեն տեղ ալ խանդավառությունը մեծ է և, ես կկարծեմ, որ նյութական խոշոր օժանդակություն մը պիտի ըլա, եթե… Եվ ատկե զատ (ներեցեք, որ կխլեմ Ձեր այնքան թանկագին ժամերը), որոշած ենք ցուցակագրություն սկսիլ: Ամենեն կարևորն այդ է,թե քանի՛ փղշտացի կա երկրեն դուրս և ներս, որովհետև Բալիքյանի բարեհաճ ցանկությունն է քաղաքի մեջ տեղավորել փղշտացոց և…

— Իսկ…

— Այդպես պաղ մի՛ նայեք գործին: Ես մարդիկ ղրկած եմ զանազան կողմեր իմանալու, թե ո՛ւր կմնան փղշտացոց և եթովպացոց բեկորները: Եթե դուք անգամ մը տեսած ըլլայիք, թե ի՛նչ պատվական երկիր էր փղշտացոց աշխարհը, Եթովպիա քաղաքը: Մատթեոս Ուռհայեցին կվկայե, որ ութերորդ դարին Եթովպիան ուներ…

— Գիտե՞ք ինչ: Այդ ամենը բարի… Մենք մեր խոստումից հետ չենք կենա: Կառուցեք այդ քաղաքը կամ գյուղը և ինչքան շուտ, այնքան լավ:

Պետը ձեռքը գրչին այնպիսի վճռականությամբ մոտեցրեց, որ Մարչը մտքում ասաց.

— Ալ լմնցավ, ելի՛ր ու նորեն խնդրե՛:

— Ուրեմն խոսք կուտաք, որ հողը մեզի պիտի հատկացնեք և այն ժամանակ...

Այո՛, ձերն է, կսպասենք…

Էլ ուրիշ ի՞նչ էր մնում Մարչին, եթե ոչ ճեպընթացի նման փողոցում ոչ ոքի և ոչինչ չնկատելով հասնել հյուրանոց և հասնելուց անմիջապես գրկախառնվել հավատարիմ Անթանոսյանի հետ, որը նրա բացակայության ժամանակ Արմենիո պատմական անցյալը վերաքննելով, տասնմեկերորդ դարի շեմքին էր, երբ Մարչը բացականչեց.

— Փրկվա՛ծ է Նոր Եթովպիան…

Այդ օրը Անթանոսյանն ու Մարչը միասին նախաճաշեցին: Ճիշտ է, բժիշկ Երանոսը մոտեցավ նրանց, բայց Անթանոսյանին կասկածանքով դիտելուց հետո հեռացավ այն արտահայտությամբ, որ ունենում է մարդ, երբ փողոցի ծայրին երևացող մեկին իր մտերիմին նմանեցնելով, արագաքայլ վազում է, մոտենում և…

— Ներեցե՛ք, դուք այնքան նման էի՛ք...

Խոսակցությունը փղշտացոց մասին էր: Մարչը հանձնարարեց Անթանոսյանին փղշտացիներ և եթովպացիներ գտնել և հայտնել, որ քաղաքը հիմնվում է ամենաձեռնտու պայմաններով:

— Հայրենակիցները դրամ կուտան... Ամուսնացողներուն՝ մրցանակ: Տասը զավակ ունեցող մայրերուն՝ ցմահ կենսաթոշակ: Փոխասաց մանուկներուն՝ ձրի ուսում... Ցուցակն աճապարանոք ինծի ղրկե, հայտնեմ ուր որ անկ է... Չմոռնամ ըսելու, որ Եթովպիո բնակիչներու կրծքին վրա նշան մը պետք է կախել, վրան Բալիքյան Անդրեասի անունը գրված:

Անթանոսյանն ուտում էր: Անթանոսյանը ժպտում էր, և նրա հոգին թոկը կտրած և պարտեզն ընկած հորթուկի պես մեկ վեր էր թռչում, մեկ ցատկոտում խոտերի վրա և ուրախությունից բառաչում:

— Տեր Հուսիկն ալ ես կիհայտնեմ, որ պատրաստ մնա:

Այդ օրը եթե մեկը քաղաքից հեռացավ թևեր առած, եթե մեկը մինչև կայարան հասնելը աչքերը երկնքից ցած չխոնարհեց և գնացքում օրորվելիս տոմսակի փոխարեն կոնդուկտորին Հովնաթան Մարչի այցետոմսը մեկնեց, — այդ մեկը Անթանոսյան Հմայակն էր, ապագա մեծ քաղաքի հիմնադիրներից, որ նոր քաղաքին էր նվիրել սիրտն ու հոգին:

Հյուրանոց գալով Հովնաթան Մարչը սեղանի վրա մի քանի նամակներ գտավ և մի հրավիրատոմս՝ մասնակցելու Գրասիրաց ընկերության հավաքույթին, նվիրված քանքարավոր քնարերգակ Տաղավարյանի ծննդյան հարյուրամյա տարելիցին: Մարչն ագահությամբ բաց արեց կապույտ ծրարը:

— «... Կգրեք, որ հաջողակ եք: Հոս Ձեր անունին շուրջը կդառնա ամեն ինչ... Սիրտս որքան ուրախ է, եթե գիտնայի՛ք...: Կհիշեմ օրը, երբ մեկնեցաք և կմխիթարեմ զիս այն մեծ գործով, որուն ղեկավարն եք: Նորություններ չկան... Անցյալ օրը Ձեր բնակարանը գացինք: Ամեն ինչ առաջվա պես է: Կուղարկեմ անթիվ ողջույններ...: Բախտավոր սեպեցեք Ձեզ, որ հայրենի հողի վրա կկոխեք: Հանգա՛նակությունն արդեն սկսած ենք: Գումար մը կա: Գրեցեք՝ մեր հայրենակիցները պետք ունի՞ն հագուստներու, կոշիկներու... Բավական հավաքած ենք...»:

Մարչը մի անգամ էլ նայեց նամակի այն տողերին, ուր ասված էր «Սիրտս որքան ուրախ է... Կհիշեմ օրը...»: Մարինե Քրաջյան, ոսկեզանգուր խոպոպիկներ և շրթունքներ, որոնց նմանը չկան օվկիանոսի երկու ափին էլ: Բնակարանը... Եվ այլն, և այլն: Դեպքեր, որոնց վերհիշելիս Հովնաթան Մարչը իրավունք ուներ մահճակալի վրա պառկելու և աչքը անթարթ հառելու նամակին: Սպիտակ, փոքրիկ ձեռք... Գրում է... Գուցե հենց այստեղ ժպտաց: Բայց ինչո՞ւ չի ասում այդ մասին կապույտ ծրարը, որ կտրել է նույն ճանապարհը և հասել Փոքր Ասիայի հեռավոր խորքը:

Երկրորդ նամակն ավելի թև տվավ Մարչին: Գրողը ընկերն էր,

Բարունակ Ճիթեչյանը, Եթովպական մամուլ թերթի խմբագիրը: Ինչքա՛ն են միասին ճակատամարտել և ի՛նչ օրեր են ապրել: Նամակից ավելի լավ ազդեց նրա վրա իր նկարը և թերթում տպած հոդվածը, որ Բարունակն ուղարկել էր նամակի հետ:

Ահա նա, Հովնաթան Մարչը… Լայն ճակատ, մազերը խնամքով սանրած գլուխ և աչքեր, որոնց մեջ եթե կայծակներ չէին փայլատակում, համենայն դեպս հանգած մոխիր էլ չկար: Իհարկե կլիշեն ավերել էր դեմքի այն արտահայտությունը, որ ուներ Հովնաթան Մարչը և որի մասին դժվար է գրել: Միևնույն է, չես տա միամիտ այն վիշտը կամ վշտոտ միամտությունը, աչքերի կապույտի մեջ քարացած այն արտահայտությունը, որպիսին կա ուղտի աչքերում, երբ բեզարած նստում է և տատասկ որոճում:

Ի՞նչ էր ասում Եթովպական մամուլը Հովնաթան Մարչի մասին… «Ծնած է Եթովպիա քաղաքի մեջ: Առաջին կանչի հետ ան հայրենիքի փրկության մասին աղաղակած… Եվ ահա վերջին հերոսությունը: Ճամփա ելնել հեռո՛ւ, բայց հարազատ աշխարհը մը, ուր կարիքի մեջ կտառապին… Հսկա ծրագիր մը, որուն ի գլուխ բերելուն անտարակույս ենք, քանի գործին ղեկավարն է ազգանվերն Հովնաթան Մարչ, որուն խիզախ ճանապարհորդությունը, վտանգներով և անակնկալներով լեցուն, մոռնալ կուտա մինչև հիմա եղած նման դեպքերը»:

Հասկանո՞ւմ ես, Հովնաթան Մարչ…

— Քո անունը պիտի հիշվի դարեդար:

Այս ամենը կարդալուց հետո հանցա՞նք է միթե մազերը շոյել, կանգնել պատուհանի առաջ, մերթ հայելու մեջ սեփական դեմքը դիտել, զանազան դիրք ընդունել և ապա հայելին դեն նետելով աչքերը հառել հեռվի մշուշում երևացող Արարատին և հղանալ այնպիսի մտքեր, որոնցից սիրտը բաբախում է սովորականից արագ:

Եթե մեկը դռան ճեղքից նայեր, կտեսներ, թե ինչպես Հովնաթան Մարչը ճեմում էր սենյակում, մերթ կանգնում, հոնքերն իրար տալիս և ինքն իր հետ խոսում կամ հանկարծ հետ դառնում և աչքը լվացարանին դարձնելով, շրթունքները շարժում: Եթե այդ բառերը դուրս թռնեին… Կցնդեր աշխարհը, աշխարհի հետ էլ անթիվ, անհամար բազմություն: Լավ էր, որ դուռը փակ էր:

Սպասավորը զարմացավ, երբ մի քիչ հետո, Հովնաթան Մարչի մաքուր սրբած կոշիկները ձեռքին, ներս մտավ:

— Կնիկը մեռել է, — մտածեց սպասավորը, երբ դուռը դրեց:

Բայց այդպես մտածելը միայն սպասավորի տկարամիտ լինելն էր ցույց տալիս: Ինչո՞ւ պիտի լաց լիներ Հովնաթան Մարչը, ինչո՞ւ նրա խնամքով սանրած մազերը պիտի ցրվեին, խառնվեին իրար, ինչո՞ւ նա գլուխը պիտի առներ ձեռքերի մեջ և շրթունքները կրծոտեր, երբ քիչ առաջ ամբոխներին շանթանման բառեր էր շպրտում և Արարատին ի տես շոյում մազերը:

Երրորդ նամակը, կարճ ու չոր, երրորդ նամակը, որի տակ ստորագրել էր Անդրեաս Բալիքյանի զոհարազարդ ձեռքը, — այնպիսի արհամարհանքով էր նայում Հովնաթան Մարչին, ասես ուզում էր ասել.

— Ես թուղթ չեմ, այլ իմ տիրոջ հրամայող ձայնը…

«… Հատակագծեն կերևա, թե Եթովպիո տեղը խորդ ու բորդ է: Հովոտ տեղ է կըսեն այդ երկիրն ճանչցողները: Հող կտառապին բազմատեսակ հիվանդությամբ և մանավանդ որ գազաններ կան մոտները: Հարմար տեղ մը չկրցա՞ք ընտրել: Հայրենակիցներու ցանկը ղրկեցեք՝ նայիմ: Տեսա՞ք Վեհափառ հայրը, օրհնությունը առի՞ք: Նյութական օգնություն շատ մի հուսաք, գործերնիս հաջող չեն երթար: Քաղաքին տեղը շտկելե հետո հայտնեցեք ինծի: Խնդրածս չմոռնաք բերել: Դուք վերցուցեք մայր Արաքսի ջուրեն: Նաև տեղեկացուցեք բուրդի գիները: Լավ գորգերը քանի՞վ կարելի է գնել…»:

Այս էր Բալիքյանի նամակը: Ի՞նչ, մի՞թե ցնորք է Նոր Եթովպիան, և ո՞վ է ասում, թե տեղը հարթ չի՛: Երբ Հովնաթան Մարչը տեղը նստեց, աչքերը տրորեց, նա ուզում էր ասել, որ եթե ամպը ծածկում է արևին, այդ չի նշանակում, թե արևը գոյություն չունի:

Ճաշից հետո նրա գրած նամակները հենց այդ էին ապացուցում, որ արևը գոյություն ունի, որ երկիրը կարող է կորցնել իր ուղին և տիեզերքի անհունության մեջ հոլի պես ֆռռալ, բայց Նոր Եթովպիան պիտի լինի:

«… Մերայնոց երազն է այս, որ մարմին կառնե, սիրելիդ իմ Բարունակ: Ամեն կողմե շնորհավորանք և խնդակցություն կստանամ այս ձեռնարկած գործիս համար: Ցուցակագրումը շուտով կլմննա: Ստույգ է, որ հազարե ավելի փղշտացի ու եթովպացի կապրին այս երկրին մեջ: Մարդ ղրկած եմ մաքիներու ետևեն: Ժողովրդին պետք է մաքիներ տալ: Ծրագրած եմ հոյակապ հանդես մը սարքել հիմնադրումի օրը: Ա՛խ, եթե գիտնայիր, սիրելիդ իմ Բարունակ, սքանչելի երկիր է սա Արմենիան: Մինակ ժողովրդին դաստիարակության գործը սխալ կընթանա: Ամենքն ալ վարակված են տեսակ մը թույնով. շատ անգամ բածնին չես հասկնար, ցեղակիցդ կխոսի՞, թե՞ օտարական: Հոգ չէ, երկիրը կմնա, հոյակապ վանքերը: Քեզի գրած եմ Էջմիածին կատարած ճամփորդությանս մասին: Հոս ալ կան սիրանվեր հայրենակիցներ: Նոր Եթովպիան պիտի ըլլա երկրին սիրտը, և բոլոր երակները պիտի բացվին անոր մեջ: Անգամ մը տես պարոն Բալիքյանին և համոզե, որ գործը զոհ կը պահանջե ամենքես, ըսե՝ թող հոգ չընե: Քաղաքին վայրը շատ աղվոր է: Հոս պակասություն շատ կա: Ուրիշ անգամի հետաձգելով այս մասին գրելս, ազնիվ սրտիդ կապավինեմ և կուղարկեմ Նոր Եթովպիո հողեն բոլոր հայրենակիցներուս բյուր ողջույն: Ի՞նչ կընե Բարեսիրաց մարմինը: Հանգանակությունը չմոռանաք…»:

Եթե նա կարող էր զեղել իր զգացումները Բարունակ Ճիթեչյանին գրած նամակում, նույնը չէր կարող անել Բալիքյանի հանդեպ: Բրդի և գորգի գները հաղորդելուց հետո, Հովնաթան Մարչը Էջմիածնից ստացած օրհնության թղթի մասին հայտնեց:

— «Երջանիկ պիտի ըլլամ անձամբ մատուցելու Ձեր անվամբ ստացած թուղթը և Մայր Աթոռի օրհնությունը»:

Այդ գրելուց հետո՝ Հովնաթան Մարչը հայտնեց, որ Բալիքյանի բոլոր ցանկությունները կկատարի, և ենթադրելով, որ արդեն Բալիքյանի ներսում հայրենասիրությունը փոթորկում է նամակի այդ մասն ընթերցելուց, — Մարչն զգուշությամբ ավելացրեց.

«Նյութականի կարիքն սկզբին պիտի ըլլա, անկե վերջ իրենք կըհատուցանեն Ձեզմե ստացած դրամը: Ամեն օր հարյուրավոր աղերսագիր կստանամ Ձեր անունով գրած: Ամենք ալ հայրենակիցներ են, կփափագեն բնակիլ Նոր Եթովպիայում: Պանքային միջոցով դրամ փոխադրեք... Հիմնադրումը սեպտեմբերի 4-ին, Ձեր ծննդյան օրը: Այդպես է հայրենակիցներու միահամուռ ցանկությունը: Կլսեմ, թե կառավարությունը ևս որոշած է Ձեզ շնորհակալության թուղթ ղրկել: Ձեր անունը մեզի վահան դարձուցած ենք և հաջողությամբ կաշխատինք: Նախորդ թվակրիս մեջ հիշած էի, որ ուսուցիչն ու քահանան պատրաստ են: Երկուքն ալ երևելի հոգիներ են, մեր նախնի բարքերով: Կհուսամ, որ դրամի առաքումը չեք ուշացներ: Հայրենակիցներու որոշմամբ ամենքն ալ կրծքին վրա Ձեր անունը փորագրած նշաններ պիտի կախեն հիմնադրումի օրը: Հինգ արու մանչ ցուցակ ըրած են, որոնց մայրերու անզուսպ ցանկությունն է կնքել զանոնք ավազանի մը մեջ Նոր Եթովպիայի և հինգին ալ անվանել Անդրեաս: Կհուսամ, որ Ձեր անունը չեք մերժիլ շնորհելու փղշտական մանուկներուն...»:

Այս ամենը գրելուց և ծրարները կնքելուց հետո Հովնաթան Մարչը թեթևություն զգաց: Սև ամպն անցավ, և ոգևորության արևը նորից շողաց:

— Խելոել է պոլսեցին, — մտածեց սպասավորը, երբ Հովնաթան Մարչը սուլելով իջավ սանդուղքներով և քայլերն ուղղեց դեպի այն շենքը, ուր գրասիրաց հավաքույթը պիտի տոներ Տաղավարյան բանաստեղծի հարյուրամյան:

Հովնաթան Մարչը դռնից ներս մտնելու ստիպված եղավ լուցկի վառելու, մութի մեջ դուռը գտնելու համար: Եվ որքա՛ն մեծ եղավ նրա զարմանքը և ուրախությունը, երբ մուտքի մոտ տեսավ սպիտակամորուս մի մարդու և բժիշկ Երանոսին: Բժիշկն իսկույն մոտ վազեց, նրա թևից բռնեց:

— Ձեզ էինք սպասում: Մենակ կդժվարանայինք սրահը գտնել:

Եվ մինչև Մարչը աչքերը բաց ու խուփ անելով կվարժվեր միջանցքի մութին, բժիշկ Երանոսը կարկուտի պես վրա տվավ:

— Մոռացա ծանոթացնել, Դրաստամատ Խաչատրյան, երևի…

— Ա՛հ, ինչպես չէ, շատ ուրախ եմ…

Ծերունին չկարողացավ բառերն իրար կապել: Եվ մյուս միջանցքն անցնելով, ուր ճրագի աղոտ լույսը կար, Մարշը ձեռքը մեկնեց և թոթվեց Դրաստամատ Խաչատրյանի պառավ ձեռքը, որ 19-րդ դարու վերջին գրել էր Պետրոս Գետադարձ կաթողիկոսի հրաշագործությանց պատմությունը, իսկ 20-րդ դարում՝ այդ նույն պատմության երկրորդ հատորը: Եվ այդ հատորի հրատարակության հոգսն էր, որ բժիշկ Երանոսի դրդմամբ Խաչատրյանին մուտքի մոտ սպասեցնել էր տվել մոտ կես ժամ:

Սրահը գետնափոր քարայրի էր նման, և երբ Մարշը ներս մտավ, ներկա եղողների մեջ մի շշուկ անցավ: Բժիշկ Երանոսը սարկավագի պես աչքերը խուփ, ծանոթ շարականը կարդաց.

— Խոյեցյան Սերովբ, մեր վաստակավոր պատմաբանը: Անշո՛ւշտ գիտեք:

— Հարկա՛վ, մի՞թե, շատ ուրախ եմ…

— Ահա Կովկասի Հայոց կուլտուր-կրթական ընկերության նախագահ Շահնազարյանը…

— Ա՛հ….

— Ինչպե՞ս եք, ինչպես եք հավանում մեր երկիրը…

— Գրիգոր Լեռնական, վեցերորդ կամավորական գնդի հրամանատար, Բասենի անպարտ հերոսը, այժմ Գրասիրաց ընկերության քարտուղար:

Լեռնականը Հովնաթան Մարշի ձեռքը սեղմեց զինվորականի կտրուկ շարժումով ըստ վաղեմի սովորության զինվորական պատիվ տալով նրան:

— Կիիշե՞ք ձեր բոլոր զինվորներուն:

— Մեկ-մեկ:

— Անթանոսյան Հմայակին կիիշե՞ք:

— Վախկո՛տ դեզերտիր: Մի անգամ պիտի գնդակահարեի:

Լեռնականը ձեռքը գրպանը տարավ, թեև գրպանում կրակելիքը միայն լուցկու տուփն էր: Սակայն նկատելով Հովնաթան Մարշի հանկարծակիի գալը, ժպտաց ու ավելացրեց.

— Բայց լավ եղավ, որ աչքիս չերևաց: Հետո իմացա, որ հանցավորը ուրիշն էր…

— Տեսնո՞ւմ եք… Ես միշտ էլ ասել եմ, որ դիպվածը մարդու կյանքում վճռական է, — ասաց բժիշկ Երանոսը, թեկուզ երբեք այդպիսի բան չէր ասել:

— Սա էլ մեր հարգելի հայրիկը: Իր ամբողջ կյանքը նվիրել է հայրենիքին, — ասաց բժիշկը, առաջ հրելով կարճլիկ ու նիհար մի ծերունու, որի մի կողմ ծռած վիզը խեղճացնում էր դեմքը ու տալիս նրան այնպիսի արտահայտություն, որ ասում էր.

— Հիմա ես տաշեղի կտոր եմ: Ինձ հանգիստ թողեք:

Քիչ հետո հավաքույթն սկսվեց: Նախագահ Շահնազարյանը (Կովկասի կուլտուր-կրթական) նիստը բաց արեց այնպես թույլ ու բեզարած, կարծես ուզում էր ասել, որ առանց իր խոսելու էլ նիստը իրեն-իրեն կբացվեր:

Տաղավարյանի մասին խոսեց թեմական դպրոցում քսան տարի հայոց գրականության դասատու Տեր — Հովնանյանը, որի միալար ու տրտում նվագի պես հնչող բառերը շատ շուտով քնաբեր եղան պատմաբան Խոյեցյան Սերովբի, Պետրոս Գետադարձի և ուրիշ մի քանիսների համար: Նույնիսկ Հովնաթան Մարչը հորանջեց: Եվ եթե Գրիգոր Լեռնականը ստեպ-ստեպ հազում էր, անշուշտ, այդ արթուն մնալու քողարկված միջոց էր, թշնամուն չմատնելու համար իսկական նպատակը:

Ծափահարություն եղավ: Բայց այդ ծափահարությունը կարելի էր բացատրել նաև ճառը վերջանալու ուրախությամբ: Եվ երբ բժիշկ Երանոսը քնած աչքերը բաց ու խուփ անելով, ծանրացած գլխի համար մի հենարան էր փնտրում, հանկարծ Հովնաթան Մարչը մոտեցավ ամբիոնին: Ննջողներն սթափվեցին:

— Հայրենակիցնե՛ր, այսօր մեծ մարդու հարյուրամյա տարելիցին իմ խնդակցությունները կհայտնեմ օվկիանոսի մյուս ափը ապրող ցեղակիցներու կողմեն: Ո՛չ, մեռած չէ այն մեծ մարդը, որ քուներն զարթեցուց այս ժողովուրդը և ըսավ. ելի՛ր, ազգ, ժամը հնչեց…

Բժիշկ Երանոսը այնքան փոքրացա՛վ… Եթե հնար լիներ սեղանի տակ պահվելու, ապա կամացուկ դուրս ծլկելու: Ինչե՛ր է խոսում, եթե լսեն…

— Այո՛, հնչեցուց շեփորը և ոտքի ելավ ցեղը, նվաճելու իր հայրենի անդաստանը, ուր խուժադուժ…

Բժիշկ Երանոսը փողոցում այնքան արագ էր վազում, ասես մահամերձ հիվանդ ուներ, որի վայրկյանները հաշված են: Նրա հետևից, բայց փողոցի մյուս մայթով, ոտները քարշ էր տալիս Դրաստամատ Խաչատրյանը, երկրորդ անտիպ հատորի հեղինակը: Իսկ Հովնաթան Մարչը մռնչում էր, թափահարում գլուխը, գլխի հետ էլ մազերը.

— Դարերը կանցնին որպես տարիներ, տարիները կթվան ժամեր, ժամերը վայրկյանի արագությամբ կսլանան, և հավիտենական երջանկությունը իր թևերը կփռի այս երկրի վրա…

Գրիգոր Լեռնականի հազը սաստկացավ: Դահլիճում Խոյեցյան Սերովբը չէր երևում: Շահնազարյանը (Կովկասի կուլտուր-կրթական) հայացքն ի զուր էր ման ածում նոսրացած շարքերում, փոխնախագահ Ալլավերդյանին գտնելու և իր տեղը նրան զիջելու համար:

Փոխնախագահը տուն էր հասել ուրիշ փողոցով և հասնելուց գլխին թաց շոր էր դրել:

— Ի՞նչ է Նոր Եթովպիան, սիրելի հայրենակիցներ, եթե ոչ ցեղի տառապած հոգու համար ապեղանի, փրկության կղզի, գլխովին ոչնչանալու վտանգի դեմ: Սրբազան մի անոթ, ուր պիտի պահ տանք մեր ինքնությունը, թաքստոց և ամուր պատսպարան, եթովպական, փղշտական ցեղերի բեկորները փլուզումե զերծ պահելու: Այս պահի…

Գրիգոր Լեոնականը հազաց, սկսեց շրթունքները կրծոտել: Դահլիճի կիսամութում ոչ մի գլուխ չէր երևում, իսկ Հովնաթան Մարչը խոսում էր, բառերի հետ թուքի կաթիլները թռչում էին նրա բերանից և աշխարհին ավետում նո՛ր, չլսված պատգամներ:

7

Կառքը ճանապարհով գլորվում էր եզան սայլի դանդաղությամբ, որովհետև ոչ միայն ճանապարհն էր վատ և կառքի ռեսորները խախուտ, մի քանի տեղից երկաթե լարերով կապկպված, ոչ միայն ձիերն էին լղար, աչքերը ճպռոտ, պոչի մազերը նոսր ու կողքի ճաղերը ցանկապատի փայտերի պես դուրս ցցված, — այլև ծանր էր այն բեռը, որ բարձած էր կառքին:

Բեռ է ասվում, որովհետև զանազան պայուսակների, տոպրակների, թղթի փաթեթների ու կողովների միջից հազիվ էին երևում երկու գլուխ, որոնց տերերին էին տանում լղար ձիերը, բոլոր կապոցներով հանդերձ, որոնցից մեկի մեջ տեղաշոր էր, մյուսի մեջ ուտելիք, կողովների մեջ սեխ ու ձմերուկ և այն բոլոր բարիքները, ինչ օգոստոս ամսում տալիս է Արարատյան դաշտը:

Եթե ուշադրությամբ դիտեր մեկն ու մեկը փոշու մեջ գլորվող կառքն ու կառքի մեջ նստողներին, այդ մեկն անպատճառ պիտի տեսներ, որ բարակ ու երկար վզի տեր մարդը ուսին որսորդական հրացան ուներ:

Ընթերցողն արդեն գուշակեց, որ ուղևորներից մեկը Հովնաթան Մարչն էր, մյուսը՝ հրացանակիրը՝ Անթանոսյան Հմայակը, և որովհետև ձիերի դունչը հարավ էր դարձրած, ուրեմն և պարզ էր, որ նրանք Նոր Եթովպիա չէին գնում, այլ մի ուրիշ վայր:

Ճանապարհին, ինչպես ասում են, կառքը բարև չէր առնում, բարև չէր տալիս անցնող ու դարձող քարավաններին, թեկուզ բոլորն էլ զարմանքով էին նայում իրերի մեջ թաղված ուղևորներին:

— Շոգից չե՞ն ճաքո՞ւմ, — հարցրեց Նազարապատ գյուղացի մեկը, երբ կառքն անցավ կողքով:

Մարչը չլսեց նրա հարցը, իսկ Անթանոսյանն այնպիսի հայացք նետեց կողովների արանքից, ասես ուզում էր նազարապատցուն տեղն ու տեղը խանձել:

Հովնաթան Մարչը մտածում էր: Էլի նույն հարթությունը, որի վրա անպետք մացառներ կային, չորացած փշեր, իսկ ուր ջուր էր հասնում, հողը կատաղի արգավանդություն էր ցուցադրում՝ փարթամ այգիներով, բամբակի ու ցորենի արտերով: Ինչպե՞ս է, որ նիհար, տգեղ ու կեղտոտ շորերով կինը ծնում է զարմանալի գեղեցկությամբ մի մանուկ, որի կաթնագույն շրթունքները ծծում են մոր չորացած, պարկերի պես կախ ընկած ստինքները: Ծծում է մանուկը, թաթով շոյում այդ պարկերը և ժպտում: Ի՞նչ հզոր հյութ կա սմքած մոր մարմնի մեջ:

Եթե երկիրը դոնբաց նիստ լինի, հավաքվեն նրանք, մաքուրարյուն եթովպացիք, իրենց վրանները զարկեն տափարակի վրա և կաթնակեր մանուկների պես կախ ընկնեն մոր պտուկներից, աճեն, բազմանան, երկիրը դարձնեն եթովպանոց…

Նախընթաց երեկոյան նկուղի պես մութ թեյարանում, ուր Ավետիս աղան, ճեզվեյով սուրճ էր եփում և Պոլսո սուրճ հրամցնում պատվական հյուրերին (որոնց համար չէր, իհարկե, պատին կախած ազդը՝ ապառիկ ոչ մեկի, չենք դիմանար), — նախընթաց երեկոյան սրճատանը Գրիգոր Լեռնականը մաշված, տեղ-տեղ թղթով կպցրած քարտեզի վրա (վեցերորդ կամավորական գնդի շտաբ) ցույց էր տալիս, թե որտեղ ինչե՛ր կարելի է անել և ինչե՛ր են արված այն ժամանակ, երբ… (պարզ չէ՞ միթե), և դեռ ինչե՛ր պիտի արվե, եթե մեկ էլ… Խոսքը բախտի անիվի մասին էր:

Բժիշկ Երանոսը համամիտ լինելով Լեռնական Գրիգորին, խոսում էր ցած ձայնով: Թեկուզ նրա խոսքերը ըստ մեծի մասի այո, իհարկե. էին, բայց և այնպես դավաղրության ազդանշանի բառեր էին թվում իր, բժիշկ Երանոսի և Անթանոսյան Հմայակի համար, որ նախկին հրամանատարի հանդեպ տածած ակնածանքից, նստել էր հեռվում և սուրճը փոքր ումպերով կուլ տալով նայում էր քարտեզի վրա խոնարհած գլուխներին այնպիսի հայացքով, որ ասում էր.

— Պանծալի քաջեր, հերոս հայրենյաց…

Մարչը արծարծում էր մտքեր, որոնցից Ավետիս աղան էլ կսարսափեր, եթե լսեր ու հասկանար: Ինչո՞ւ տափարակի վրա պիտի բնեն փշեր և ոչ ուրարտական կորեկ, ինչո՞ւ երկիրը պիտի կոխ տան մարդիկ, որոնց երակներում փղշտական մի կաթ արյուն էլ չկա, ինչո՞ւ հայրենի մթնոլորտին ածխաթթու պիտի խառնեն այլազգի թոքեր այն ժամանակ, երբ ցեղակիցների թոքերը թունավորվում են օտար երկրի թթվածնով, կորչում է լեզուն, ցեղի տիպարը, հալվում է, ձուլվում…

Հանկարծ… Բժիշկ Երանոսի աթոռն ընկավ, մուտքի առաջ ցցվեց միլիցիոները, նայեց սրճարանի մարդկանց: Հովնաթան Մարչը դեմքը ծռմռեց, ու նրա դեմքին քարացավ երկու բառ.

— Ինձի կընկերես…
Անթանոսյանի բկում սուրճի մի ումպ պնդեց, ձյութի պես փակչեց կատիկին: Չկարողացավ կուլ տալ:
Միլիցիոները Ավետիս աղային հիշեցրեց տուրքի ժամկետի լրացման մասին ու հեռացավ:
— Կայնենք, ձիերին մի քիչ կեր տանք: Մեռանք շոգից, — ասաց կառապանը, երբ կառքն անցավ Նազարապատի կամուրջը և կանգ առավ ուռենիների շվաքի տակ:
Կառապանը կողովներն ու կապոցները գետնին դարսեց, որից հետո իջան ուղևորները, որոնց ուսերից կախված էին ջրամաններ, հեռադիտակ, հասը շորով փաթաթած շշեր և այլն: Անթանոսյանն այդ կերպարանքով նման էր քարվանի նառ ուղտի՝ գորգերով, գունավոր փնջերով, մեծ ու փոքր զանգուլակներով:
— Բարև՛ ձեզ, — ասաց մեկը, որ կառքի կանգնելը հեռվից տեսել էր ու մոտեցել:
— Բարև, աս ի՞նչ գյուղ է:
— Նազարապատն է: Ավերակ գյուղ էր, հիմա վերաշինված է:
— Բնիկնե՞ր են, — հարցրեց Մարչը:
— Ամեն տեղից կան: Գաղթականներ էլ կան. մշեցի կա, բուլանըխցի: Մի քանի տուն էլ քուրդ կա:
— Քո՞ւրդ…
— Այո՛, քանչորս նաֆար են:
— Քո՛ւրդ: — Այդպես ասողը Անթանոսյանն էր: Այդ ասելուց հետո հայացքը Մարչին հառողն էլ նա էր:
— Հրամանքնիդ ո՞վ եք…
— Ես խորհրդի քարտուղարն եմ, ինքս էլ կուսակցական…
Մարչը շրթունքները լիզեց: Ինչքան շո՛ւտ էին չորանում: Իսկ Անթանոսյանի աչքերը պղտոր ջուր էին:
— Բնի՞կ եք:
— Ո՛չ, — ես Վանի կողմերից եմ:
— Վանա երկրե՞ն…
— Այո՛, բայց հիմա էստեղացի եմ:
Ահա քեզ խաթարված հոգի, մոլորյալ ոչխար, որ մի խուրձ խոտի վաճառել է հայրենի մուրը: Հովնաթան Մա՛րչ, ինչո՞ւ շփեցիր ճակատդ, ինչո՞ւ ծարավ զգացիր և թիկունքդ քրտնեց:
— Դպրոց կա՞:
— Ինչպես չէ: Դպրոց, խրճիթ, լիկկայան: Անգրագիտությունը վերացված է 60 տոկոսով, նաև կանանց մեջ: Գյուղս ունի փոկ, 74 անդամով, որից կին՝ 23 հոգի, շինարար սեկցիա, նորոգված են կամուրջները և հանդամեջ տանող ճանապարհները: Ունենք նաև…
— Կեցիր, այդ ամենը ո՞վ քեզի ըսավ…

— Ես եմ հաշիվը տանում, չէ՞: Ամեն ամիս զեկուցում ենք տալիս շրջանին:

— Հոս չկա՞ն փղշտացոց երկրեն վերաբնիկներ, եթովպացիք չկա՞ն…

— Էդպես ազգ մեր գյուղերում դժվար կճարվի: Ասորի կա:

— Ազգ չէ՛, բարեկամ, ցեղ են ասում… Պատմությունը չե՞ս գիտեր: Արշակ թագավորը երբ զորքով անցավ…

Բայց Անթանոսյանը Մարչի թևից ծածուկ քաշեց, նայեց աչքամիջին: Դրանից էր, որ Մարչի խոսքի շարունակությունն այսպես ստացվեց.

— Զորքով անցավ և … վերադարձավ:

— Կարելի է, կպատահի: Մեզ հայտնի չի: Այն ժամանակ երևի փակ տնտեսություն էր:

— Ամեն ինչեն կար…

Եղավ պաուզա, որի ընթացքում երկու կողմ էլ լարված ուշադրությամբ զննում էին իրար:

— Էթանք, եղացանք, — ասաց կառապանը:

— Խոր Վիրապի ճանապարհին այս չէ՞, — հարցրեց Մարչը քարտուղարին, կողովների ետև տեղավորվելուց հետո:

— Այդ կողմերում կլինի: Չեմ տեսել, — ասաց նա:

Կառքը շարժվեց և գլորվելով անցավ փողոցներով: Գյուղի առօրյան էր՝ փողոցներում, բակերում, այգիներում: Ցեխում նստած մի գոմեշ, պոչը վրձին շինած, մեջքին սև քաթանի վրա գորշ գույնի նախշեր էր շարում, ականջները շարժելով քշում ճանճերին: Կոտրած սայլի ճաղի գլխից աքլորը կանչեց՝ քունը փախցնելու համար: Մի պառավ, որ հարդախառն թրիքը գունդ էր արել և պատերին էր փակցնում, մի պահ նայեց կառքին՝ թրիքի գունդը ձեռքին:

Ահա գյուղը, ապրում են քուրդ, բուլանըխցի, մշեցի: Վարում են, ցանում, թրիք են ծեփում, ուտում են, ծնվում են, մեռնում: Սակայն ո՞ւր է կայծը, որ պիտի լուսավորի նրանց մտքի առաջ այս երկրի ողջ իմաստը: Զգո՞ւմ են այն թելերը, որոնցով կապված են ցեղի պարծանքի հետ, գիտե՞ն, որ հոյակապ անցյալով ազգ են, թրիք ծեփող պառավը գիտե՞, կարոտո՞ւմ է ցեղի անցյալ փառքին, գիտե՞, որ իր երակների մեջ թանկագին արյուն է հոսում, որի ամեն մի կաթիլը ադամանդ է:

— Կապրեն պատմական երկրում, որի ամեն մի քարը թանձրացյալ պատմություն է, կաղտոտեն այդ երկիրը և չեն մտածեր, թե ի՛նչ հերոսներ եկել են ու անցել, ինչ մե՛ծ, սրբազան անուններ…

— Այո՛, այո….

— Այս ճամփով չտարա՞ն Գրիգոր Լուսավորչին Խոր Վիրապը նետելու…

— Հասանք: Էլ դենը ֆայտոն չի գնա, — ասաց կառապանը:

Այդ դենը եղեգնուտն էր, որի միջով, տեղ-տեղ ճումերի վրայով, անցնում էր նեղլիկ կածանը: Ուղևորներն իջան: Եվ նոր միայն հասկացան, որ ավելորդ էր կառքին բարձած ճամփի պաշարը, իրեղեններն ու կապոցները: Այդ ամենը հերիք կաներ յոթ օր, յոթ գիշեր անջուր անապատով անցնող քարվանին:

— Ի՞նչ պիտի ըլլա, — հարցրեց Մարչը: Անթանոսյանի դեմքին էլ նույն հարցը կար:

— Ետ տանեմ: Ի՞նչ կտաս, գնամ Նազարապատ սպասեմ, մինչև ձեր գալը:

Աշխարհի բոլոր կառապաններն էլ նույն հայացքով են նայում նեղն ընկած ուղևորին, որի միակ ճարը լռելյայն համաձայնելն է: Եվ եթե ֆայտոնչի Մուկուչն էլ ետ չէր մնում բոլոր կառապաններից, մեր ուղևորներին էլ մնում էր միակ ելքը՝ ապավինել կառապանի խղճին ու գթասրտության:

Կառքը հետ դարձավ Նազարապատ: Բեռից թեթևացած ձիերը մի քիչ արագ քայլեցին, իսկ կառապան Մուկուչը դիրքի բարձրության վրա, կառքի հետ օրորվելով, արժան և վայել համարեց սուլել.

— Ծիրա՛ն, ծիրա՛ն էր յարս…

— Ուղիղ կգնանք մինչև 3789 բարձրությունը, այնտեղից մի մասն աջ, մյուս ձախ կծռվի և երեկոյան դեմ կհանդիպենք: Միայն զգույշ, որովհետև ամեն մի քայլափոխի կարող եք անակնկալ վտանգի հանդիպել, — ասել էր նախկին հրամանատարը դավադրության այն գիշեր, երբ սուրճի մի ումպ ձյութի պես փակչեց Անթանոսյանի կատիկին:

Խորհրդակցությունը երկար չտևեց: Հովնաթան Մարչը հարկ համարեց ուղղելու գլխարկը, վզից կախած հեռադիտակը և այն ամենը, որի մեջ սուրճը տաք է մնում տասը ժամ: Իսկ արևն այնպես էր այրում, ասես պատրաստակամ էր սառը ջուրը մի ժամում եռման աստիճանի հասցնելու:

— Մժեղներ հոս շատ կըլլան: Կերևի թե վագրի ալ հանդիպինք, — ասաց Մարչը այն անտարբերությամբ, որ ունենն փղշտացիք վտանգի մասին ապահով տեղում խոսելու ժամանակ:

— Կը կրակեմ… փամփուշտակալս լիքն է: — Եթե Անթանոսյանի խրոխտ կեցվածքը տեսներ այն վագրը, որ հարձակվելու էր նրանց վրա…

— Օ՛ն, առաջ… Պետք է որ խորը չըլլա…

Ընթերցող, դուք ջունգլի չեք տեսել, և ոչ էլ արևադարձային երկրի անտառ, ուր մի թիզ հողի վրա բուսնում է անհաշիվ ծառ, խոտ ու ծաղիկ: Բոլորն էլ խառնվում են իրար, խճճվում՝ անլվա, չսանրած մազերի պես, բոլորն էլ ձգտում են դեպի արևը, որի ամեն մի շողի համար կռվում են թփերը, ծաղիկները, ծառերն ու խոտերը: Եվ այդ ամենի մեջ պես-պես թռչուններ, զեռուններ, գունավոր թիթեռներ, կապիկներ և էլ ի՞նչ գիտեմ ինչպիսի կենդանիներ, որոնցից ամեն մեկը և՛ պաշտպանվում է ուժեղից, և՛ հարմար րոպեին հարձակվում թույլի վրա:

Դուք ջունգլի չեք տեսել և ոչ էլ արևադարձային երկրի անտառ: Էլ ինչպե՞ս կարող եք պատկերացնել այն եղեգնուտը, որով նրանք պիտի անցնեին, անպատճառ պիտի անցնեին, թեկուզ մեկին էլ վագրը կամ մարդագայլը հոշոտեր, որովհետև Գրիգոր Լեռնականի քարտեզի վրա նշանակած կարմիր կետը գտնվում էր եղեգնուտից այն կողմը, իսկ այն կարմիր կետի մոտ էլ գտնվում էր նրանց արշավանքի կետ նպատակը:

— Խորո՞ւնկ է:

— Կարևորություն մի տաք...

— Մժեղները կնեղեն... Այս ի՞նչ զեռուն է, որ կառղա մեջքիդ վրա: Կեցի՛ր, հայրենակից, թունավոր կըլլա...

Անթանոսյանը հազիվ կարողացավ կանգնել ճումի վրա, մինչև Մարչը ձեռնափայտի ծայրով դեն հրեց սև ճիճուին: Եղեգնը շարժվում էր, նրանց երկար ու սրածայր տերևներն իրար էին քսվում, սվսվում, թվում էր, թե հովն է շնկշնկում: Սակայն թվում էր միայն, որովհետև հովն այդ ժամանակ արևի կիզիչ ճառագայթներից սինլքոր, սուլում էր հեռու սարերի լանջին:

— Թունավոր օձեր կըլլան հոս, հայրենակից... — Ձայնեց Մարչը Անթանոսյանին, որ առաջից էր քայլում, եղեգնը դեն հրում, ոտքով ճումերի վրա տեղ շինում և ստեպ-ստեպ կանչում.

— Ձախ ծռվե՛ք... Այստեղ խորն է... Զգույշ ցատկե՛ք...

— Կենդանու ոտնատեղեր եմ տեսնում, — կանչեց Անթանոսյանը: Մարչը տեղում կանգնեց:

— Կենդանի՞... Ո՞ւր է...

— Ահա հետքերը...

— Ռնգեղջյուր կնմանի: Գուցե վագր է... Չդառնա՞նք:

— Կճղակավոր է: Համենայն դեպս զգույշ մնանք: Եթե փորձանք պատահի, հրացանս առեք, չթողնեք թշնամու ձեռքն ընկնի:

— Հայրենակից, կըսես, թե եղեգնուտները շարժվեցան...— Սո՛ւս... Կռացե՛ք...

Գորտերն ի՛նչ նախանձելի մարմին ունին: Տաքանում են գետափին և ոտնաձայն լսելիս թռնում ծանծաղուտը: Ո՞ւր զնար Հովնաթան Մարչը, երբ վտանգն արդեն մոտ էր: Սև սարսափի վայրկյաններ, հավետ անմոռաց...

— Սև թիկունքը կերևա... Ռնգեղջյուր չէ՞:

Մարչին պատասխան տվավ Անթանոսյանի հրացանը, որի կրակոցից ինչ-որ ահդահա արարած եղեգնուտները կոխ տալով ու փնչալով հեռացավ:

ՈՐԴԻ ՈՐՈՏՄԱՆ

(Պահպանված հատված)

ՄԵՐ ԾԱՆՈԹԸ

Գիշերվա այն ժամն էր, երբ պոստի միլիցիոները չի կարողանում հաղթահարել հոգնությունը և նիրհում է ամայի փողոցում: Քամուց դժժում են հեռագրալարերը և լապտերներն օրորվում են, կարծես փողոցը թեքվում է մեկ մի կողքի, մեկ մյուս, ինչպես լույսերը հանգցրած նավը: Այդ ժամին ձիերը պառկում են և վիզերը երկարում գետնի վրա:

Քաղաքի վրա սառը լուսինն էր, նրա ցուրտ լույսն աննշմար էր էլեկտրական լապտերների լուսեղեն լճում: Միայն բարձր տների տանիքների թիթեղն էր անպտուղ շողշողում լուսնի լուսով: Այդ ժամին նիրհում էին և կատուները, նրանց ոչ մի զույգ չէր մլավում գազանային կրքից: Լուսնին մնում էին քաղաքամերձ բանջարանոցները, որտեղ սպիտակին էին տալիս կաղամբի հասուն գլուխները, որովհետև արդեն աշնան դեմ էր,- և ջրերը, որոնք տխուր խոխոջում էին հնձած արտերի ամայի դաշտերում: Կարող էր պատահել, որ հեռվից մթնում մի սայլ ճռնչար ու սելվորն ուրախ լիներ, որ լուսնյակ գիշեր է և ուրախությունից տխուր երգեր. - ցուցե սառը լուսինը ողողում էր գետափնյա եղեգնուտը, որտեղ բադերը մրսում էին հովից և խոր թաղվում տաք ճլկուտներում, - բայց այդ ամենը քաղաքամերձ էր, քաղաքից դուրս և ոչ քաղաքի ներսը, որտեղ, ինչպես ասացինք, լուսադեմի խաղաղությունն էր, օրորվող փողոցներ և փողոցի ծայրին նիրհող պահակը, ինչպես արագիլը քամուց շարժվող բարդու գլխին:

Մարդը, որի անունը և ով լինելը մենք հաջորդ գլխում կասենք, ահա այդ ժամին նայեց ժամացույցին, ուսն առավ պայուսակը, լույսը մարեց և դռան բանալին գլորեց գրպանը: Հետո նա իջավ մաշված սանդուղքով, անցավ բակը, որ անձև էր, որովհետև երկու կողմից բաց էր, և գնաց դեպի անորոշություն, այսինքն աղիքի նման ծալվեծալ նեղ փողոցով, որ սկիզբ էր առնում հենց այդպիսի անորոշ բակերից և կայարան տանող փողոցին մոտենալով մի քիչ շտկվում, մի քիչ լայնանում, դառնալով ճանապարհանման մի փողոց, որտեղ տները համազգեստով են, այսինքն՝ նոմեր ունեն և պատշաճ լապտեր, ոմանք նույնիսկ ցուցանակներ և ամենևին նման չեն այն խառնիխուռն հողակույտերին, որտեղից ելավ մարդը և որտեղ մի փոքրիկ լապտեր լույս է տալիս չորս-հինգ բակի, որտեղ խսիրով ծածկած արտաքնոցի կողքին հավաբունն է և անխուսափելի մոխրակույտը, ուր ցերեկը խաղում են երեխաները, իսկ գիշերը թաքնում են մրսկան շները:

Մինչև կայարան նա համարյա ոչ ոքի չհանդիպեց: Մի տնից երեխայի լացի ձայն լսեց և օրորոցի թրխկոց: Լավաշի փռից մխի և հասած խմորի հոտ առավ: Նա նույնիսկ գլուխը բարձրացրեց և տեսավ ծանոթ թիթեղյա լավաշը, որ կախված էր ձողից՝ ցուցանակի փոխարեն և վրան կապույտ ներկով գրած՝ «Հաց կա», «Հաց չկա»: Փողոցին նայում էր «Հաց կա» երեսը: Դիմացը գալիս էր մի կառք: Ձիերը քայլում էին դեպի գոմը, նա տեսավ կառապանին, որ գլուխը կախել էր կրծքի վրա, փաթաթվել մուշտակի մեջ: Կարծես անգլուխ էր կառապանը, ձիերը քաշում էին մի խորհրդավոր մարմին:

Կայարանի հրապարակում նա շարժում տեսավ: Գիշերային կառապանները հավաքվել էին իրար մոտ: Նրանք թեթև կրակ էին արել և շուրջը նստել: Ձիերը խժռում էին հարդը: Մի քանի հոգի դուրս եկան կայարանից, գնացին քաղաքի կողմը: Մեկը նրանցից բաժանվեց և բաժանվելիս կանչեց՝ «Այրոշ, էքվան թեզմ արի»:

Քթին խփեց վակզալի հոտը: Նա անցավ հանդարտ դահլիճով, որտեղ նստարանների վրա փռվել էին ուղևորները, որոնք ստիպված էին գիշերել: Նա անտարբեր նայեց շուրջը, ահա մեկը խուրջինը գլխի տակ, ոտքերը փռել է և քնի մեջ քորում է մարմինը: Մի ուրիշը կռթնել է չեմոդանի վրա և դիրքն այնպես է, կարծես խոր միտք է անում. երրորդը գլուխը դրել է պատուհանին, չորրորդը ոչ գետնին է փռվել, ոչ գլուխն է դրել պատուհանին և ո՛չ էլ խոր միտք է անում, այլ պարապությունից, թե ձանձրույթից հագեցնում է քաղցը և ուղտի նման չոքած, բացել է պաշարը, ուտում է ձու, պանիր, հաց, խաշած միս և ով գիտե ինչ բարիքներ, որ հոգատար մի ձեռք եփել է, թխել, փաթաթել, կապել: Հինգերորդի քունը չի տանում և նստել չի ուզում, տասն անգամ կարդացել է չվացուցակը, քանիվեց անգամ մոտեցել ժամացույցին և հիմա հետաքրքիր նայում է, թե ինչպես է չոքած ուղտը լավաշները կլանում:

Մեր ծանոթը, որի հետ դեռ մենք պիտի գնանք և ականատես լինենք նրա գլխով անցած դեպքերին մինչև եղերական վախճանը և նրա շնորհիվ ծանոթանանք շատ մարդկանց և մի պառավ ձիու հետ, - մեր ծանոթը բոլորովին անվրդով անցավ այդ տեսարանների կողքով և դուրս եկավ պերրոնը, ստուգելու ժամացույցը:

Այստեղ էլ խաղաղություն էր: Ռելսերի զույգերը շողշողում էին, և երբ լապտերները օրորվում էին, թվում էր, թե ռելսերը շարժվում են, օձաձև գալարվում, ուռչում և փոս ընկնում, ինչպես ջրի մակերեսը: Մի շոգեմեքենա մանյովր էր անում, կարծես պարապությունից ման էր գալիս գծի վրա, աննպատակ հետ ու առաջ գնում: Հեռվում մի քանի շոգեմեքենա հանգցրել էին ճրագները և շար ընկել: Կանաչ լապտերով մի մարդ նրանց անիվների արանքում ինչ-որ բան էր սարքում:

Մեր ծանոթը գոհունակությամբ նկատեց, որ իր ժամացույցը ճիշտ է աշխատում և վերադարձավ մյուս դահլիճը, որտեղից լսվում էին աղմուկի խուլ ձայներ: Տոմսերի կասսի առջև խռնվել էին 40-50-ի չափ գյուղացիներ, որոնք իրար հրում էին, սեղմում երկաթե ոլոր-մոլոր այն միջնորմների արանքում, որ, ինչպես հայտնի է, կառուցված է հերթ սպասելը դյուրացնելու համար: Գյուղացիները բոլորն էլ տղամարդիկ էին, կային երիտասարդներ: Տիրապետողը գորշ գույնն էր, որ իշխում էր նրանց պատառոտած զգեստների և հողագույն դեմքերի վրա: Հերթում սպասելը դժվարանում էր և նրանով, որ յուրաքանչյուրն իր ձեռքին ուներ իր կապոցը՝ մեշոկ, ջուալ, փայտե սնդուկ և կամ նույնպիսի հողագույն քաթանի վերմակի մեջ պարանով կապված պաշար: Նրանցից յուրաքանչյուրն աշխատում էր ազատվել հարևանի բեռան անախորժ ծանրությունից, որ իջնում էր ուսերի վրա, կամ հրում էր մեջքը, ծակում էր, եթե հարևանը վերմակի մեջ փաթաթած ուներ «սալդաթի վախտը» բերած պղնձե թեյամանը (մեկի տոպրակի միջից երևում էր կացնի կոթը), - միաժամանակ յուրաքանչյուրն աշխատում էր կապոցը հարմար տեղ դնել: Բայց գլխավորը հերթն էր, և այն սպասումը, թե երբ պիտի բաց անեն կասսը, որի համար ոմանք բռունցքի մեջ պինդ բռնել էին տոմսակի մի քանի անգամ հաշված գինը:

Աղմուկը բարձրանում էր ոչ միայն նրանից, որ վերջինները հրում էին առաջիններին, և լսվում էին ահեղագոչ աղաղակներ, թե մեկի ոտքը տրորվեց կամ մյուսի թևը մի բանի տակ մնաց, — աղմուկն ավելի անսովոր վիճակից էր. անասնական երկյուղից, թե կարող է մի բան պատահել, ինքը կմնա, իսկ Օննիկը կերթա պովեզով: Կային և անհանգիստ երիտասարդներ, որոնք աննպատակ հրում էին և բռռում, ինչպես ջահել բուղան, երբ քթովն է ընկնում հողի առաջին խոնավությունը: Նրանք բռռում էին և ծիծաղում, իսկ նրանք, որոնք սեղմվում էին մարդկանց և իրերի միջև, սեղմվում էին երկաթե միջնորմի արանքում, հուսահատությունից թափում էին հայհոյանքների քարե կարկուտ և կատաղության սև ջուր:

Եվ ահա բացվեց այս տեսարանը մեր ծանոթի աչքերի առաջ, երբ նա պերրոնից ներս մտավ: Նայեց նա, ինչպես նկարիչը կնայի փրփրած ծովին: Սակայն նկարիչ չէր մեր ծանոթը, այլ կարգի և միօրինակության մոլեգին երկրպագու: Եվ շատ վրդովվեց նրա սիրտը, երբ տեսավ, որ գորշ բազմությունը երկաթե միջնորմի մեջ, ինչպես անտառի գազանները վանդակների մեջ, աննպատակ հրմշտում են, բոթում, բոթբոթում, աղմկում, այնինչ դեռ մի ժամ և քառորդ կար մինչև կասսը բացվեր և մի ժամ էլ՝ մինչև առաջին զանգը:

Եվ որոշեց սանձահարել հողմը:

Այն խոսքը, որով նա դարձավ հերթի կանգնածներին, կարճ եղավ, և մի պահ հանդարտվեց աղմկահույզ ծովը: Նա առաջարկեց իրենից նոմերներ ստանալ այն կարգով, ինչպես կանգնել են, ապահովել հեռանալ ու հանգստանալ մինչև տոմսերի վաճառելը: Նրա խոսքից հետո նախ տիրեց լռություն, որի ընթացքում հերթի կանգնածները կասկածախառն զննեցին նրան, ապա վերջինները աղմկելով համաձայնություն հայտնեցին. միջինները տատանվեցին, իսկ կասսային մոտ կանգնածները համառեցին: Մարդը հաստատ և հավասար քայլերով, ինչպես զինվորական, մոտեցավ նրանց և հարցրեց ամենաառաջինին, որը երկու ձեռքով ամուր գրկել էր կասսի դուռը. — հարցրեց նրա ազգանունը, հանելով բլոկնոտը: Միջինները միացան վերջիններին. այնտեղից մի քանիսը պոկվեցին և եկան հանդիմանելու առաջիններին: Ռուբեն վճռական էր: Մեր ծանոթը համառությամբ կրկնեց իր պահանջը և մարդը վերջապես ասաց ազգանունը՝ հողագույն և հասարակ, ինչպես ինքը՝ Գրիգոր Կարապետյան, ինչպես պատի աղյուսներից մեկը: Նա տարիքով էր, աշխարհ տեսած չէր և այն հաստատ համոզմանն էր, թե ով հարցնի իր անունը և ազգանունը, նա «օրենքի մարդ է», այսինքն բարձր է իրենից:

Նա ասաց իր ազգանունը և ստացավ «պերվի նոմերը»: Մեր ծանոթը մտադիր չէր ազգանունները գրելու, նա միայն ուզում էր նոմերներ բաժանել, բայց առաջինի համառությունը պատճառ եղավ, որ բլոկնոտի շատ թերթեր սևանան: Երբ գրեց վերջին 47-րդ ազգանունը (43-րդը ավելացրել էր «կոմսոմոլ», իսկ 19-րդը՝ «հինգ նաֆարից բաղկացած չքավոր եմ») և հանձնեց 47-րդ նոմերը, ոչ ոք դեռ տեղից չէր շարժվել, միայն աղմուկը և հրմշտելը հանդարտել էր: Նա առաջարկեց ցրվել և հանգստանալ: 43-րդը, որ իր ազգանվան դիմաց ավելացրել էր «կոմսոմոլ», առաջինը դուրս եկավ: 5-րդ նոմերի տերը առարկեց:

— Չի՞ եղնի, որ համ մեր տեղեն չհեռանանք, համ էլ նոմերը պահենք...

Այս առաջարկը կասկածներ ծնեց, և որովհետև կարող էր գործը քանդվել, մեր ծանոթը երկրորդ անգամ խոսեց. այս անգամ դառնությամբ, դեմքը խոժոռելով միայն 5-րդ նոմերի կողմը: Ազդեցությունը փայլուն եղավ: 5-րդ նոմերի տերն էլ նոմեր առաջինի պես մտածեց, թե ո՞վ գիտե, ինչ կարող է լինի, ինչո՞ւ վատամարդի լինել ուրիշների համար, գուցե այն մարդը, որ գրեց իր ազգանունը, «մենձավոր» էր: Նրան հանդիմանեցին հարևանները, որոնք դեռ շարունակում էին պինդ բռնել միջնորմի երկաթներից: Մեկը նույնիսկ 5-րդ նոմերի հասցեին բղավեց, թե նա «քյալարեցի» է, իսկ քյալարեցիք իբրև թե «իշու ախպեր են»: Իհարկե իզուր ասաց, որովհետև 6-րդ, 9-րդ և 10-րդ նոմեր ունեցողները ևս քյալարեցի էին, որոնց սաստիկ վիրավորեց «կախ շալվար» հոռոմեցին: Միջնորդությամբ մյուսների, որոնք ոչ քյալարեցի էին և ոչ հոռոմեցի, այլ դանաղռանցի, քավթառքսեցի, քուլլուբուլաղցի և

Մեծ Օքուզյաթաղ գյուղում բնակված գաղթականներ՝ ջուրը պարզվեց, որը պղտորելու նպատակով էր հոռոմեցին «շոշափել» քյալարեցու «պատիվը»: «5 նաֆարից բաղկացած չքավորը» աղմուկի մեջ մի խոսք շպրտեց բոլոր «եղականների» հասցեին և ապա ձայնակցեց նրանց, որոնք չեզոք մարդու լրջությամբ հանդիմանում էին կռվող կողմերին:

Սակայն այս միջադեպը մեր ծանոթի առաջարկի օգտին եղավ: Դիմադրության բոլոր միջոցները սպառված էին, չէր կարելի ոչ նոմերը ձեռքին տեղը կանգնել և ոչ էլ դիմանալ այն հանդիմանություններին, որ անում էին հետինները և միջինները: Եվ 5-րդ նոմերի տեր քյալարեցին կատաղի վճռականությամբ իրեն գցեց հերթից դուրս, կարծես ամեհի ցավով պոկվեց մի արյունոտ ող հերթի երկար ողնաշարից: Ապա նա հետ եկավ և սկսեց մյուսներին հանել հերթից: Նրան միացան ուրիշները, որոնք հոհոոցով քաշքշեցին մարդկանց և նրանց իրերը, միջնորմի երկաթների արանքում մի անգամ էլ ճխլելով (մեկի ձեռքից փողերը զրնգալով թափվեցին, գլորվեցին արծաթները և պղինձները և բազմաթիվ գլուխները կռացան, սրա-նրա ոտքերի արանքով անցան, գտնելու փողը, որի տերը լեղապատառ բղավում էր): Բայց և այնպես կասսի առաջն ամայացավ, և նոմերները պինդ բռնած մարդիկ օրհնության և շնորհակալության անձրև թափեցին մեր ծանոթի գլխին: Իսկ նա այդ աղմկահույզ իրադարձությունների ժամանակ անշարժ նույն տեղն էր, որպես մի քարե սյուն, որի ստորոտին զարնվում են պղտոր ալիքները և ամոթով հետ փշրվում:

Ի՞նչ էր մտածում նա, երբ հերթից դուրս եկածներից մեկը բարձրաձայն հայտնում էր իր գովքը մեր ծանոթի հնարագիտության կամ ինչպես ինքն էր ասում, «ֆահմի» հանդեպ, մյուսը իղձ էր հայտնում ունենալու նրա ուսումի այն մասը, որ, ինչպես հայտնի է, ուսումը չունի և միայն ոչխարի այդ մասն է համեղ, երրորդը խորհրդածություններ էր անում այն մասին, թե «էշ ապրած, էշ մեծացած» են իրենք և դեռ չգիտեն «զակոնի պռավիլը»: Այս կարգի միտք զարգացնում էին և մյուսները, որոնք քիսաներից, «կութիներից» և ո՞վ գիտե որպիսի տուփերից հանում էին թութուն ու խորը ծխում, որովհետև հերթի հրմշտկոցը նրանց չէր թողել այդ պահանջին հագուրդ տալու: Սակայն ի՞նչ էր մտածում մեր ծանոթը, երբ նրա շուրջը քյալարեցիների, դանաղռանցիների, քուլլուբուլաղցիների, քյավթառքոսեցիների և Մեծ Օքուզյաթաղ գյուղում բնակված գաղթականների բերանից ծխի հետ դուրս էին ելնում օրհնության, գովեստի և երախտագիտության քուլաներ...

Որքան էլ խուզարկու աչքով դիտում ենք նրա երեսը, չենք նկատում մի նոր կնճիռ կամ մկանի որևէ շարժում: Աչքերը նույնպես սառն են, հայացքը խոժոռ, այնպես, որ մենք ինքներս երկար չենք կարողանում նայել նրան, առանց խոնարհելու մեր սեփական աչքերը: Եվ մի կասկած է ծնվում մեր մեջ, թե չլինի՞ նրա աչքերից ելնում են ահռելի հզորության քիմիական ճառագայթներ, որոնք չեզոքացնում են մեր տեսողությունը և ենթարկում իրենց, ինչպես օձի աչքերը երկչոտ գորտին: Ուրիշը նրա փոխարեն կապրեր հաղթանակի հաճույքը. գոնե անբարբառ կշռյեր և կմեծարեր ինքն իրեն շրջապատված բարերարված բազմությամբ, որոնցից ամեն մեկը իր ձեռքին բռնել էր նրա նշանը, նրա դրոշմը, ինչպես հպատակները թագավորական պասպորտը: Գուցե մի ուրիշը առիթից օգտվելով նոր քարոզ կարդար կամ թե մի քննադատ բարձրանար միջնորմի մեջքին և հմայված բազմությանը գերեր «ընդհանուր ակնարկներով» կամ «ներածական երկու խոսքով» — բայց այդպես կաներ քննադատը կամ մի ուրիշը, մի երկրորդ ուրիշը, և ոչ թե մեր ծանոթ քարե սյունը:

Սակայն չի կարելի ասել, որ նրա գլխում այդ րոպեին մտքերը անշարժ և հանդարտ էին, ինչպես գլխի՝ խնամքով սանրած դեղին մազերը: Նրա սառը հայացքը միջնորմի կողմն էր, կասսի ուղղությամբ: Նա նկատել էր, որ ոմանք շատ են մոտենում միջնորմներին, իսկ երկու հոգի փողերը որոնելու պատրվակի տակ չեն հեռանում կասսի առաջից, կարծես դրամները գլորվել են այն կողմը՝ տոմսակի համար:

— Հեռացե՛ք, — և մեր ծանոթի ձեռքը թրի նման օդը ճեղքեց, կարծես յաթաղանով գլուխ կտրեց: Այս կանչի վրա վազեցին նրանք, որոնք կապոցները թողած դուրս էին եկել պերրոն, դահլիճ, փողոց: Եվ բոլորը հարձակվեցին դրամ որոնող երկուսի վրա և նրանց, որոնք շատ էլ չէին հեռանում միջնորմից: Այս լուրջ ընդհարում էր: 5-րդ նոմերի տերը իբրև տրիբուն մի կրքոտ ճառ ասաց նրանց «մուխաննաթ» և ծուռ միտք լինելու մասին: Նույնիսկ կասկածներ հայտնեցին, որ ոչ մի փող չի ընկել, գրպանումն է զրնգացել: Իսկ փող կորցնողը կրկնակի վիրավորված բղավեց, որ «բլեթի» փողն է կորսվել և դեռ չի գտել երկու «աբբասի» և մի թաք շահանոց: Բայց և այնպես նրանց հեռացրին այդտեղից, և էլ ոչ ոք չկար կասսին մոտիկ:

Մեր ծանոթը հանեց ժամացույցը: Գնացքը պիտի դուրս գար մոտակա կայարանից: Հանկարծ հնչեց դրսի զանգը և նրա ղողանջը խլացավ մի զարհուրելի աղմուկի մեջ: Պերրոնից, դահլիճներից, փողոցից հետ եկավ բազմությունը, որպես պղտոր հեղեղ: Թռան նստարանների վրայով, թռան բազաժի կշեռքի վրայով, թռան նույնիսկ իրենց շալակի կապոցների վրայով: Իբրև թե հրդեհվում է պերրոնը, դահլիճները, փողոցը, բոլոր պատուհաններն ու դռները, և մխի ու ծխի ալիքների մեջ իբրև փրկության փարոս կանչում էր միայն կասսի փոքրիկ դռնակը, որտեղով միայն պիտի դուրս գնար այդ բազմությունը: Եվ ով արագ թռավ, եղավ առաջինը, ով ճխլեց մեկի ոտքը, մյուսի փորը, եղավ երկրորդը, ով խուրջինը բռնեց ատամներով, որ թևերը ազատ լինեն, եղավ երրորդը, ով իբրև սառցահատ կտրեց թևեր ու թիկունք, եղավ չորրորդը, և իրար հետևից մյուսները իբրև բարժ, բարկաս, առագաստանավ, նավակ և հասարակ տախտակ, որպիսին եղավ 5-րդ նոմերի տերը:

Եթե ութնյակով գրած պոեմ լիներ այս գործը և ոչ արձակ պատմություն, հեղինակը այստեղ ութ տող կամ ավելի բազմակետ կշարեր և ընթերցողին կթողներ հերթն էլ, աղմուկն էլ, մեր ծանոթին էլ, և ինքը մի կողմ կքաշվեր: Թող ընթերցողը պատկերացներ, թե ինչպես խառնվեց սահմանված կարգը, ինչպես հետինները եղան առաջին և առաջինները վերջին, ինչպես հարևան սենյակներից վրա հասան ուղևորներ, որոնք մինչև այդ ուղտի պես չոքել էին լավաշի առաջ և կամ քնել էին չեմոդանների վրա, եկան և գրավեցին տեղերը և իբրև նվաճողներ չճանաչեցին ոչ մի կարգ, ոչ մի կանոն, որ սահմանել էին նրանից առաջ, հերոսական ջանքերով սահմանել էր մեր ծանոթը և նրանով հմայված բազմությունը: Նվաճող բարբարոսներին միացան և դանադռանցի, քավթառքոսեցի և քյալարեցի դավաճաններ, որոնք ոտնակոխ արին հայրենի կարգը, այսինքն մեր ծանոթի բաժանած նոմերները և պոչում թողեցին միամիտներին, որոնք ուշացան, ինչպես հիմար կույսերը:

Ընթերցողը նաև թող պատկերացնի այն ժխորը, որ բարձրացավ, երբ հնչեց չարաբաստիկ զանգը: Կանչում էին, որովհետև նոմերները խառնվել էր, կանչում էին, որովհետև կատաղությունից ավելի անգութ էին իրար սեղմում (մեկի կացինի կոթը արդեն մտել էր դիմացինի շեքի մեջ): Վերջապես կանչում էին իրար, որովհետև անակնկալի հետևանքով մեկի փողը մնացել էր մյուսի ձեռքին, կապոցներն էին խառնվել, և թվում էր թե թիփի բորան էր և թանձր մառախուղ, ու կոնչում են իրար կորցրած կռունկները:

Ու կանգնել էր իբրև քարե սյուն մեր ծանոթը: Քունքերի մոտ միայն դեղին մազերի երկու փունջ շարժվում էին, կարծես այդտեղից պիտի դուրս գային եղջյուրներ կամ ով գիտի ինչպիսի չտեսնված բան և նորից պիտի սանձահարեր հողմը: Նա ուզեց մի քայլ անի դեպի առաջինը և հանեց բլոկնոտը, որ կարդար ազգանունները, երբ հանկարծ անեծքի, հայհոյանքի, ատելության և նախատինքի մի ամբողջ ծով տրաքեց նրա կողմը: Կարծես ժխորի առաջին պահին նրան չէին տեսել, և բլոկնոտը եղավ կարմիր փալաս, և ծառս եղան զազզության ցուլերը:

Անհնար է մի առ մի գրել նրանց ասածները, որովհետև բոլորը միանգամից էին գոռում, և լսվում էին միայն առանձին բառեր, ինչպես օրինակ՝ «Դժոխքի շուն, Կայենի կոտոշ», և զանազան թիկունքներից ցցվում էին բռունցքներ: Մեկը պինդ թքեց և ասաց, որ իբր թե նրա ուսումի վրա է թքում: Այդ նա է, որ կես ժամ առաջ իղձ ուներ ստելու նրա ուսումի «որոշ մասը»: Հայհոյում էին և նրանք, որոնք հուսախաբվել էին նրա «մենձըվոր» լինելու մեջ, սակայն դեռ պինդ բռնել էին նրա բաժանած նոմերները, իբրև թալիսման:

— Քո կուշտ կերած օր զատկի իրիկուն էղնի, — ասաց «հինգ նաֆարից բաղկացած չքավոր զաղթականը», որը բավական հետ էր ընկել:

— Իշալլահ հետ չղառնա...

— Խաբարըդ քոռ ակռավը բերի...

— Դաստեմ քուքուրդ դնեմ հոգուդ, դժոխքի կրակ, ա՛յ օղուլ... Էսման էլ բոզութեն, — խանձված հոգով մղկտաց 5-րդը, որը այժմ այդ հսկա ողնաշարի ամենավերջին ողն էր, մի չնչին կճիպ:

Եվ ո՛վ հրաշք... Մեր ծանոթը հաստատ քայլեց դեպի առաջինը, որ տիզի նման փակչել էր կասսի դռանը: Ամբոխը զազազեց, ոռնաց՝ «հեռո՛ւ, հեռո՛ւ...»: Ներս մտավ միլիցիոները, որ մինչ այդ դուրսը ֆայտոնչի Հաջի Գևոյի հետ «ուսուլ խորաթա» էր անում:

Միլիցիոները մոտեցավ մեր ծանոթին, որովհետև միայն նա էր հերթից դուրս:

— Քաղաքացի, — և թևը բռնեց, — օչերեդ կայնի...

Նրանք նայեցին իրար՝ կարգի և միօրինակության ուխտյալ զինվորը և կարգապահության զինվորը: Նախկին 5-րդ նոմերի տերը չարախինդ քրքջաց, երբ մեր ծանոթը դարձավ վերջին ողը:

— Էլի քեզնեն առաջ եմ...

Կասսը աղմուկով բացվեց:

ՎԱԳՈՆ ՄԻ ԺԱԺ ԳԱՐ

Սլուժբի պռավիլ է, հանաք մասխարութեն չի...

Կոնդուկտոր Արտաշ

Չորրորդ ռայո՛ն, «հայոց ռայո՛ն...»:

Ընթերցող, եկե՞լ եք դուք հեռու վայրերից արագընթաց գնացքով՝ կապույտ շոգեշարժը գլուխը, և չքնաղ, ապակեպատ վագոններով, որտեղ ամեն մի նստարան խնդրում է, որ մի քիչ նստեք և մաքուր պատուհանից դիտեք սլացող դաշտերը, ստանիցները և սարաֆանով աղջիկներին, որոնք արծաթահնչյուն ծիծաղով ճանապարհ են զգում ձեզ: Տեսե՞լ եք այն զուսպ ու կիրթ ձևերը, որով խոսում է ձեզ հետ վագոնավարը, և ապա հետո մտե՞լ եք այն մյուս գնացքը, որ ձեզ տանում է չորրորդ ռայոնի սահմաններով դեպի Երևան, դեպի Ջուլֆա...

Չորրորդ ռայո՛ն, «հայոց ռայո՛ն...»:

Որքան էլ պախարակեն քեզ վագոններիդ համար, որքան էլ ասեն, թե

երբեմն ապակիները ջարդված են, և կպատահի, որ էլեկտրական լամպի փոխարեն ճրագուի մոմ վառեն, որքան էլ խիստ կոշտությամբ իրեն կոնդուկտորները մթնում վագոնները փնտրող պասաժիրներին և խոսեն նրանց հետ անըմբռնելի ժարգոնով — այնուամենայնիվ, քո երաժշտությունը չունի ոչ մի էքսպրես: Հողի՞ցն է, օդի՞ց, թե՞ այն ջրից, որ խմում է շոգեշարժը, — չգիտեմ, միայն թե քո վագոնները հագեցված են մի բույրով, որ հիշեցնում է քամուց և արևից խանձված կավահողը:

Գուցե այդ բույրը ոչ հողիցն է, ոչ ջրից և ոչ էլ շոգեշարժի խմած ջրից, այլ այն յուղից, որով օծում են անիվները, առնիները, որոնք այնպես, «ազգային հանգով», ներդաշնակ ճլվտում են, ճռճռում, սիրտ մաշելու չափ տնքում և մղկտում:

— Տա՛նում են, աղե ջան, տա՛նում են...

Ահա խոր մրափի մեջ է անպլացկարտ մի վագոն: Ալագյազը ամպերի մեջ է, և դուրսը անձրև է մաղում, և անձրևը թմբկահարում է վագոնի թիթեղյա կտուրը, և ջուրը նովդաններից թափվում է, ինչպես գյուղի աղբյուրի ծորակից: Լուսաղեմ է, լուսաղեմի քաղցր քուն, այն էլ չորրորդ ռայոնի սահմաններում: Քնել են այնպես, կարծես մայրենի օդան է գլորվում ամայի դուրանում: Մեկը խուրջինը դրել է գլխատակը, պարաններով կապկպել և պարանի ծայրը սեղմել բռունցքում: Կուպեների կիսամթնում երևում են գլուխներ, առանց իրանի, որովհետև իրանը թաղված է կապոցների, սնդուկների, բալուլների, մաֆրաշների, բարձերի, տաշտերի և էլ ինչպիսի ամանների և բեռների կույտի տակ, ազդրեր՝ ոտքերով և առանց ոտքի, իրաններ առանց գլխի, որովհետև գլուխը կապոցների արանքում մի տեղ է կոխել և խառնացնում է՝ թևերը փռած իրերի վրա: Ահա մայրը կերակրում է երեխային, օրորում է ճոճքը և մի տխուր երգ է դնդնում, մի ուրիշը փռել է լվացքը, իսկ մի խաթուն մարե, որ անքուն է մնացել ամբողջ գիշերը, միտքը դրել է սամավարը ցցի:

Սակայն դեռ լռություն է և խոր մրափ: Եթե կան արթուն պահակներ, որոնք հսկում են իրերը, նրանք ճակատները հենել են պատուհանի սառն ապակուն և նայում են դուրսը, ամպի մեջ կորած լեռներին, ամայի դաշտերին, ուր անձրևը մաղում է ցուրտ տխրությամբ: Միայն մի քանի հոգի, որոնց սիրտը մորմոքել է ինչ-որ հիշատակ, թախիծ և անձկություն, կանգնել են տամբուրների վրա և փակ դռների ետևը, անիվների միալար չափով բարձր-բա՛րձր երգում են խեղճ երգեր...

Եվ ահա ներս է մտնում ինքը, կոնդուկտորը, ներս է մտնում և բղավում.

— Վաշ բլեթ...

Վերջացավ լռությունը, քունը, նիրհը, անիվների օրորը: Երեխան բերանը պոկեց մոր կրծքից, խաթուն մարեի լյարդը ցամաքեց, քնաթաթախ վեր թռան նրանք, որոնք քնել էին կտուրի տակ և հանկարծ արթնանալուց գլուխները թրխկացրին կտուրին:

Սակայն ցավ չզգացին, որովհետև ներքևը կանգնել է ինքը, ֆանառով մարդը և կանչում է՝ «վաշ բլեթ...»:

Ահա շարժվեցին կապոցների կույտերը, գլուխները նստեցին իրանների վրա, և իրաններին միացան ոտքեր և ձեռքեր, որոնք հուզված սկսել էին փնտրել տոմսերը, որ մի հատ չէ, երկու հատ չէ: Ահա մեկը ներկայացրեց, և կոնդուկտորը քննում է տոմսը ֆանառի լույսով, նայում է ասեղով ծակծկված թվերին և տոմսի տիրոջը, կարծես ստուգում է, թե արդյոք նա չի ծակծկել: Իսկ տոմսի տերը հլու-հնազանդ նայում է, կարծես գլխին կախվել է մի փորձանք, որ եթե անցնի, նա հանգիստ շունչ պիտի առնի և բաց անի ճանապարհի պաշարը: Մի ուրիշը փնտրում է բոլոր գրպանները, ստիպում է, որ կինը, մայրը ևս փնտրեն, շարժում են ծանր կապոցները, կիսամթնում ձեռքերը քսում են գետնին, և բոլորի հուզմունքը բարդանում է, կոնդուկտորն անհանգստության նշաններ է ցույց տալիս, և հանկարծ երեխան հիշեցնում է, որ հայրը բլեթները շափղայի մեջն է կոխել:

Կոնդուկտորն անցնում է մյուս կուպեն և այնտեղ մի կին ուրախությունից բարձր կանչում է, որ կոնդուկտորն իր եղբոր հարսի եղբայրն է և թոթվում է ձեռքը:

— Քա կեցի՛, հաց կե՛, Արտաշ... — թախանձում է կինը:

Այդ լուրը տարածվում է ամբողջ վագոնում, և հանգստություն է իջնում մարդկանց հուզված հոգիների վրա, և իրար հաղորդում են, թե Արտաշը մեր եգանի հորեղբայրն է, Արտաշը օրթաքիլիսեցի սև Յագորի միջնակ տղան է, մայրը մաստարեցի: Իսկ Արտաշը կարծես դժգոհ է, որ միամիտ կինը պատռեց նրա խորհրդավորության վարագույրը, և նույն լրջությամբ շարունակում է ստուգել տոմսերը: Ահա նա անցնում է մյուս կուպեն և կինը, որ շտապ բաց է արել սուփրեն, նորից է կանչում:

— Չի եղնի, խնամի... Պռավիլը պազվոլիտ չի էնի... Սլուժբա է, հանաք մասխարութեն չի:

— Քա մի թիքամ...

Չորրորդ ռայոն, «հայոց ռայոն...»:

Որքան էլ սիրենք քո գնացքները, քո պասաժիրներին և «պռավիլը» պաշտպանող կոնդուկտորներին, այնուամենայնիվ, այստեղ մենք հրաժեշտ պիտի տանք բոլորին և մոտենանք միայն մի պասաժիրի, որ վաղուց է անշարժ նստել անկյունում, և չի իմացվում, քնա՞ծ է, թե արթուն, որովհետև, ինչպես ասաց Արտաշը, մերն էլ «սլուժբա է, հանաք մասխարութեն չի», և չի կարելի այսպիսի լիրիկական զեղումներ ունենալով հեռանալ մեր ծանոթից, որին մենք վերջին անգամ տեսանք կասսի առաջ, իսկ այժմ ահա նստած է մի մութ անկյունում և չի իմացվում քնա՞ծ է, թե արթուն, լսո՞ւմ է, որ դուրսը մաղում է անձրև:

Վակզալի պատահարը նրա հիշողությունից ցնդել էր: Մեր ծանոթը, որին վերջին անգամ ենք այդպես կոչում, որովհետև մեկի հետ ծանոթանալու և նրա ով լինելը իմանալու ամենահարմար վայրն առհասարակ ճանապարհին է, մանավանդ չորրորդ ռայոնի երկաթուղին, որտեղ սրտակից բարեկամության շատ դաշինքներ են կնքվել, — մեր ծանոթը վերլուծել էր ամբողջ պատահարը և որակել իբրև «կազմակերպչական թերություն», գտնելով նաև «սկզբունքային տարաձայնության որոշ տարրեր» (5-րդ նոմերի դիրքը): Բանն այն է, որ նրա համար այդ երկու բաժանումների վրա էին կոթնում աշխարհի, նրա շրջապատի և նրա գլխով անցած բոլոր իրադարձությունները: Նա ոչ միայն երկրպագու էր կարգի ու միօրինակության, մոլեգին սիրահար պատրաստի սխեմայի, այլև ուներ մտածողության մի առանձին ընթացք, իրերը և երևույթներն ըմբռնելու մի յուրահատուկ ձև: Նա չէր մտածում, այլ առաջարկում էր և կամ առաջարկը կատարում: Նա մեծ երկրպագու էր վերջակետների, պարագրաֆների, թվերի և դիագրամների և մանավանդ ստորագրությունների: Եվ եթե պատահեր, որ ինքը ստորագրեր, մանավանդ այնպիսի թուղթ, որ սկսում է «սույնն ստանալուց առաջարկվում է ձեզ անհապաղ» և վերջանում «ժամկետ 3 օր» բառերով, — միայն այդ դեպքում նրա դեմքը պայծառանում էր և երկար ժամանակ ցցված էին մնում երկու քունքերի դեղին մազերը:

Բայց ո՞վ է նա, անունը, ազգանունը, սոցիալական դիրքը, հասարակական ծագումը և ո՞ւր է գնում, ինչո՞ւ համար, — կհարցնի ընկ. Քիթիպիոսը և լուսանցքում նշան կդնի, որպեսզի հանի այստեղից մի մեղադրական ցիտատ ի պետս իմաստավորման և արժեքավորման: Մի րոպե, և մեր պատմության նավը կանցնի աչառության Խարիբդայի և անտաղանդության Սցիլլայի արանքով:

Ահա բարձրացավ նա և հանեց ժամացույցը, հաշվեց հեռագրասյուները և որոշեց գնացքի արագությունը, հետո նայեց անկարգ նստած պասաժիրներին, իրերի խառնափնթոր կոշտերին և հանեց բլոկնոտը: Ինչո՞ւ այս մեկը պետք է փռվի, իսկ մյուսը նստի կրունկների վրա, ինչո՞ւ մեկը բաճկոնը հանած հանգիստ զրուցի, իսկ մյուսը կուչ գա շինելի մեջ: Եվ նա որոշեց կարգ սահմանել: Սակայն հազիվ էր մի քայլ արել, երբ կտուրի տակ պառկած մեկը գոռաց.

— Էլի չխրատվեցի՞ր...

5-րդ նոմերն էր: Մյուս կուպեից մեկը ձայն տվեց.

— Մացո, վե՞վ է...

— Էս գիշերվա փեզեվանգը:

Երկու քյալարեցի իջան թախտերից:

— Կճանչե՞ս, — գոռաց նրանցից մեկը և նոմերը հանեց: — Էսիկ ըլ աշե, — և մեկնեց պատռված թևը: Քյալարեցին ուզում էր ասել, որ բլուզի թևը պատռել էր հերթի մեջ:

— Ընչի՞ հանեցիր դավթարը, — հարցրեց մյուսը:

Մարդը հետ քաշվեց և նստեց տեղը: Այստեղ կար և՛ «սկզբունքային տարաձայնություն», և՛ «կազմակերպչական թերություն»: Իսկ նրանք սկսեցին կուպեում պատմել, որ նա խաբեբա է, կարող է և ջիբկիր է, առհասարակ մութ մարդ է: Խաթուն մարեն այս խոսքի վրա վեր կացավ և համրեց բոլոր կապոցները:

— Պզտի մաֆրաշը չեմ տեսնի, մանչս, — և մարեն ձեռքերը ծնկներին խփեց: Իսկույն լուրը տարածվեց, որ վագոնից երեք մաֆրաշ և երկու սնդուկ գողերը տարել են: Բոլորն սկսեցին իրերն ստուգել, ոմանք նույնիսկ սնդուկները բաց արին:

— Քա տակդ է, մարե, — կանչեց մանչը: Պառավն ուրախությունից օրհնեց «Յոթ վերքի» զորությանը: Մի ուղևոր, որ պատահաբար անցնում էր այդ վագոնով, լուրը տարավ մյուս վագոնները և ավելացրեց, որ իբրև թե շորերի մեջ քնած է եղել մի երեխա և նրան էլ տարել են իրերի հետ, որ իբրև գողերից մեկին արդեն բռնել են: Եվ պասաժիրները պահանջում էին սոցիալական պաշտպանության գերագույն պատիժ:

Վերջապես եկավ ինքը, Արտաշը, որ վերջացրել էր «աբխոդը», եկավ և նստեց Խաթուն մարեի՝ իր խնամու սուփրի մոտ:

Խորհրդավոր պասաժիրի մասին նրան տեղեկացրին: Խաթուն մարեն Արտաշի ականջին կամաց փսփսաց, թե չի՞ լինի նրան մի հանգով մյուս վագոնը կորցնի, որովհետև գիշերը վատ երազ է տեսել ինքը, և սիրտը կասկածավոր է: Արտաշն ասաց.

— Չի էղնի, խնամի ջան... Սարիտ չի էնե, բլեթը թամամ, ուրիշ նարուշեննի պռավիլ չունի, պրիչինմ չկա, որ էնեմ...

Ինչպես ցեխը չի կեղտոտում մարմարը, այնպես էլ այս խոսակցություններին անուշադիր էր ընկեր Իգնատիոս Պեղեյանը, մետրիքական անվամբ Իգնատիոս Մատթևոսյանը կամ «ինքնահոս Մաթոսը», ինչպես կոչում էին նրան դասընկերները այն վաղնջական ժամանակներում, երբ վտիտ երեսը միշտ պեպենոտ և պզուկապատ մի տղա էր ինքը, առանձնությունների, խորհուրդների և պատանեկան մեղքերի երկրպագու: Նաև հայտնի է, որ նրա հայրը եղել է դագաղագործ, թե մեռելաթաղ, «արհեստավոր», ինչպես գրում է իր անկետաներում Իգնատ Պեղեյանը: Բերանացի ավանդվում է, թե իբրև նա եղել է հանդուգն աշակերտ և իր ուսուցչի կողմից անվանվել է «Որդի որոտման», դասերը չսովորելու և դասաղուլ քարոզելու համար:

Բայց այդ բոլոր տեղեկությունները մութ անցյալին են պատկանում: Ստույգ է, որ դեռ պատանի հասակում նա քայլում էր գլուխն ամպերի մեջ, չէր ծիծաղում, չէր ժպտում, լաց չէր լինում և չէր սիրահարվում, չէր կարդում, աշխատանք չէր սիրում և միայն քամի էր կուլ տալիս: Ստույգ է նաև այն, որ դեռ շատ փոքրուց նա վարժվում էր մարդկանց հպատակեցնելու և հպատակվելու նրանց առաջ, որոնք կարող են օգնել իրեն մտքում դրած նպատակների համար: Նրա առաջին հպատակը եղել է պառավ շունը, որ օր ծերության նրա հրամանով անցնում էր հատուկ ձողի վրայով, կանգնում էր ետևի թաթերի վրա և առաջին թաթով զինվորական պատիվ տալիս: Հետո եղան աղավնիները, ապա թաղի մարդիկ, և մի օր էլ տեսավ, որ չորս-չորս շարքերով մի բազմություն ինչ-որ տեղ է գնում, որ վերջի շարքում մեկի տեղը պարապ է, և ինքը՝ «ինքնահոս Մաթոսը», Որոտման որդին, անխոս գրավեց այդ տեղը, և այդ օրից փշրվեցին նրա բոլոր հին անունները, և նա դարձավ Իգնատ Պեղեյան:

Երկար կլիներ պատմել նրա ամբողջ կյանքը, թե ինչպես աղվամազը կոշտացավ, գլխի մազերն ավելի դեղնեցին, ինչպես նեղ ճակատի վրա շարվեցին բազմաթիվ կնճիռներ, որոնք նույնիսկ իջան քթի ուղղությամբ, և ինչպես այդ բոլոր արտաքին ավերածությունների և փոփոխությունների հետ անփոփոխ մնաց նրա ներքինը, ավելի ճիշտ, ամրացավ նրա մեջ այն համոզումը, թե մարդիկ նույն թվերն են. 9-րդն ունի 8 հպատակ և խոնարհվում է 10-րդի առաջ, որ ավելի հեշտ է հրամայել, քան մտածել, «միջոցառումներ կիրառել», քան համառ աշխատել:

Ահա մոտենում է այն կիսակայանը, որտեղ նրան սպասում է մի պառավ ձի, և նրա տերը՝ Եթիմ Մանգասարը, որին այդ մասին կարգադրել էր «Ստավրապոլի» լիազորը: Ինչո՞ւ է գնում Որոտման որդին այն գյուղը, որ ընկած է շատ հեռու և որին հասնելու համար պետք է մի ձմեռվա օր ճանապարհ գնալ: Հողաչափ՞ է նա, բժիշկ, ագրոնոմ, ագիտատոր, ուսուցիչ, — ամենևին ոչ: Նա «կցված է սույն գյուղին աշխատանքները աշխուժացնելու», ինչպես ասված է նրա վկայականի մեջ:

Եվ գնում էր նա հեռվի գյուղը, գլխի մեջ պլաններ, թվեր, առաջադրանքներ և կազմակերպչական եզրակացություններ, տախտակներ տոկոսներով և առանց տոկոսի: Նրա գլխի մեջ պտտվում էր «միջոցառումների» մի չարխ, որ կառուցել էր ինքը մասերի դաժան միօրինակությամբ: Եվ այդ զարմանալի մի չարխ էր: Նրա յուրաքանչյուր ձողիկը կարթ ուներ, որ կարող էր միայն մի երևույթ կամ մի խնդիր դուրս հանել կյանքի աղմկոտ ծովից: Ձայն էր հանում ձողիկը, ինչպես բառաչում է ձուկը, և այդ ձայնից նա հասկանում էր անելիքը: Միայն երկու դեպքում ժխորաձայն աղմկում էին Իգնատ Պեղեյանի չարխի բոլոր ձողիկները. երբ կարթը հանդիպում էր «կազմակերպչական թերության» կամ «սկզբունքային տարաձայնության»:

Նրա հռչակավոր բլոկնոտի մեջ, եթե կարելի է ասել, Պեղեյան համակարգությամբ դասավորված էին բոլոր խնդիրները և նրանց լուծումը, ինչպես սրվակները դեղատան դարակներում: Եվ չի կարելի ասել, թե անօգուտ էր այդ սրվակների պարունակությունը. նրանց մեջ կային և բուժիչ միջոցներ: Սակայն փորձված ճշմարտություն է, որ ամենաթույլ հաբը մահաբեր է, եթե ընդունվի ձիու դոզայով:

Իջավ գնացքից, սառը նայեց ձիատիրոջը և, երբ գնացքը կիսակայանի վրա թողեց ծխի բարակ շերտ և հեռացող անիվների խուլ դղրդոց, Որոտման որդին ձիու գլուխը դարձրեց դեպի հեռվի լեռը և ապավինեց ձին:

ՍՏԱՎՐԱՊՈԼԸ ԵՎ ՆՐԱ ԲՆԱԿԻՉՆԵՐԸ

Տեսե՞լ ես գյուղը հովտի մեջ մենակ
Ու շուրջը փռված հին աղբակույտեր...

Հովհ. Թումանյան

Ծովի մակերեսից 2337 մետր բարձրության վրա ընկած է այն գյուղը, որի տեղը Շոպենի ժամանակվա քարտեզի վրա նշանակված է Քյառա-Հեյդար-Ուշաղի անունով: Այդ մասին կա և մի ավանդություն, թե իբրև առաջին բնակիչը եղել է Հեյդար անունով մեկը, որի ականջը կտրել է խանը և թաղել կուրգանի տակ, իբրև հողերի սահման: Եվ որպես թե այդ «Քյառա», այսինքն ականջը կտրած Հեյդարի սերունդն են գյուղի բնակիչները: Այս պատմությունը ստույգ կլիներ, եթե ընդունենք, որ Հեյդարը հայ է եղել, որովհետև դեռ Շոպենի ժամանակ այդտեղ հայեր էին ապրում: Սակայն մոտակա գյուղացիք այդ բնակավայրին անվանում են Ջկռուտ, իսկ բնիկները՝ Բովեր: Սակայն մեզ հաճելի է նրա մյուս անունը, որ տրվում է 1917 թ. հետո «Ստավրապոլ», որի դրդապատճառը եղել են տեղացիներից մի զինվորի անվախճան կրկնվող պատմությունները Ստավրապոլ քաղաքի մասին, որ նա պատմել է մյուս գյուղերում ևս: Իսկ հայտնի է, որ գյուղերում իրար հանդեպ մնացած սովորություն կար՝ ավելացնելու ծաղրական «փակ անուն» կամ «մականուն», որի մի օրինակին մենք պատահմամբ հանդիպեցինք առաջին գլխում, երբ ականատես էինք «իշու ախպեր» քյալարեցու և «կախ շալվար» հոռոմցու բանակռվին: Ինչևէ, կարելի է այս բոլորը մոռանալ, միայն հարկավոր է հիշել, որ «Ստավրապոլ» անվան տակ թաքնված է Բովեր գյուղակը, ծովի մակերեսից 2337 մետր բարձր:

Բովերը՝ գյուղ, գյուղակ... Մենք գրեցինք այս տողերը և զգացինք մի ներքին խայթ, որ ճիշտ չենք կատարում մեր «սլուժբի պռավիլը», ինչպես կասեր օրթաքիլիսեցի Արտաշը, և թաքցնում ենք այն ճշմարտությունը, թե այժմ չկա այլևս «Ստավրապոլը», այսինքն՝ Բովերը, բոլորովին չկա աշխարհի երեսին: Բայց մեզ հանգստացնում է այն, որ այն երեկոյան, երբ ընկեր Իգնատ Պեղեյանը, նույն ինքը Որոտման որդին, մտավ այս գյուղը՝ հեծած Եթիմ Մանգասարի ձին, դեռ շեն էր «Ստավրապոլը», և նրա 21 երդիկից ծխի հորդ քուլաները ողջունեցին նրա մուտքը՝ ձգտելով դեպի երկինք:

Այդ մի սքանչելի ժամ էր, երբ ներքևի խոր հովիտների վրա նստել էր աշնան ամպը, իսկ լեռների գագաթները ոսկով ողողել էր արևը: Հովիտի բնակիչները ամպերի միջից չէին տեսնում արևը, իսկ լեռան մարդիկ տեսնում էին, թե ինչպես է ծխում և ծփում ամպերի ծովը և շարժվում, իբրև հրդեհվող անտառ: Այս և նման հրաշալի տեսարաններ այժմ էլ կրկնվում են և հավիտյան կլինեն, քանի մնա արևը, լինեն բարձրագագաթ լեռներ և անդնդախոր հովիտներ: Այժմ էլ կարելի է բարձրանալ Բովերի սարը և այնտեղից դիտել արևածագը, տեսնել, թե ինչպես դաշտն ընկղմված է լուսաբացի խավարի մեջ, և եղեգնուտների արանքում լույս է տալիս Արաքսի արծաթ գոտին, այնինչ Արարատի սառույցներն արդեն հրդեհվում են արևից, գագաթը որպես պղնձաձույլ վահան արտացոլում է արևի կրակը հալվող աստղերի վրա, ինչպես հնոցի բոցը մութ երկնքում: Այդ ժամին գուցե հանդիպեք մի լեռնային նապաստակի, սակայն էլ չեք տեսնի այն բարակ իրան և բարձր հասակ ծերունիներին, որոնք լվացվում էին առվի ջրերում և փառք տալիս ծագող արևին, ինչպես հին արևորդիներ:

Հեռու տարավ մեզ քմահաճ գրիչը, և եթե նրա շնորհիվ գլխապտույտ արեց մեր միտքը, թող ներվի մեզ ի սեր արևի և 2337 մետր բարձրության, որի գագաթին անվարժ մարդը միշտ զգում է հաճելի գլխապտույտ:

Ահա մայր մտնող արևից հուզվել են «Ստավրապոլի» աքաղաղները և «հին աղբակույտերի» գագաթից փչում են հավաքի ժամը: Գերեզմանատանը մի կաղ ոչխար շշմած կանգնել է և չգիտե վերադառնա փարա՞խը, թե՞ մի քիչ էլ արածի: Արդեն լվանում են կովկիթները երեկոյան կիթի համար, և վերջապես մանր աղջիկները ավլում են տները, — սակայն երկու ծերունի պառկել են արևադարձ պատի տակ, պառկել են իբրև հին գերաններ: Նրանցից մեկը նայում է ներքև, դեպի ձորը, իսկ մյուսի մարմինը ցնցվում է ծիծաղից և աչքերը ջուր են լցվում:

Այն մեկը, որ նայում է ձորին՝ Ղուրդի Իսոն է, նրա կողքինը Առչանց Սիմոնը, որ «ավել» անունով հայտնի է նաև Շալվարի Սիմոն: Իբրև թե Սիմոնի հայրը ասել է, թե երբ ինքը խնձոր ուզի, ուրեմն մահն է: Ու մի օր հայրը գալիս է վարատեղից, եզների առաջ խոտ զցում և որդուն ասում.

— Սիմոն, հե՛յ... Էգուց մի շելակ խնձոր բեր...

Տնեցիները լաց ու կոծ են անում, մազերը քանդում, երեսներն արյունլվա անում, իսկ նա անվրդով հանում է տրեխները և պառկում: Լուսաբացին Սիմոնը գնում է խնձորի: Սարի գագաթ և խնձորի կարոտ... Գնում է Սիմոնը դաշտի գյուղերը, մի ծանոթի բաղ: Խնձորն առնում է, բայց որովհետև պարկը մոռացել էր հետը տանելու, հանում է բրդի շալվարը, փոխքերը կապում, լցնում խնձորով և բարձրանում սարը: Գյուղի մոտ նրան հանդիպում է հոր թաղման թափորը: Լացախառն գոռում է Սիմոնը:

— Ապի հե՛յ... Բա շլվարինս ո՛վ կոտի, — և անունը այդ օրից մնում է Շալվարի Սիմոն:

Այդ երկու ծերունիները՝ Ղուրդի Իսոն և Շալվարի Սիմոնը, Բովերի հին բնիկներից էին: Արդեն վաղուց նրանք անաշխատունակ էին, մահը մոռացել էր նրանց, ինչպես ասում էր Ղուրդի Իսոն, և իրենց օրը անձանձրույթ մթնեցնում էին հին պատերի տակ՝ քանի արև կար և թոնրի կողքին՝ երբ սարերում ոռնում էր բուքը: Նրանք երկրորդ մանկությունն էին ապրում, և հին օրերի միամիտ պատմությունները լցնում էին նրանց խաղաղ առօրյան:

Քիչ առաջ այդպիսի մի դեպք էր պատմել Ղուրդի Իսոն իր ընկերոջը և ծիծաղից Սիմոնը թուլացել, ցնցվում էր, թեև երևի հազար անգամ լսել էր այդ դեպքը հենց իր՝ Ղուրդի Իսոյի բերանից:

Դեպքը եղել էր առաջ, Իսոյի չոբան ժամանակ: Իսոյի շունը խեղդում է հարևանի կյոճուն՝ խոզի ձագին: Գործը հասնում է պրիստավին: Իսոյին կանչում են, հարցնում դեպքը:

— Աղա, — ասում է Իսոն, — դու որ մեր Բողարը լինես, ես էլ մի փափուկ կյոճի, առաջովդ անց կենամ, համփ չէ՞ս անի...

Այս է դեպքի եղելությունը, որից այնպես թուլացել էր Սիմոնը: Երբ ծիծաղը բարակեց, Սիմոնը կռթնեց արմունկի վրա և ծոր տալով հարցրեց.

— Իսո, յանի դորթ ասեցի՞ր...

— Բա չասեցի... — և լռելուց հետո երանության հառաչով հիշեց իր շունը:

— Լա՛վ հեյվան էր մեր Բողարը, — և աչքերը, որ ձորի կողմն էին նայում, փոքրացան, նա լարեց իր տեսողությունը նշմարելու ձորի այն կողմը երևացող ձիավորին:

— Սիմոն, հե՛յ...

— Հե՛յ...

— Գեղը հրե ձիավոր ա գալի...

— Աղբրի փոսի է՞ն կողմն ա, թե էս:

— Հրեն կախ ընկավ Աղբրի փոսի վրա:

— Ճանապարհը շիլ ընկած չլինի՞:

— Քանի՛ շիլ գցեն, է՛... Մենք ժողովուրդ չենք, օրենքի դավթարում չկա՛նք:

Ղուրդի Իսոյի այս դառնությունն ուղղված էր Օրթոցի դեմ, որտեղ «նստում էր» նրանց գյուղխորհուրդը, որովհետև Բովերը միայն լիազոր ուներ, որ հենց Իսոյի թոռն էր, Ավագը: Օրթոցը մեծ գյուղ էր և գտնվում էր Բովերից ձախ, 11 վերստի վրա: Եվ ի՛նչ 11 վերստ, անվախճան ձոր ու ձորակ, քար ու քարափ. Օրթոցի բնակիչները նեղում էին Բովերին: Գոնե այդ համոզմանն էր Ղուրդի Իսոն, որը թոռանը միշտ հորդորում էր «բաժանվել» նրանցից: Երբ Սիմոնը առարկեց, թե ձիավորը կարող է «շիլ» ընկած լինի, նա ակնարկում էր այն մասին, թե ձիավորը պիտի գնար Օրթոց և սխալմամբ է Բովերի ճանապարհը բռնել: «Աղբյուրի փոսը» վճռական տեղ էր, այստեղ էր ճանապարհը բաժանվում: Սակայն փոսի այս կողմը ձորից դուրս եկան ձին ու ձիավորը:

— Արա Սիմոն, էս հո մեր Եթիմի ձին ա, էն էլ իրեն Եթիմը, — և հանկարծ ձեռքը գլխին խփեց այնպես պինդ, որ Սիմոնը տեղից վեր թռավ, կարծելով թե փորձանք պատահեց ձիավորի հետ: Նրանք այնքան մոտեցել էին, որ Սիմոնն էլ ճանաչեց Եթիմ Մանգասարի ձին: Բայց Ղուրդի Իսոն չլսեց նրա վկայությունը և գլխին նորից խփելով ասաց.

— Այ հուշ եմ ասել հա՛... Մեր բեխան երեկ իրա բերանով ասաց՝ պապի, գեղը մարդ ա գալու: Էս ա որ կա... Հմի, որ գլխի եմ, — ասաց և փայտին հենվելով վեր կացավ:

— էդ ա, քո ասածն ա լինելու...

— Իմ ասածը ո՞րն ա, որ հենց էդ ա... — և Ղուրդի Իսոն պատի հետևն անցավ, կարճ ճանապարհով, այսինքն կտուրների վրայով հասնելու տունը, որպեսզի կտրի գլխից կանչի մոտակա բոստանում կարտոֆիլը փորող Ավագին:

Մինչև Սիմոնն էլ վեր կենար, ձիավորը հավասարվեց նրան: Եվ սանձը պահելով հարցրեց.

— Ո՞վ եք:

— Բարի օր, գալուստդ բարի, — և Սիմոնը ձեռքը մեկնեց:

— Ձեռք սեղմելը արգելվում է, — պատասխանեց ձիավորը, — որովհետև չարիխի մի ձողիկը զրնգաց այն ազդը, որը փակցված էր առբաժնի գրասենյակում: Սիմոն ապերը լավ չլսեց, ավելի ճիշտ չհասկացավ, և նրա մեկնած ձեռքը իջավ ձիու քրտնած բաշին:

— Ա՞յս գյուղից եք:

— Հրամմեր եմ. էս գյուղից ենք, էս էլ մեր բինագարանը: — Լեզուն փոխեց Սիմոնը, փայտը մեկնելով մոտակա խրճիթի կողմը, որի կտուրին ինչ-որ կարմիր բան էր փռած:

— Այն ի՞նչ է, — և ձիավորը զարմանքով տեսավ, որ մյուս կտուրներին էլ կան փռված:

— Էն վյուլուկ ենք ասում, էն էլ հուն ա:

— Արդյունաբերական նշանակությո՞ւնը...

— Դե էսպես ա դրա նշանակությունը, որ ձմեռը շորվա ենք եփում, վյուլուկը սխտորում ենք, ապրում է ժողովուրդը, թե չէ դա ինքը մի ոչնչություն է, ոչ թե մի նշանակություն:

Սակայն այդ ժամանակ մի ուրիշ ձողիկ ազդարարեց, թե գյուղացիների հաղորդած տեղեկությունների ճշտությունը կախված է նրանց որ խավին պատկանելուց: Եվ ձիավորը հարցրեց:

— Ո՞ր կատեգորիայից եք...

— Կատեգորիայից... — և Սիմոնը ժպտաց, — դե քո ասմունք հողը մեր կողմերը չկա... Հողը Օրթոցի հողն է, էստեղ քար երկիր է, բայց շնորհակալ ենք, էլի ամեն կատեգուրուց տվել են, բայց դե էլի քարը...

Եթիմ Մանգասարի ձիու քթովն ով գիտե ինչ հոտ ընկավ, գուցե լսեց գոմի դռան ձայնը և հանկարծ պոկվեց դեպի փողոցը: Սիմոնը նրա հետևից կանչեց, որ ձին աղբյուրը չտանի, որովհետև ձին քրտնած է, բայց ձիավորը չլսեց, ավելի ճիշտ չկարողացավ լսել, իսկ ծարավից նեղված ձին գլուխն առավ դեպի աղբյուրը:

Աղբյուրի մոտ հարս ու աղջիկ մի կողմի վրա քաշվեցին: Նրանք աչքի տակով դիտեցին օտարականի բոլորովին օտարոտի կերպարանքը, պայուսակը, որ մեջքին կապած էր այն րոպեից, երբ տնից դուրս եկավ, և նրանցից ոմանց ամոթխածությունը զգացվեց, երբ տեսան արագ և անվարժ քշելուց մինչև ծնկները վեր քաշած շալվարը, վարտիքի տուտը և բրդոտ սրունքները: Հանկարծ այն կողմից մի տղա վազեց և ձիու գլխին խփեց այն րոպեին, երբ ձին ծարավից տոչորված մռութը կոխել էր սառը ջրի մեջ: Ձին հետ-հետ քաշվեց, ձիավորը, որ թույլ էր նստած մեջքի վրա, ծռվեց, ապա ամբողջ մարմնով կախվեց մի կողմի վրա: Եվ բղավեց.

— Ի՞նչ ես անում, — բայց տղան շրջվեց և նրան բարձրացրեց: Կանայք ակնհայտ կերպով իրենց համակրանքը ցույց տվին ճարպիկ տղային: Ձիավորը ձեռքը տարավ բլոկնոտին՝ նշանակելու ներկաների թիվը, գուցե և ազգանունը, բայց տղան սանձից բռնեց և ձիու առաջն ընկավ:

— Սատկած, հրես ապին գա կողերդ ջարդի...

Իսկ ապին, այսինքն Եթիմ Մանգասարը իր հորեղբայր Սիմոնին այդ րոպեին գանգատվում էր, թե ինչպես վազեվազ է եկել, ինչպես «էն ընկերը» ձին քշում էր և չէր թողնում, որ ինքը ձորը բարձրանալուց ձիու պոչից կախվի:

— Չէ, զորբով մարդ է երևում, Մանգասար... Լավն էդ ա, թող մի քիչ չար լինի, դրանից վնաս չկա:

Ձիավորը, նույն ինքը Իգնատ Պեդեյանը, այնքան էր հոգնել ճանապարհից, բազմաթիվ տպավորություններ այնպես էին խռնվել նրա գլխում, որ խոսել անգամ դժվարացավ: Տղան ձին պահեց մի դարպասի առաջ, իջեցրեց նրան և ձին քաշեց: Հետո հինին մոտեցավ մեկը և նրա ձեռքը թոթվեց:

— Ո՞վ եք...

— Ես գյուղխորհրդի լիազորն եմ...

— Ավագն ա, մեր թոռը, — կտուրից կանչեց Ղուրդի Իսոն:

— Վերջապես, — մտքում ասաց Որոտման որդին: Ահա նա, այն օղակը, այն պաշտոնական օղակը, որից բռնած կարող է վեր բարձրացնել, շտկել, ուղղել, լրացնել կազմակերպչական ձեռնարկումների և միջոցառումների գլխավոր շղթան: Եվ նա մեկնեց իր վկայականը: Ավագը սրտնեղեց.

— Ներս մտեք, հանգստացեք... Մենք ձեզ վաղուց էինք սպասում:

Վկայականը ձեռքին ներս մտավ Իգնատը մի մութ օդա, և ներս մտնելուց թվաց, թե գլխին իջավ մի ծանր հարված: Նա հազիվ բռնեց գլուխը և հենվեց պատին: Դող անցավ մարմնով, և մթնած գիտակցության մեջ մի կասկած հանկարծ զարթնեց, թե չլինի՞ իրեն ուրիշի տեղ են ընդունում կամ ինքն է կայարանում սխալմամբ նստել այն պառավ ձին և ոչ թե մի ուրիշը, որ, ով գիտե, նրան բոլորովին ուրիշ ուղղությամբ պիտի տաներ: Ապա կասկածն այլ ձև առավ, և թվաց, թե բոլորը սարքովի է, նախօրոք կանխամտածված սխեմայով, և կա այստեղ դավադրական պլան. որ այն ծերունին պարզապես լրտես էր և հետնից կանչեց, որ դուրս գա այն տղան, որ գուցե նրան աղբյուրի մոտ ուզեց սպանել, բայց երկյուղելով բերեց այս մութ որջը և շեմքի վրա փայտե բութ հարված իջավ գլխին:

— Ճրագ վառեք, — լսվեց մի ձայն...

— Էն անտերը մի քիչ տաշեիր... Տասն անգամ ասեցի, — հանդիմանեց Ղուղի Իսոն, թեև առաջին անգամն էր հյուրի գլուխը տրաքում իր դռան սեմին:

— Դուք լիազո՞րն եք, — հարցրեց հյուրը:

— Էհ, ինչ լիազոր, փոքր գյուղ է, էլի, կառավարում ենք...

— Ախչի, շոր քցեք...

Մութ անկյունից դուրս եկան երկու կին, մեկը փրչոտ ավելով սրբեց ցածլիկ և լայն թախտը, մյուսը փոշոտ թաղիքը այնպիսի թափով փռեց, որ ճրագի լույսը նվաղեց: Հետո բերին հաստ և պողպատի ծանրության ներքնակը: Հյուրը թիկնեց:

— Ախչի, բարձ դրեք, — կարգադրեց ծերունին:

— Կներեք, է, ընկեր... — և Ավագը կմկմաց.

— Ինձ անվանում են Իգնատ Պեդեյան:

— Ընկեր Պետոյան:

— Պեդեյան:

— Հա, ասում եմ տեղներս մի քիչ անհարմար է... Հեռու տեղ է, ամեն բան չի ճարվում, — արդարացավ Ավագը:

— Ուրեմն օբյեկտիվ պատճա՞ռ, — և տեղը շտկվեց: Չարխը ֆռռաց, և մի ձողիկ զրնգաց. «անհուսալի հիմար է նա, ով ընդունում է օբյեկտիվ պատճառ»:

— Պատճառը նա է, որ սարի գլուխ է, — բացատրեց Ավագը:

Տիրեց լռություն: Ղուրդի Իսոն, որ միամիտ խորամանկությամբ ամեն կերպ աշխատում էր սիրաշահել հյուրին, համոզված էր, որ դրանից օգուտ կստանա իր թոռը՝ Ավագը, իր մոտիկ բարեկամները, որոնցից մի քանիսը արդեն ներս էին եկել և ողջունելուց հետո պատի տակ նստոտել: Ղուրդի Իսոն խոսքը դարձրեց Օրթոցի կողմը, գանգատվեց, որ Օրթոցի կոոպերատիվն ամեն ինչ ստանում է, իսկ իրենց բաժին չի հանում, որ այնտեղ «հակահոգի» մարդ շատ կա, իսկ իրենց գյուղում ամենքը «սսսու գառներ» են՝ անհովիվ, անլեզու, և որ իրենք շատ ուրախ են, որ կառավարությունը Բովերը չի մոռացել և ուղարկել է «քեզ պես» մարդու:

— Նեղություն էլ կտեսնես, աղքատություն էլ... Արդար աչքով նայի մեր ապրուստին, ևս գյուղի բոլոր հանգամանքներին և եղիր դու մեզ բարի դատավոր:

Սիրտ առնելով իր բարեկամների խրախուսանքի խոսքերից, Ղուրդի Իսոն իր ողջույնը վերջացրեց առակով:

— Չոբան կա, որ ոչխարը հետևից գնում է, թեկուզ ծովն էլ թափի: Չոբան էլ կա, որ աղ էլ տա, ոչխարը չի մոտենում, որովհետև իծի պոզին խփել է... Ավագ, քեզ էլ եմ ասում...

— Է, պապի, ասել եմ էդ հին խոսքերը թող, — և Ավագը զայրացած նայեց պապի երեսին: Վերջինս, որ արդեն ոգևորվել էր և ուզում էր «երկու վագրի և Շահ Հյուսեյինի» առակն էլ ասի, սրտնեղեց և գնաց մութ անկյունը, որտեղ կանայք ընթրիքի պատրաստություն էին տեսնում:

Ամբողջ այս միջադեպի ընթացքում Իգնատ Պեղեյանը ոչ մի ձայն չարձակեց: Նա պայուսակից հանել էր ընդարձակ հարցացուցակը, ինչ-որ անկետաներ, մի գրքույկ, որի վերնագիրն էր «Հրահանգներ գյուղաշխատավորի», վերջապես՝ բլոկնոտ և ուշադիր ընթերցում էր այն բոլոր հարցերը, խնդիրները, որ պիտի իրագործեր դաժան համառությամբ, պիտի քններ, աշխուժացներ, թարմացներ, շեշտ դներ, իմաստավորեր և այլն, և այլն:

Հոգնությունի՞ց էր, թե այն հարվածից, որ ստացավ գլուխը սեմի փայտից, գուցե և տան զաղջ օդից, որ ավելի էր ծանրանում պատի տակ շարված գյուղացիների կծու ծխախոտից, -գուցե մի ուրիշ պատճառ կար, — համենայն դեպս Իգնատ Պեղեյանի աչքերը փակվում էին, զգում էր մի անսովոր վիճակ, ինչ-որ խորհրդավորություն էր տեսնում մարդկանց շարժումների և խոսքերի մեջ, և թվում էր, թե տեսնում է անիրական երազ կամ երազախառն իրականություն:

Այլևս չէր դառնում չարխը:

Ահա այստեղից էլ սկիզբ են առնում այն դեպքերը, որ նկարագրված են հաջորդ գլխում և որտեղ որպես իսկական հերոս հանդես են գալիս Որոտման որդին ու տանտիրոջ հորթը:

ԿՅՈՐԵՍ

O tempora, o mores... Օ՛ Զանգեզուր, օ՛ Կյորես...

1

Քաղաքն ուներ երկու անուն՝ Գորիս և Կյորես: Երրորդ անունը՝ Կորիս, — տալիս էր միայն մի մարդ՝ դեղավաճառ Քյալլա Ծատուրը, որը քաղաքում հռչակված էր որպես փիլիսոփա և հին գրքերի սիրահար: Գուցե այդ գրքերից էր նա հանել քաղաքի Կորիս անունը, որ իզուր ճգնում էր տարածել: Նրան համամիտ էր միայն ժամհար Պարսեղը, որը և միակ ունկնդիրն էր Քյալլա Ծատուրի ձեռագիր խորհրդածությունների՝ ճշմարիտ հավատի, ամուսնալուծության և «Երից տարրի փոխակերպման մասին»:

Քաղաքն ուներ երկու անուն, և այդ երկու անվան մեջ, ինչպես ընկույզի երկու կճեպի մեջ, պարփակվում էր մի քաղաք երկու իմաստով, մի բնակավայր երկու տարբեր ժողովրդով, որոնք ունեին իրենց առանձին սովորությունները, առանձին շահերը, և մինչև անգամ նրանց անունները տարբեր էին, և պատահում էր, որ այդ երկու ազգերը իրար լեզու չէին հասկանում: Մի կողմը «օտարականներն» էին, կամ ինչպես կյորեսեցիք էին ասում՝ դարիբականներն էին, — մյուս կողմը բուն Կյորեսն էր և նրա միջնաբերդը՝ Շենը, և նրա նշանավոր պարագլուխները՝ Ղաթրինի Աղալոն, որ բեռնած էշը գետնից բարձրացնում էր, Պարան-Պարան Ավանեսը, որի ձայնը հասնում էր մինչև Դրնգանի ձորը, Գյուրջի Օբին, որի լեզվից վախենում էր մինչև անգամ քաղաքագլուխ Մաթևոս բեյը:

Ղաթրինի Աղալոն, Պարան-Պարան Ավանեսը, Գյուրջի Օբին և շատ ուրիշ կյորեսեցիներ, լինելով բուն Կյորեսի պարագլուխները, ժամանակակից չեն եղել: Այդ մի դինաստիա էր հողագործների, բրուտների, ներկարարների, դարբինների և տավարածների, ցեղային դինաստիա, որ ի դեպ գլխավորում էր բուն Կյորեսի և նրա միջնաբերդ Շենի կռիվը Գորիս քաղաքի և նրա «օտարականների» դեմ: Ղաթրինի Աղալոյի ժամանակ Գորիսը դեռ քաղաքագլուխ չուներ, և քաղաքը դեռ չէր տարածվել մինչև Մեծ կամուրջը: Ղաթրինի Աղալոն դեռևս կարող էր Գորիսի վաճառականներից երեքին խուրձի թոկով շալակել և սպառնալ նրանց թափել ձորը, եթե վաճառականները Թավրիզի կտավը չծախեն յուղի հետ բարաբար: Նրա ժամանակը հեշտ էր. ինքը՝ Շենն ուներ իր կտավագործները, իր դերձակները, իր իջևանատները, որտեղ գիշերում էին ուրիշ երկրներից քարավաններ: Վերջապես, Ղաթրինի Աղալոյի ժամանակ վաճառականների մեծ մասը դեռ «դարիբական» չէր, այլ կյորեսեցի էր, այսինքն վար ու ցանք ուներ և մինչև անգամ ապրում էր Շենում, առևտուրն անելով Գորիսի շուկայում:

Այլ էր Գյուրջի Օբին և նրա ժամանակը... Գորիս քաղաքն ուներ երեք հարկանի բանտ, այնքան ընդարձակ, որ կարող էր Շենի կեսը մեջն առնել, ուներ ուրիշ կալանատուն՝ սուբահանց, միայնակ կալանավորների համար, — այնտեղ էր նստում գավառապետը, այնտեղ էր ձիավոր պահակների զորամասը և Պենզայի 686-րդ դրուժինան: Գյուրջի Օբին գզգզված շորերով, ինչպես հետին մուրացկան, հարբած դուրս էր գալիս Շենի միջնաբերդից և ծածանելով զգեստի ծվենները, քաղաքի հրապարակում հայհոյում էր քաղաք հիմնողին, նրա գլխավորին, Կյորեսը կույր դանակով մորթողներին

...Այն ժամանակ իրենց մաղազաներից դուրս էին գալիս Գորիսի առևտրականներ Եփրատ Երեմը, Մալակրովնի Նիկոլայը, Բաղիրին Չանթա-Ռեխ Գալուստը, եղբայր Բաղիրովները և զվարթ ծիծաղում էին, ինչպես եթե հրապարակում կապիկ պարածեին: Բայց երբ Գյուրջի Օբին սկսում էր խաղ ասելով տեսնել Գորիսի անվանի քաղաքացիներին, այն ժամանակ նրա շուրջն էին հավաքվում հացթուխները, խմոր հունցողները, կոշկակարի աշակերտը, որին վարպետը ջրի էր ուղարկել, մշակները, որոնք անկյուններում սպասում էին, թե նրանց ով հացափոր աշխատանք կտա և մինչև անգամ քաղաքագլուխ Մատվեյ Մատվեյիչը, նույն ինքը՝ Մաթևոս բեյը չէր կարող կտրել Գյուրջի Օբու այդ լեզուն:

Կար Գորիս և կար Կյորես: Երկու տարբեր ժողովուրդ էին, և տարբեր էին նրանց լեզուն, սովորությունները, անունները, և մշտաբորբոք կրակի նման նրանց միջև վառվում էր հին կռիվը: Թե ինչ ազգի մարդիկ էին և ինչ լեզվով էին խոսում նրանք, այնքան էլ հեշտ չի պատմել: Շենում ասում էին, որ գորիսեցիք խոսում են շան լեզվով.

— Խոջա Բաղիրի թոռները մեր Բողարի նման են հաչում... Նրանք ի՞նչ մարդիկ են: Մեր կծոտողի ճակատը նրանց ճակատից արդար է, — այդպես էր ասում Աթա ապերը, երբ Գորիս քաղաքից վերադառնում էր:

— Կյորեսի լեզուն շենավարի է... Ափսոս չի մեր բլաղարրոդնի լեզուն, — այդպես էր ասում տիկին Օլինկան՝ Մատվեյ Մատվեյիչի կինը, Անիկա տյոտյային, երբ նրանք նստում էին ֆրապ խաղալու:

— Հայ Գրիշա, Միշա, Մաշո, չեմ իմանում էլ ինչ շաշո... Ափսոս չի մեր Մանգասարը, մեր Մանուչարը, մեր Սոնան... Հերս որ հարսին կանչում էր Մանիշա՛կ, Մանիշա՛կ, տասը մանիշակ էր բացվում, — այդպես էին խոսում ամենամոլեռանդ կյորեսեցիք, որոնք ծաղրում էին Գորիսի օտարականների ոմանց շլյապան, անվանելով կլիբո և ծղաման, ոմանց կանանց՝ անվանելով շինովի տիկնիկ, ոմանց միրուքն էին ծաղրում, անվանելով կուտուռուզ և այլ այնպիսի խոսքերով, որ գրքի մեջ ընդունված չեն: Կյորեսեցիք ծաղրում էին քաղաքացիներին, հորինելով մականուններ՝ Պրիստավի Թազի, Թեփռած Եփրեմ, Ամբարի կատու Սողոմոն՝ ավազ եղբայրը Ավազիմովների, որոնք վաճառում էին ալյուր և բրինձ:

Եթե մի այդպիսի հին կյորեսեցու հարցնեիր, թե ինչ ազգից ես, նա կասեր տոհմի անունը՝ Ավետանց, Շալունց, Բակունց և ո՛վ գիտի ինչպիսի ազգանուններ: — որովհետև նրանց լեզվով ազգ նշանակում էր տոհմ, գերդաստան, տուն, որի բոլոր անդամներն իրար հետ կապված են արյան կապով: Իսկ եթե նրան բացատրեիր, որ ազգությունն ես հարցնում, այլ ոչ թե տոհմը, նա կպատասխաներ.

— Կյորեսեցի եմ... Զանգեզուրի մարդ եմ, — կարծես «Զանգեզուրի մարդ» այդ նույնպիսի ազգ է, ինչպիսին ռուսը, անգլիացին, թուրքը:

— Աթա ապեր, բա դու հա՞յ չես:

— Ա քեզ մատաղ, դե ես ի՛նչ իմանամ ինչ եմ, է՛... Թողնում են գլխիս մեջ հուշ մնա, որ իմանամ, թե ես ինչ եմ... Էսպես որ գնա չեմ իմանա, թե ես Աթան ե՞մ, թե՞ էն աղբանոցում հաչողը...

— Վերջը, Աթա ապեր, բա դու հայ չե՞ս...

— Դե հայ եմ մի տակով մի գլխով: Որ ավազանում մկրտված եմ, ուրեմն հայ քրիստոնյա եմ, էլի՛: Հո անհավատ Նասրանի չեմ... Հիմա, որ հայ եմ, ի՞նչ եմ արել: Գլուխս հո մեղրոտ չեմ արել: Ոչ ու փուչ լինի խոջա Բաղիրի թոռը, երկու բեռ ցորեն տարա... — Բայց ընդհատենք Աթա ապոր զրույցը, որովհետև բնիկ կյորեսեցի լինելով, նա խոսում է ծոր տալով և ծանր-ծանր, կարծես բառերը ձուլելով թափում է և դեռ երկար կպատմի, թե ինչպես խոջա Բաղիրի թոռը նրան խաբեց և երկու բեռ ցորենի դիմաց տվեց մի ոչինչ բան՝ մի քանի արշին չիթ, պառավի համար հալավացու, երկու գրվանքա շաքար, մի քիչ բռնոթի, այն էլ կեսը հող: Ընդհատենք Աթա ապորը և հարցնենք, թե խոջա Բաղիրի թոռներն ի՞նչ ազգից են:

— Շան ազգից են խոջա Բաղիրի ճետերը... Նրանք էն ազգիցն են, որ խիղճ աասծդ չունի: Նրանք նասրանի են, նրանք մոլթանի են, նրանք մարդ պլոկող ազգից են...

— Աթա ապեր, նրանք էլ հայ են, տեղացիներ են, հայ վաճառականներ են Գորիս քաղաքից, մինչև անգամ կարող է, որ խոջա Բաղիրը քո Օհան պապի խաչեղբայրը եղած լինի:

— Որ նրանք հայ լինեն, ես հայությունից դուրս կգամ, — Աթա ապերը սկսում է զայրանալ, — հայը ես եմ, Ղուրդանց Իսոն է, որ ցամաք հացին Աստված է կանչում, — չկա՛: Հայը վար կանի, ծառ կտնկի, շալակով փայտ կբերի, քերծ կքանդի, հայը խեղճ ու կրակ ռահաթ է էս ձորերում բառաչող: Խոջա Բաղիրի ժառանգներն ի՞նչ հայ են, կամ Ավագիմովներն ի՞նչ հայ են, ասենք նրանց պապի անունը հայ է: Իսկ եթե ասում ես, որ խոջա Բաղիրն իմ Օհան պապի խաչեղբայրն եղած լինի, ուրիշն էլ ասի, չհավատաս: Իմ Օհան պապի խաչեղբայրը եղել է Բակունց Վիշապը, որ մի նստելում յոթ հաց կուտեր... Ա՛յ, թե ով է եղել իմ Օհան պապի խաչեղբայրը... Իսկ խոջա Բաղիրը ուրիշ ազգից է, և կարող է, որ զիլանի եղած լինի:

Կյորեսն ուներ իր սուրբերը՝ Կանաչ եկեղեցի, սուրբ Մարտիրոս («իմ երեսս նրա ոտի տակ» — կասեր Անա զիզին, երբ սուրբի անունը տար), Եզան Սուրբ, Ճգնավոր և այլ այսպիսի ուխտատեղեր հին և հնավանդ, ինչպես այն ընկուզենիները, որ ով գիտե, քանի հարյուր տարի աղմկում էին Մատուռի ձորում: Ոչինչ եկեղեցական չկար այդ ուխտավայրերում ոչ գիր, ոչ խաչ: Քարափոր այրեր էին բարձր քերծերի լանջին և կամ խուլ ձորում խոխոջող մի աղբյուր և մի քարակույտ: Միայն Կանաչ եկեղեցին ուներ ժայռի մեջ փորած սանդուղքներ, որ իբր թե յոթը տարի փորել էր մի մենակյաց, թեև Սայու Մաղին, Կյորեսի նշանավոր քերծ քանդողն ասում էր.

— Չորս փութ կորեկ տվեք, թե յոթ շաբաթում էդքան չքանդեմ, իմ հոր տղան չեմ:

Կյորեսն ուներ այդպիսի ուխտատեղեր, մրոտած պատերով, հողե սև ճրագներով, օջախի քարերով, որ երբեմն տաքանում էին մետաղների կրակից, և երբ ծուխը բարձրանար, մի ծերունի նայում էր, թե քամին որ կողմն է քշում ծուխը: Այդ միամիտ ծերունին հավատում էր, թե ծուխը որ կողմը գնար, այն կողմի արտերն այդ տարին շատ բերք կտային...

Եվ պատահում էր, որ ծուխը գնում էր դեպի Ծլանգի տափը, որտեղ խոջա Բաղիրի քսան օրավար արտերն էին: Ծերունին բարկանում էր.

— Ես պիտի իմ ոչխարը քեզ մատաղ անեմ, որ դու հացը խոջա Բաղիրի որդիներին տա՛ս:

Եվ ասում են, որ մի անգամ, երբ մատաղի ծուխը փարթամ քուլաներով գնացել է քաղաքի վրա և մինչև անգամ փռվել է քաղաքի շուկայի վրա, Զդին Հաբուդ անունով մի բնիկ կյորեսեցի սուրբ Մարտիրոսի մատուռի առաջից կիսաեփ կաթսան գրկած տարել է Եզան Սուրբի ձորը, ասելով.

— Եզան Սուրբ, եթե դու էլ սուրբ Մարտիրոսի նման լիրբ ես, մատաղը կածեմ շների առաջ...

Երբեմն պալտոնավորը, այսինք Գորիս քաղաքացիք Եփրատ Կրեմը, Անիկա տյոտյան, տիկին Օլինկան, Կիզակով Իսակը հանդերձ ընտանյոք, Սահակ Սերգեյիչը՝ թագավորական ուսումնարանի տեսուչը, Ավագիմով եղբայրները, Ճաղարին Մուղրովը՝ արծաթյա մեդալներով, Կարճիկ Կներ բեյի աղջիկները, նավթավաճառ Գեորգին, Լալազարանց տունն իրենց նշանավոր աղջիկներով, որոնցից մեկը՝ Հերսելյան ամենաչքնաղն էր քաղաքում և կոչվում էր «թևը կոտրած հրեշտակ», որովհետև Հերսելյան քայլում էր ձախ ուսը մի քիչ բարձր, — երբեմն այդ ահագին բազմությունը լիքը զամբյուղներով ուխտ էր գնում սուրբ Մարտիրոս, գնում էր զուգված-զարդարված, գույնզգույն հովանոցներով, որոնցից ամենագեղեցիկը երկնագույն մետաքսե, — հով էր անում օրիորդ Հերսելյային, և երիտասարդ չինովնիկների ու գործակատարների մի խումբ, որ հետևում էր Լալազարանց աղջիկներին և մանավանդ թևը կոտրած հրեշտակին, — հիանում էր Հերսելյայի խշխշան շորերով, բարակ մարմնով և նրա երկնագույն հովանոցով:

Երբ պալտոնավորն ուխտ էր գնում, Շենը դժգոհում էր, կարծես եկողներն այլադավան էին: Գորիսեցիք էլ էին մատաղ անում. մինչև անգամ Լալազարանց Հերսելյան, բարձրացնելով զգեստի փեշերը, ծնկաչոք մտնում էր Կանաչ եկեղեցին և այդ ժամանակ երիտասարդ չինովնիկներից մեկը փռում էր մի թերթ, որ ավազը չծակծկի նրա մարմար ծունկը: Նրանք էլ էին մոմ վառում, ոչ այն դեղին մոմը, որը ճրագուից թափում էր սապոն եփող Սավադը, այլ սպիտակ և զառ նշանով մոմեր:

Պատահում էր, որ օրիորդ Հերսելյան և կամ Սահակ Սերգեյիչի դուստր Սուսաննան, համբուրում էին մատուռի քարը և մինչև անգամ խաչակնքում էին:

— Հողս գլխիդ, — նրանց հետևից ասում էր մի կյորեսեցի պառավ, — տեսնես բուլվարում քանիսին ես պաչպչել: Էլ սուրբը քեզ հի՞նչ անի...

Եվ դուրս էին գալիս եկեղեցուց, գորիսեցիք ընկուզենիների տակ մատաղը մորթում էին, իսկ նրանք, որոնք կյորեսեցի էին, քաշվում էին վեր իրենց զուռնա նաղարայով, հին պարերով և հարս ու աղջիկ ծառերից կախելով պարանները, ճոճվում էին խոր անդունդի վրա, փոփոխացնելով զգեստները: Քաղաքացիները նայում էին նրանց, և օրիորդ Հերսելյան ստուդենտ Ռուբենին ռուսերեն ասում էր.

— Երանի նրանց...

Երբեմն Կյորեսն ու Գորիսն ընդհարվում էին հենց ուխտավայրում: Եվ նույնիսկ քահանաները չէին կարողանում հաշտեցնել նրանց: Ծաղրով, ծիծաղով կյորեսեցիք քշում էին բուլկի ուտողներին: Այդ ժամանակ մի հարբած բրուտ մտնում էր Կանաչ եկեղեցու քարանձավը և այսպես էր գոռգոռում.

— Ապա դու ո՞ւրբ ես... Էն որ նավթ ծախող Գևորգը քո պատին մոմ կպցրեց, ինչի՞ նրա մատները չբռնեցիր չկպցրեցիր քո պատին: Ապա չէ՞մ ասել քեզ, որ քսան մանեթի դիմաց երկու եզս տարավ, ինձ սոված թողեց: Ի՛նչ է, նրա մոմը ոսկի զառով էր, հա՞... Է՛, Կանաչ եկեղեցի, դու էլ ես դալբացել, — և հարբած բրուտն սկսում էր հանգցնել քաղաքացիների մոմերը, գետնովն էր զարկում մոմերը և շարունակում էր նախատել սուրբին, — ա՛յ, ասում եմ, դրա վերջը որ չտաս, դուռդ կպատեմ... Դու ո՞ւրբ ես, թե յոթը դռան հաչող շուն...

Այդպես ամեն ինչով տարբեր էին Գորիսն ու Կյորեսը և մանավանդ Շենը՝ Կյորեսի միջնաբերդը: Տարբեր էին նրանց լեզուն, սովորությունները, տարբեր ազգ էին, և նույնիսկ նրանց հավատն ուրիշ էր: Նրանք կողք-կողքի ապրում էին, և նրանց միջև կռիվն անպակաս էր, հին կռիվը, ինչպես հին էր ձորը և ձորի գետը:

2

Ինչպես ձորը և ձորի գետը...

Բայց նույնիսկ ձորի գետը քանդում էր Կյորեսի կողմը, որովհետև Գորիսը փռվել էր բարձրադիր տափարակի վրա միանման տներով, որոնք բաժանվում էին հավասար քառակուսիների և ամբողջ քաղաքը նման էր զինվորական ճամբարի: Այնտեղ ամեն ինչ այնպես էր, ինչպես քաղաքի Սպիտակ բանտում: Փողոցներն ուղիղ միջանցքներ էին՝ հավասար լայնությամբ, տները միանման կամերներ՝ մեծ ու փոքր, երկու-երեք կամ չորս պատուհանով, որոնք պատած էին երկաթե խիտ վանդակով, ինչպես բանտի պատուհանները: Փողոցներում մայթերը նույն չափի էին՝ նույն քարով սալած: Տների առաջ միանման ծառեր էին՝ ուռենի, բալ, ընկուզենի և երբեմն դեղին ակացիա: Յուրաքանչյուր տուն զբաղեցնում էր չորս հարյուր քառակուսի սաժեն, որի անկյունում, փողոցի վրա, տունն էր, մի կամ երկու միանման հարկ, — իսկ մնացածը՝ պարտեզն էր նույն ծառերով, ինչ որ փողոցում՝ ուռենի, բալ, ըսկուզենի, խնձոր և երբեմն դեղին ակացիա:

Գորիսն ուներ մի թագավորական ուսումնարան՝ ռուսաց շկոլ և մի հայոց դպրոց: Ուներ մի բանտ, մի ռուսաց ժամ, մի հայոց եկեղեցի, մի բիլիարդանոց, որի պատուհանները փակ էին, որովհետև անտիրական կատուները սիրում էին օթևանել այդ ապահով ներքնահարկում, — մի հյուրանոց երեք սենյակից, մի բաղնիս, որի դուռը ժանգոտել էր իբր թե ներսի գոլորշուց, բայց դռան առաջի խոտերը վկայում էին, որ այլ էր պատճառը. գուցե ճշմարիտ էին նրանք, որոնք իբր թե բաղնիսի ավազանների մեջ տեսել էին կանաչ գորտեր: Քաղաքն ուներ մի ժամագործ՝ Սահաթսազ Սանդրոն, որը նաև ոսկերիչ էր և սրում էր թարաքյամա քոչվորների դաշույնները: Կար մի կանդիտեր, որ սրճատան հետևի մասը դարձրել էր գինետուն, որովհետև Գորիսի բնակիչները սուրճը համարում էին տիկին Օլինկայի խմիչք, իսկ տիկին Օլինկան միայն կիրակի օրերն էր սուրճ խմում: Քաղաքն ուներ լիմոնադի մի գործարան, որ հիմնել էին Շոր աղբյուրի կողքին: Երեք տարուց հետո տերը գործարանը ծախել էր ուրիշին և գնացել Բաքու՝ պատրաստի հագուստեղեն վաճառելու: Քաղաքում պատմում էին, որ նա իր հետ փափուկ փող էր տարել և իբր թե հեռանալուց առաջ նա համբուրել էր Շոր աղբյուրի քարը և ասել էր. «Շեն մնաս, Շոր աղբյուր, իմ հարստությունը դու տվիր»... Քաղաքն ուներ միայն մի գործարան և այն էլ լիմոնադի գործարան՝ առանց ծխնելույզի, և երջանիկ այդ քաղաքում ուրիշ ոչ մի ծխնելույզ չէր մրոտում փիրուզե երկինքը:

Բայց ոչ այդ գործարանը, ոչ հյուրանոցը և ոչ նույնիսկ «Սասուն» տպարանը, որտեղ տպում էին հարսանյաց հրավերներ, գավառային վարչության բլանկներ և զանազան պուբլիկացիաներ տուրքի, քոչի և զինվորակոչության մասին, — ոչ այդ ամենը և նույնիսկ տիկին Օլինկայի Հայ կանանց միությունը քաղաք չէին կազմում, Գորիսը չէին, որի միջուկը, այսպես ասած պարունակությունն էին վաճառականները և չինովնիկները, դյուքյանդարները և մեծամեծերը, ինչպես կասեր Աթա ապերը: Նրանք էին բուն օտարականները, որոնց դեմ կռվում էր իսկական Կյորեսը և նրա միջնաբերդը՝ հին Շենը:

Ինչքան էլ ձորի գետը քանդեր բուն Կյորեսի կողմը, և Գորիսը բարձրադիր լինելով զերծ մնար, այնուամենայնիվ գետը չէր քանդում կյորեսեցիներին, այլ «պալտոնավոր օտարականները» , որոնք հետզհետե դուրս էին մղում Շենը իր հին հողերից և ջրովի խոտհարքներից, փակում էին ճանապարհները և այլևս ոչ Ղաթրինի Աղալո կար, ոչ Պարան-Պարան Ավանես, որ դիմադրեր նրանց, այլ մնացել էր մի խեղճ Գյուրջի Օբի՝ շորերը գզգզված, աղքատ, արքա՝ օրավարձ մշակների, ջրկիրների, այրիների և որբերի, որոնք դեռ մնում էին Կյորեսի միջնաբերդում, իբրև պաշարված զորք, որ սպառել է հացը և վերջին կաթիլ ջուրը և դեռևս մի քանի զինվորներ շարունակում են կրակել՝ իրենց աղաղակներով խլացնելով բերդի մեջ մեռնողների կանչերը:

Գորիսը հաղթել էր: Ու թեև հին կռիվը շարունակվում էր, բայց այդ պաշարվածների հուսահատ դիմադրություն էր և ոչ թե հավասարների պատերազմ: Պատահում էր, որ Կյորեսի տղաները գետում լողանալու ժամանակ ընդհարվում էին «բուլկի ուտողների» հետ, մինչև անգամ նրանց ծեծում էին, քարերով քշում էին դեպի քաղաքը, — բայց այդ մանկական խաղ էր, ինչպես արդեն խաղ էր և այն, երբ Կյորեսի հարբած ուխտավորները ծաղրով և ահագին գոռում-գոչյունով Կանաչ եկեղեցու ուխտից քշում էին Կիզիկով Իսակին՝ հանդերձ ընտանյոք, նավթավաճառ Գեորգուն, Եփրատ Երեմին, Ավագիմով եղբայրներին, և մինչև անգամ քշում էին Ճաղար Մուղրովին, որի կուրծքը զարդարված էր մեդալներով:

Կյորեսը մեռնում էր, ինչպես մեռնում էր Խուռուփի ձորի վերջին կաղնին... Ամեն տարի մի ճյուղ չորանում էր, անձրևները մերկացնում էին անտառի հողը, և հողի խորքից հետզհետե ցցվում էին տձև ժայռեր՝ սապատավոր և ահռելի:

Տեսնելով վերջին կաղնին, ոչ ոք չէր ասի, որ երբեմն Շհարի Տախտը, որտեղ քաղաքն էր, և նաև Տախտի հարևան ձորերը պատած են եղել խիտ անտառով, որից մնացել է միայն մի կաղնի Խուռուփի ձորում: Այդպես էլ ոչ ոք չէր ասի, թե երբեմն Կյորեսը, նրա միջնաբերդը՝ Շենը իր թաղերով եղել է աղմկոտ փեթակ, և այնտեղ, ուր միայնակ խոխոջում է Ղաթրինի աղբյուրը, մի ահագին գյուղ կար քարանձավների մեջ, քերծերի գլխին... Որ Սալ կամուրջը, որից մնացել է միայն մի կամար, — եղել է ժողովուրդների կամուրջ, քարավանների կամուրջ, և անհամար բազմություններ են անցել այդ կամուրջով, ինչպես հետո անցնում էին թագավորական ճանապարհով:

Հետզհետե ամայանում էր Կյորեսը: Անդունդն էր սուզվում հողագործների ազգը: Ով մեռնում էր, առանց բարձրացնելու այն քարը, որ ընկնում էր հին տան պատից, ով ծախում էր վերջին հորթը պարտքի դիմաց և կամ գերի էր գրվում մի վաճառականի կամ գլուխը փեշի տակ գնում էր օտարություն՝ Բաքու և Անդրկասպյան երկիր, մինչև Քերքի, մինչև Բուխար և ավելի հեռուներն էր գնում քարանձավում ծնված կյորեսեցին: Այսպես «օտարականները» բնիկներին մղում էին օտար երկրներ, և իզուր էր Գյուրջի Օբին սպառնում, թե մի օր նրանք գերությունից ետ կգան և բուլվարի ծառերից մեկ-մեկ կկախեն «պալտոնավորներին» :

Այդ սպառնալիքը վաճառականներին միայն զվարճություն էր պատճառում, և երբեմն Բաղիրին Չանթա-Ռեխ Գալուստը՝ ճոթի մաղազայի տեր, մի շիշ օղի էր խոստանում Գյուրջի Օբուն, եթե նա խանութի առաջ կանգներ և երգեր «Գորիսի գովքը», — մի երգ, որ կապել էր Նիազանց Անդրին և որով ծաղրում էին Գորիսի վաճառականներին և չինովնիկներին՝ ո՛րի ազահությունը, ո՛րի պարտք ուրանալը, ո՛րի կաշառակերությունը և ո՛րի ընտանեկան կեղտը...

Հատ ու կենտ կյորեսեցիներ էին մնացել, որոնք հավատում էին, թե

Գորիսի վերջն էլ կգա. բայց թե ի՞նչ վերջ կլիներ այդ, — նրանք չգիտեին: Միայն Աթա ապերը, մի հարգնոր ծերունի, իբրև տեսիլք նկարագրում էր այն ժամանակը, երբ բազարի տեղն ինքը կամ մի ուրիշ կյորեսեցի վար կանի, պրիստավ Վասիլի տներից վեր նորից խոտհարքներ կդառնան, և Կանաչ աղբյուրը, որի ակը խցկել են Սպիտակ բանտի տակ, — նորից կհորդա: Այդպես էր ասում Աթա ապերը՝ ծոր տալով և երգելով, ինչպես երգելով խոսում էին հին կյորեսեցիք: Բայց ո՞վ պիտի բացեր Կանաչ աղբյուրի ակը և ինչպես պիտի բացեին, — Աթա ապերը չէր ասում, այլ միայն պատմում էր այն օրերի մասին, երբ ինքը հոտաղ տղա էր և եզները պահում էր այնտեղ, ուր հիմա Սպիտակ բանտն է... Պատմում էր Սալ կամուրջի և կորած ճանապարհների մասին և պատահում էր, որ նրան լսելով մեկը մոռանում էր առօրյայի հոգսը:

Իսկ Կյորեսն այնուամենայնիվ մեռնում էր: Մի կողմից գետն էր քանդում գետափի պարտեզները, երբեմն փլվում էին քերծերը՝ ծածկելով լանչերի փոքրիկ արտերը. հողը հողագործի ձեռքից գնում էր, և այդ անխուսափելի էր, ինչպես մահը, ինչպես արևի մայրամուտը... Բայց նրան ամենից ավելի մաշում էր Գորիսը՝ վաճառականների և մեծամեծների քաղաքը, որի մոտ Կյորեսը՝ ինչպես մի բուռ ձյուն խարույկի մոտ:

Մի անգամ Կյորեսում եղավ մի դեպք, որից հետո նույնիսկ Գյուրջի Օբին այլևս չերևաց քաղաքի հրապարակում, և այնպիսի ահ պատեց Կյորեսին, ինչպես՝ եթե հանկարծ պայթեր Լաստի խութը:

Խաչի անունով մի մարդ՝ բուն Կյորեսից, — որին անվանում էին Ծմակի Խաչի, որովհետև տարին բոլոր նա շրջում էր անտառներում և վայրի ձորերում և այնքան էր մենակ շրջել, որ ասում էին, թե Ծմակի Խաչին խոսել չգիտե, այլ մռնչում է գազանի նման, — Ծմակի Խաչին աղվեսի, կզաքիսի և լուսեմնի մորթիների մի շալակ տանում է Միրումովների մաղազան: Շատ վաղ ժամանակ Ծմակի Խաչին նրանցից պարտք էր առել տասնմեկ մանեթ: Եվ այդ ժամանակից տարին երկու անգամ՝ գարնանը և խոր աշունքին, Ծմակի Խաչին երկու շալակ մորթի էր բերում:

— Նրա վիզը կմաշի, բայց Միրումովների դրած լուծը չի մաշի, — ափսոսում էին կյորեսեցիք, որոնցից յուրաքանչյուրն ուներ իր լուծը և իր մաշվող վիզը:

Ծմակի Խաչին մտածում է, որ այս անգամ կազատվի պարտքից, որովհետև մորթիների մեջ կային երկու աղվեսի արծաթափայլ մորթի, որ հազվագյուտ է: Միրումովների մաղազայում նրան ասում են, որ պարտքից դեռևս մնում է քառասունչորս մանեթ և երեք աբասի:

— Երեք աբասին էլ քո գլխին մատաղ, — և Միրումով Կյուքին, որին անվանում էին Կույր գայլ, համրիչը դնում է տեղը:

Ասում են Ծմակի Խաչին գոռացել է, ինչպես՝ եթե վրան կրակ թափեին: Եվ փախել է առանց ետ նայելու...

Երեք օր փնտրել են նրան: Փնտրել են որսորդ ընկերները, փնտրել են եզնարածները, մինչև անգամ տանուտերին են հայտնում, երբ մի օր մի հորթարած լուր է բերում, թե Լաչին քերծի տակ երևում է մի դիակ: Գնում և քերծի գլխից ճանաչում են Ծմակի Խաչու դիակը: Ձորն այնքան խորն է և անառիկ, որ հնար չի լինում իջնել՝ ոչ պարանով և ոչ այլ կերպ: Եվ վերևից հող են թափում դիակի վրա:

Այդ օրերին ջրաղացպանը պատմել է, որ ինքը գիշերով Լաչին քերծի կողմից լսել է մի ամեհի գոռոց.

— Քանդվե՛ս դու, Գորիս, — լսել է ջրաղացպանը:

Այդ դեպքից հետո Գյուրջի Օբին այլևս չերևաց քաղաքի հրապարակում, և այնպիսի ահ պատեց Կյորեսին, ինչպես՝ եթե հանկարծ պայթեր Լաստի խութը:

3

Գորիս քաղաքի միջուկը, այսպես ասած պարունակությունը կազմում էին վաճառականները և պետական պաշտոնյաները՝ դյուքյանդարները և մեծամեծները, — ինչպես նրանց անվանում էր Աթա ապերը: Այդ մի ամբողջ բանակ էր, որ իր քարաշեն զորանոցները կառուցել էր գետահովտում և Շհարի Տախտից ոմբակոծում էր մինչև խուլ գյուղերը՝ անտառների խորքում, բարձր լեռների լանջին և այնպիսի խոր ձորերում, որի բնակիչներն իրենց գյուղի ճանապարհի մասին այսպես էին ասում.

— Մեր շենի ճանապարհը կարգին ճանապարհ է... մինչև անգամ բեռնած էշն էլ կանգնի:

Գորիսը կենտրոն էր՝ վարչական, ռազմական և տնտեսական կենտրոն մի լայնածավալ գավառի, որ ամենաընդարձակն էր Անդրկովկասում և տարածվում էր Սևանա լճի հարավային լեռներից մինչև Արաքս: Լեռնաշղթաներով և խոր ձորերով կտրտված այդ աշխարհում ապրում էին այլացեղ և այլադավան ժողովուրդներ՝ նստակյաց և վաչկատուն, խաշնարած և հողագործ և այնպիսի ժողովուրդ, որ ոչ հողագործ էր և ոչ խաշնարած, այլ անտառաբնակ էր, և ոչ ոք նրանց մասին ստույգ բան չգիտեր, և նույնիսկ ասում էին, որ նրանք առանձին ազգ են՝ այրում են և երկրպագում են բարձր ծառերի և իբր թե մութ ծմակներում նրանք շրջում են առանց զգեստի:

Այդ ընդարձակ գավառը՝ Զանգեզուրը լեռնաշղթաներով և խոր ձորերով բաժանված էր բազմաթիվ մահալների: Իրենք՝ մահալները բաժանվում էին իրարից անջատ մանր գյուղախմբերի և հաճախ կարելի էր լսել այսպիսի խոսք.

— Մինչ սարի սեռը մեր երկիրն է, էն երեսը Աղվանու երկիրն է: — Նույն գյուղացիներն իրենց գյուղին «հայրենիք» կամ «երկիր» էին ասում, հարևան գյուղին՝ «օտար երկիր» կամ «ղարիբ տեղ»:

Շիարի Տախտի բնակիչները գրավել էին այդ ամեն «երկիրները», — ինչպես մի իրական պետություն զենքի ուժով գրավում է իսկական երկրներ, Մահալները և գյուղերը՝ մինչև վերջին բնակավայրը, որ նույնիսկ գյուղ չէր հաշվում, այլ ձմեռանոց, — այդ ամբողջ երկրներն իրար մեջ բաժանել էին Գորիսի վաճառականները և չինովնիկ մեծամեծերը: Բաժանել էին կովով, և ուժեղին բաժին էր ընկել ամենից հարուստ մահալը: Այսպես՝ Միրումովները հնուց անտի տիրում էին Մինքենդի բոլոր գյուղերին, — այն լեռնային մահալները, որոնք այժմ կազմում են Քյուրդիստանի հյուսիսային մասը, Բայանդուրից մինչև Շոթանան սեփական ժառանգությունն էր Բաղիրովների առևտրական տան: Սիսիանի մի մասը՝ Որոտան գետից ձախ, տիրում էին Ֆրանգուլովները: Ձորերը՝ Ավագիմովների միահեծան թագավորությունն էր, Կյորեսը և քաղաքամերձ չորս գյուղ բաժանված էին առևտրական երկու տների միջև: Յուրաքանչյուր առևտրական տուն իր մահալի գյուղերում ուներ մանր ու մեծ խանութներ և ահագին թվով մանր վաճառականներ, որոնք խանութ չունեին, այլ ձիերի վրա, երբեմն սեփական մեջքի վրա այդ խանութների ապրանքը բարձրացնում էին մինչև լեռան ծերպը, եթե այնտեղ ծխում էր մի օջախ:

Նրանք ոչ միայն վաճառում էին շիլեյ, մահուդվարի, Իրանի ղաղաք, փոնձա, շալ, շաքար, նալ ու մեխ, սաղսի, նավթ, սաղրի քոշ և այլ այսպիսի ապրանքներ, որ քարավաններով ստանում էին Թավրիզից, Շուշուց (ռուսական մանուֆակտուրան՝ Պրոխորովի, Կրասնիկովի, Վիտովի, Ցինդելի և ուրիշ ֆիրմաների մեծաքանակ պահեստները Անդրկովկասի հարավի և Հյուսիսային Իրանի համար կենտրոնացված էին Շուշի շահաստան քաղաքում), — ստանում էին Բաքվից և մինչև անգամ Տրապիզոնից էին ստանում, — նրանք ոչ միայն վաճառում էին, այլ յուրաքանչյուր առևտրական տուն իր մահալում մենաշնորհի իրավունքով գնում էր բուրդ, ցորեն, անասուն, յուղ, պանիր, հավաքում էր գորգեր՝ թիրմահի, եան, խորասան, մարդաշենք, պատնոց, — կարպետներ՝ դարախլու, շղթա-շղթա և առանց զարդի, — նրանք հավաքում էին պղնձե ամաններ՝ կուժ, կուլա, ջամ, մարթաբ, սինի, բաղիա, կաթսա, — ինչ որ ձեռք ընկներ և հալելով՝ իբրև կարմիր պղինձ, ուղտերի նույն քարավանով ուղարկում էին Թավրիզ, Խորասան և Եզդան շահար:

Այդ առևտրական տները նաև յուրատեսակ բանկեր էին: Նրանց ձեռքում էր դրամը. նրանք վաշխ էին առնում՝ մանեթին երեսուն, քառասուն և ավելի: Միրումով Կյուքին, որին անվանում էին Կույր գայլ, իր որդիներին սիրում էր ասել պապից լսած խոսքը.

— Որտեղից լացի ձայն լսես, ներս մտիր. կամ մարդ է մեռել, կամ սոված են, կամ տան տիրոջ ձեռքը նեղ տեղն է: Տո՛ւր, պարտք տուր, չա՛րմեխիր, էնպես մեխիր, որ հուր հավիտյան դռանդ կլանչի:

Եվ մեխում էին, շղթայում էին ծանր շղթաներով, և որոնք սարերում ազատ վրնջացել էին, նրանք դառնում էին բեռան ձի: Հետզհետե ուռչում էին սանադի դավթարները և ղաբզի մյուջրիները, այն փոքրիկ սնդուկները, որոնց մեջ հազար մուրհակ և հազար անուն կար:

Պատմում են, որ Ֆրանգուլով Բաղալ ապերը մի անգամ նստած, բաց ու խուփ էր անում աջ բուռը:

— Ապեր, էդ ի՞նչ ես անում, — հարցնում է որդին:

— Ա՛յ որդի, նայում եմ բռիս և փառք եմ տալիս աստծուն, թե էս աիազին մաիալը ո՞նց եմ պահում բռիս մեջ...

Զամբա Ծատուրը՝ հռչակավոր վաշխառուն, երբ բաց էր անում մյուջրին, մուրհակների դարսը զսպանակի նման վեր էր թռչում:

— Կարդա՛, — ասում էր որդուն: Եվ որդին առնում էր առաջին մուրհակը.

— Վեր առիմ և պարտ եմ քառասունվեց մանեթ... Էյվազ Խղըր օղլի...

— Էդ չի, — ընդհատում էր հայրը:

— Վեր առիմ... Հիսուն մին մանեթ... Գիչունց Տանիել...

— Է՛դ չի...

— Վեր առիմ... Մեհտի Ղուլի Իմամվերդի:

— Թիվը քանի՞ է, — հարցնում էր Զամբա Ծատուրը:

— Հուլիսի 25-ը:

— Էսօր 16-ը չի՞:

— 15-ն է:

— Էդ մեկը հանի... ասում են Մեհտի Ղուլի Իմամվերդին երկու լավ մատակ ունի, — և այդ մուրհակը հանում էին:

— Կարդա՛, — և շարունակում էր ընթերցումն, ինչպես միալար ժամերգություն:

Կային այնպիսի առնտրականներ, որոնք իրենց մաիալում միահեծան տեր էին, բառիս լրիվ իմաստով: Նրանք դատ էին անում, եղբայրը եղբորից բաժանում էին, խառնվում էին ամուսնության գործերի, կալանավորում էին, ծեծում և արյան գին էին որոշում, — մի խոսքով մաիալում խան ու սուլթան էին: Նրանց ձեռքի տակ էին գյուղական գրագիրները, տանուտերերը, և մինչև անգամ պրիստավը լսում էր նրանց, — որովհետև նրանք բոլորը կերակրվում էին խոջայի հարուստ սեղանից:

Առնտրականների չափ, գուցե և ավելի, Գորիսն ուներ բեյեր և պաշտոնյաներ: Կային երեք Ներսես բեյ՝ Հաստ ներսեսբեյ, Խուրդա կամ

Կարճիկ Ներսես բեյ և Պրիստավի Ներսես բեյ: Կային Կևլեր բեյ՝ Ճաղար, այսինքն կապուտաչյա և Բասսան Կևլեր բեյ: Կային երկու Չիլֆուղար բեյ հայ և թուրք, որոնց միջև կար միայն մի տարբերություն. տարին երկու անգամ հայ Չիլֆուղար բեյի տունն օրհնում էր տեր Զավեն քահանան (Տեր զի բազումը՝ ինչպես նրան անվանում էին), իսկ թուրք Չիլֆուղար բեյի տունն օրհնում էր մոլլա Մուսին: Ուրիշ և ոչ մի տարբերություն չկար երկու Չիլֆուղար բեյերի միջև: Վերջապես կային բեյեր, որոնք մի հատ էին, ինչպես Գորիսում մի հատ էր տիկին Օլինկան, Փոշտի Անտոնը, Եփրատ Երեմը, նավթավաճառ Գեորգին և ուրիշները... Կար մի Ասատուր բեյ, որ ասունաս չէր խաղում, այլ սիրում էր որձ այծի միս, կար Պավլի բեյ որ «Մշակ» թերթի անխափան բաժանորդն էր, կար Վաղարշակ բեյ՝ զար զցող, կար Խանլար բեյ՝ շուն պահող, կար... և այլ ինչպիսի բեյեր չկային երանելի Գորիս քաղաքում: Այդ բեյերից ոմանք շառավիղն էին ազնվական հին տոհմերի և ունեին կալվածքներ, որոնց հասույթով անկարոտ ապրում էին: Այդպիսին էր, օրինակ, Պավլի բեյ Օրբելյանը, «Մշակ» թերթի հավատարիմ բաժանորդը, որ առանձնացած ապրում էր իր տանը, ինչպես իշխանը դղյակում, հագնվում էր հին տարազով, և ասում էին, թե իբր գավառապետը նրան չի սիրում, որովհետև Պավլի բեյը իր այգում վեճի էր բռնվել ռուս քահանայի հետ և հաստատել էր, թե հայոց կրոնն ավելի հին և ավելի ճշմարիտ է: Այդպիսին էր նաև Համբարձում բեյը, որ երբեմն գյուղ էր գնում՝ տաքացրած թան ուտելու իր ազգի տանը: Այդ ժամանակ նրա շուրջն էին հավաքվում ազգական ծերունիները, և մունդիրը հանելով Համբարձում բեյը ննջում էր բարձերի վրա, իսկ ծերունիները շարունակում էին պատմել վաղի ժամանակներից:

Կային այդպիսի բեյեր՝ հին տոհմերից, բայց բեյերի մեծ մասը կեղծ ազնվականներ էին, որոնց հայրերը 1851 թվի բեկական հանձնաժողովին (бекская комиссия) ներկայացրել էին ինչ-որ թղթեր իրենց ծագման մասին՝ Տաթևի վանքից, խանի ժամանակներից, և նույնիսկ զնդապետ Սարոկինի ձիապան Խուդին հաջողացրել էր բեյի կոչում ստանալ և վերադարձել էր իբրև Խուդաբախշի բեյ: Բեյերի մի մասն այդպես էր ձեռք բերել կոչումը, իսկ մյուսները նախկին տանուտերերի, գրագիրների և հարուստ հողատերերի որդիներ էին, որոնք պետական ծառայության մտնելով, կոչվել էին բեյ մի սովորություն, որ մնացել էր պարսկական տիրապետության ժամանակից:

Առնտրականների նման բեյերը ևս ունեին իրենց ազդեցության մահալները և գյուղերը: Ոմանք այդ ազդեցությունն ունեին ի ծնե, որովհետև այդ գյուղերի ջրարբի հողերը նրանց հայրական սեփականությունն էր: Ոմանք այդ ազդեցությունը ձեռք էին բերել «քրտինքով», և մի անգամ ձեռք բերածն արդեն անքակտելի էր:

Բեյերի բույլը բոռերի նման վխտում էր գավառային վարչության դիվանում (դավթարխանա), զինվորական և հաշտարար ատյաններում (սուդարան), հարկային տեսչության մեջ, — վխտում էին՝ աղմկելով սապոգների պղնձե խթաններով, ոմանք թրերով, ոմանք ճռռացնելով սապոգները: Ընդարձակ սենյակներում գործավար, սեղանապետ և քարտուղար բեյերի խմբերը մինչև ճաշ հնչեցնում էին իրենց ձայները՝ թավ, երբ Համզա բեյ Մահմուդբեկովը պատմում էր մի «անառակ» անեկդոտ, խռպոտ, երբ Հաստ Ներսես բեյը վերջացնում էր ռապորտի պատճենը և մեջքը հենելով աթոռին, ասում էր. «Դա՛-աա..., երեկ լավ ժամանակ անցկացրինք... и не скучала душа моя...» Իսկ մի հեռու սենյակից լսվում էր աղվեսահաչ արագ-արագ և սուր ձայնով, ինչպես հաչում է տնային շնիկը կատվի վրա, որ նայում է պատի գլխից և բեղը չի շարժում: Եվ բոլորն էլ ճանաչում էին ավագ գրագիր Նազար բեյի ձայնը և առանց տեսնելու գիտեին, որ նա բարկացել է շինականի վրա...

4

Գորիսը կենտրոնն էր Զանգեզուրի ընդարձակ գավառի, որտեղ ապրում էին այլացեղ և այլադավան բազմաթիվ ժողովուրդներ: Բայց այդ կենտրոնն ուներ իր կենտրոնը, այսպես ասած քաղաքի միջուկը և այդ՝ Գորիսի շուկան էր:

Գորիսի շուկան...

Ո՞ր ծայրից սկսել և ո՞ր ճանապարհով մտնել շուկա, որովհետև յոթ ճանապարհի էր մտնում շուկան՝ յոթ միանման ու լայն փողոցներ, որոնցով մտնում և դուրս էին գնում ահագին քարավաններ, բեռներ, մալականի ֆուրգոններ, Խաչենի սայլեր և մարդիկ՝ հազար, տասը հազար մարդ, — մանավանդ ամառը, երբ Սալյանից, Մուղանից, Լենքորանից հազար-հազար քոչվոր բարձրանում էր Զանգեզուրի ամառային արոտները, — և ամբողջ ամառը նրանք առնում և ծախում էին Գորիսի շուկայում :

Ո՞ր ճանապարհով մտնել շուկա և ո՞ր ծայրից սկսել... Մտնել լեռա՞ն ճանապարհով, որտեղ բերում էին պանրի և յուղի բեռներ, բուրդ, հազարավոր ձիեր, ոչխարներ, — և այդ ամենն այնպիսի աղմուկով, որ մինչև անգամ շներն իրար էին խառնվում, և հենց քաղաքային ինքնավարության առաջ բարձր զոռոցով թեմիր-միսկյանլու մի չոբան ժխորի մեջ կանչում էր իր շանը՝ «Ալաբաշ հե՛յ, Ալաբաշ, Ալաբաշ...», կանչում էր այնքան բարձր, որ քաղաքագլուխ Մաթևոս բեյը դուրս էր գալիս քաղաքային դումայի պատշգամբը, որպեսզի հանցավորին պատժի, բայց հանցավոր չէր գտնում, այլ գտնում էր անասունների հեղեղ, որ սարերից տրաքված մտնում էր քաղաք:

Արդյոք սկսե՞լ հարավից, որտեղից շուկա էին բերում ձմերուկի և սեխի սարեր, Բարկուշատի բրինձ, Օրդուբադի չիր, թուզ և ուրիշ ինչ մրգեր չէին բերում, ուղտերի մեջքին, զրընգ-հա-զրընգ՝ զանգերով, բոժոժներով և փնջերով զարդարված ուղտերի մեջքին: Բայց առաջին քարավաններն արդեն վայր են դրել բեռները, ուղտերը նստել են և փակել են ճանապարհը: Ուղտերը տռնգում են, և մի ուղտապան կեռզլուխ մահակով խփում է նստած ուղտին, կատաղած խփում է, և ուղտը կեռ ու մեռ ոլորում է վիզը և, հեռվից այնպես է երևում, թե մի վիթխարի օձ գալարվում է բեռների արանքում... Արդեն այնտեղ է քաղաքային ոստիկան զարաղաբուլղի Մուխանը՝ որին հրամայված է կարգ պահել հրապարակի այդ մասում և բաց պահել ճանապարհը: Բայց Մուխանը տեսել է Օրդուբադի չիրի և թուզի բեռները, լցնում է գրպանները և նույնիսկ գլխարկի մեջ է լցնում:

Ո՞ր ճանապարհով մտնել այդ հարուստ շուկան...

Լավ է շուկա մտնենք ոչ լեռներից իջնող ճանապարհով, ոչ հարավի և ոչ թագավորական ճանապարհով, որով Շուշի քաղաքից բերում էին շաքար, մանուֆակտուրա և երկաթեղեն: Մենք շուկա մտնենք Կյորեսի ճանապարհով, — այն հին ճանապարհով, որով Գորիս էին մտնում ձորերի մեջ կորած գյուղերից՝ ցաքուտեցիք, մեզարցիները, նորուեցիք, ձորկեցիները և ուրիշները:

Գետից այն կողմ ճանապարհը բարձրանում է ջրաղացների կողքով: Այստեղ դեռևս հին Կյորեսի հետքերն են... Ահա կանաչ ընկուզենու տակ ննջում է ալրոտ ջրաղացպանը: Ծառից կապած երկու էշ գլուխ-գլխի կանգնել են, կարծես խոր մտքի են և այնքան են խորասուզված, որ չեն զգում ճանճերի խայթոցը: Այստեղ դեռևս հին Կյորեսն է... Ճանապարհին ընկած է մի կոտրած նալ, այստեղ-այնտեղ թափված են խուրձերից վայր ընկած հասկեր: Շենից մի աղքատ կին ջրաղացի առաջ փռել է վերջին պարկ ցորենը, այն ցորենը, որին ջրաղացպանն անվանում է հավի կուտ...

Արդեն հետ մնաց վերջին ջրաղացը այն իմաստուն ջրաղացպանով, որ հազար հեքիաթ գիտեր: Նա իր կյանքը անց էր կացրել այդ ձորում և ձորի ջրաղացում: Գիշեր մինչև լույս ջրաղացը բանում էր, իսկ ջրաղացպանը եթե չէր ննջում, — ջրաղացի դռանը նստած կամ օջախի մոտ՝ պատմում էր իր հեքիաթներից մեկը, — պատմում էր հայերեն և թուրքերեն, որովհետև նրա ջրաղացն աղուն էին բերում և՛ հայերը, և՛ թուրքերը: Նա հնագույն կյորեսեցի էր և նրա ասելով Ղաթրինի Աղալոյի մահից հետո Կյորեսում ապրելը հարամ էր: Նրա կարծիքով առհասարակ մարդ-օլանը քանի գնում ժեռանում էր, այսինքն փոքրանում և վայրենանում էր... Մարդ՝ առաջվա մարդն էր, ոսկորը հաստ և զորեղ: Մարդ էր Ղաթրինի Աղալոն, մարդ էր Ցուլ Օհանը, որի ձայնից Դրնգանի ձորում զազանները թաքնվում էին: Եվ նա պատմում էր Տուլաքարի և Ցուլ Օհանի մասին, որ և մենք կպատմենք, լռած լինելով ջրաղացպանից, — որովհետև՝ այդ վերջին ջրաղացից մինչև քաղաք ուրիշ նշանավոր բան չկա և երկրորդ՝ մի անգամ լսած լինելով այդ պատմությունը, չի կարելի չվերհիշել, — երբ դեպք է լինում անցնել Կյորեսի վերջին ջրաղացի կողքով:

Վաղ ժամանակ Շենում՝ հին Կյորեսում ապրել է մի մարդ, անունն Օհան: Այն ժամանակ Շենն այժմվա ձորերում չէր, այլ ավելի հյուսիս, այնտեղ, ուր ձորի մեջ երևում է մի կոտրած վանք, որի ճակատաքարին դեռևս կարդացվում է. «Թիւ ՌԺԴ ...Ես Մելիք Էգան կառու[ցի]...»: Այդ ձորի գյուղում ապրել է Օհանը, որ կոչվել է Ցուլ, նախ որ նրա ձայնից Դրնգանի ձորում զազանները թաքնվում էին և ապա նույնիսկ երեցկինը նրանից հանգիստ չուներ: Եվ մի պատարագի երեցին հայտնում են, որ Ցուլ Օհանը քշել է վերի թաղի կողմը: Քահանան շուրջառն ուսին, ինչպես պատարագում էր, թռչում է դեպի տուն և ձեռքն առնելով բահի կոթը՝ վազում է: Նրա ետևից վազում են վերի թաղի մարդիկ, որոնց կանանց նույնպես չարչարել էր Ցուլ Օհանը: Քահանայի տնից նրանց դեմ է դուրս գալիս Ցուլ Օհանը, գրկի մեջ երեցկինը, որի կիսամերկ մեջքը դեպի քահանան էր: Այդ տեսնելով, երեցը բացականչում է. «Ցուլ Օհանի բահի կոթն իմից զորեղ է, ժողովուրդ, և քանի այդպես լինի, աշխարհում շատ մարդու կին իմ կնոջ նման կնստի՛...»: Երեցը շուրջառը գետնին է զցում, հեռանում է գյուղից: Այլևս նրան չեն տեսնում: Իսկ Ցուլ Օհանն ապրում է շատ տարիներ, և այդ տարիներում, երբ դղրդար նրա ձայնը, կանայք անհանգստանում էին՝ նույնիսկ իրենց ամուսինների գրկում:

Նրան միայն ծերությունը հաղթեց: Բայց նույնիսկ օր ծերության, երբ աչքերը պարզ չէին տեսնում և քայլելու ուժ չուներ, Ցուլ Օհանը չէր մոռանում կանանց: Իրենց տան առաջ նա ցցել էր մի քար, աղբյուրի ճիշտ դեմը: Երբ կանայք աղբյուրն էին գալիս կամ աղբյուրի ջրում լվանում էին ցորեն, բուրդ, Ցուլ Օհանը պառավ գայլի նման քարանձավից դուրս էր գալիս և քարի գլխից նայում էր աղբյուրի կանանց, որոնք բարձրացնում էին կուժը և օրորվելով գնում, ոտքերը մերկ մտնում էին ջուրը և թևերը քաշած ցորեն էին լվանում: Ասում են քարի գլխից Ցուլ Օհանը տեսնելով աղբյուրի կանանց, հիշում էր նրանց մայրերին և ոմանց անունը շշնջում էր:

Ահա ետ մնաց և վերջին ջրաղացը, նրա հետ և այն ամենը, ինչ մնացել է Ղաթրինի Աղալոյի և ավելի վաղ ժամանակներից: Այստեղից սկսվում է քաղաքը: Առաջինը՝ հենց քարափի գլխին, նավթի պահեստն է: Չորս-հինգ գյուղացի երեխաներ, շշերը մատներից կախած կանգնել են: Նրանք մի քանի անգամ համրել են իրենց սև փողը, ստուգել են խցանը՝

կարտոֆիլից կամ մասուրի փայտից, — բայց դարձյալ սպասում են, որովհետև նավթավաճառ Գեորգին նարդի է խաղում Բալասան– Կներ բեյի հետ.

— Սե-բիր Սիբիրստա՛ն, Գեորգի Մինայիչ... Զա՛ռ, դուբարա, քարերը թուփ արա:

Իսկ նավթավաճառը միայն կրկնում է.

— Զառ, քեզ տեսնեմ, զառ, — և զառերը «դուշեշ» չեն բերում: Երեխաներն սպասում են և դեռ կսպասեն այնքան, մինչև խաղից կշտանա Բալասան Կներ բեյը, և կամ երևա մի հաճախորդ, որ նավթ է գնելու բեղոնով...

Նավթի պահեստից մինչև Նազար բեյի տունը հին շուկան է, շուկայի այն մասը, որ վաղ ժամանակ միակ շուկան էր, բայց արդեն դարձել էր իսկական շուկայի արհամարհված ծայրը, որտեղ առնտուր անելը հավասար էր կոտր ընկնելուն: Հին շուկայում մեծ մասամբ բնիկ կյորեսեցիներ էին, որոնց Գորիս քաղաքի իսկական շուկան քշում էր դեպի Շենը և վաղ թե ուշ նրանք պետք է կամ օտարություն գնային, կամ ետ վերադառնային հայրենի տունը ձորերի մեջ: Ներկարարներ, համետ կարողներ, սաղրի չմուշկի վարպետներ, հնակարկատներ, դարբիններ, որոնք զոդում էին խոփը, բայց անիվ չէին կապում, որովհետև շինականները՝ ցաքուտեցիք, մեզարցիները, նորուեցիք և ձորկեցիները սայլ չունեին, — փափախ կարողներ, որոնք փափախ էին կարում ոչ թե բուխարայի, այլ գառան հասարակ մորթուց («մոթալ փափախ»), եզան, էշի, ձիու և ջորու պայտարներ, որոնք գիտեին ձիու մաշված նալը հարմարեցնել էշի մանր ոտքին, — երկու վարսավիր՝ Դալլաք Բոզին և Քթեան Աարին, որոնք մանգաղի նման ածելիներով թրաշում էին շինականներին, տզրուկ էին պահում և աշնանը՝ կալի ժամանակ իբրև մուրացկաններ շրջում էին տնե-տուն, հավաքելով ամբողջ տարվա վարձը, — և այլ այսպիսի վարպետներ զարդարում էին հին շուկան: Միակ ճոթավաճառը Մանգասար դային էր... Նրա խանութի նման երկրորդը չկար ամբողջ Գորիսում, և կարծես Մանգասար դային խանութն այդպես պահել էր, որպեսզի ցույց տա, թե ինչպես էին ճոթի խանութները Աղա Մամմադ խանի ժամանակ: Կամարակապ թաղբանդի հատակը ծածկված էր գորգերով: Գունագեղ կտորները դարսված էին իրար վրա՝ մինչև առաստաղը: Ինքը՝ Մանգասար դային, նստում էր գորգի վրա՝ մի ծունկը ցցած... Գալիս էր մի մուշտարի, նստում էր նրա կողքին, և նրանք զրուցում էին: Ապա մուշտարին հարցնում էր դանավուզ արխալուղացուի գինը: Մանգասար դային չէր շտապում.

— Կտամ է՛, կտամ տանես... Վերջին թոփն է, տար հագի: Մանգասար դային որ մեռնի, էլ պրծավ դանավուզը, թռա՛վ թիրմահին, — և զրույցը շարունակում էին:

Այդ հին շուկայում կային և մի քանի խանութներ, որոնք ցուցանակ

ունեին, ինչպես իսկական շուկայի խանութները, բայց ներսը դարակները դատարկ էին, եթե չհաշվենք ճրագի յոթանոց ապակիները ծղոտների մեջ, ղազանի սապոն, մի երկու կապ պարան և այդ ամենը թանձր փոշու մեջ, որ նշան էր, թե այդ ապրանքներին վաղուց ձեռք չէին տվել: Բայց խանութները ցուցանակ ունեին, նրանցից մեկի վրա ռուսերեն գրված էր՝ «Մանրուքի խանութ թեյ շաքար Ակոբ Ապինցև» և ինքը՝ Ափունց Ակու ամին առավոտ կանուխ խանութը բաց էր անում, ինչպես մյուսները, բարի լույս էր տալիս հարևաններին և անցնում դախլի գլուխը, ինչպես մյուս խանութպանները:

Ափունց Ակու ամին վաղուց էր մոռացել ղազանի սապոնի ու ճրագի յոթանոց ապակիների առքի գինը: Նա ապրում էր այն նամակներով և ծանրոցներով, որ օտարության տեղից հայրենիք էին ուղարկում ձորկեցիները: Յուրաքանչյուր փոստի Ակու ամին իր դրացուն խնդրում էր «աչքը խանութի վրա պահել», ինչպես առաջ, երբ Ակու ամին գնում էր խոջա Բաղիրի մաղազայում մազանդա իմանալու... Ակու ամին գնում էր փոստը և ստանում նամակների և դրամական ծանուցագրերի մի կապ, ապա վերադառնում էր խանութը և աչքի էր անցկացնում հասցեները. — «Գորիս քաղաք մանրուքի խանութ Ակոբ Ապինցևին» ռուսերեն և տակը՝ ծրարի վրա, հայերեն՝ «Ակու դայի նամակս շուտ հասացնես մեր գյուղը իմ հայր Առաքել Գիչունցին» («Երևի խեղճի ականջով դիպել է Առաքելի մեռնելը», — ասում էր Ակու ամին, վերցնելով մի ուրիշ ծրար): «Նամակս հասնի ի ձեռն Վարդազարի Տերակուփին ի գյուղն Ձորեկ» («Երեկ հենց Վարդազարն էստեղ էր...»): «Շատ բարևս կիհշեմ քեզ Ակու ամի» և ուրիշ ոչինչ, — բայց Ակու ամին ձեռագրից ճանաչում էր, որ գրողը որբևայրի Հերիքնազի փոքր տղան է:

Ակու ամին ստանում էր նամակները, դրամը, ծանրոցները: Ձորկեցիները գալիս էին և առնում իրենց նամակները, դրամը և ծանրոցները: Ակու ամին գիտեր, թե որ ձորկեցին է գրագետ: Եվ նամակների մեծ մասն հենց այդտեղ էլ կարդում էր Ակու ամին միալար ձայնով և միայն, երբ դժբախտ լուր էր, նա ցամաք հազում էր և ակնոցների վրայից նայելով նամակատիրոջ գունաթափ երեսին, կարդում էր. «որ իմանաս ապեր մեր Անդրեասի աջ կուռը մնաց չարխի տակ, և նա լազարեթում պառկած է...»:

— Էս լավ է, որ լազարեթում պառկած է: — Ընդհատում էր Ակու ամին, — ուրեմն փորձանքն անցել է, որ լազարեթում պառկած է, — և շարունակում էր ընթերցել, «Շատ բարև մեծ քեռակնոջ, Ավանին և երեխաներին և շատ բարևս նմանապես Ավետիսին, Ոսկանին և Ասար բիբուն ասա Կաքավ աղբյուրը դեռ միտս է և նաև բարի կամեցողաց...»:

— Ջա՛ն որդի, — ասում էր նամակատերը, անհայտ է նրա՞ համար, որ տղան դեռևս կարոտում է գյուղի Կաքավ աղբյուրը, թե՞ նրա՝ որ «մեր Անդրեասի աջ կուռը մնաց չարխի տակ...»:

Ափունց Ակու ամին ստանում էր ձորկեցիների նամակները, հարևանը՝ ցաքուտեցիների, նրա հարևանը՝ Բաղամ Բախշին, ստանում էր նորուեցիների նամակները... Այդ խանութներում նամակները կարդում էին, ուրախանում էին, եթե լուրը բարի էր, դժբախտության դեպքում մխիթարում էին, և բոլոր դեպքերում նամակների պատասխանն ինքը՝ Ակու ամին գրում էր ձորկեցիների համար, հարևանը՝ ցաքուտեցիների և Բաղամ Բախշին՝ նորուեցիների համար:

Ի՞նչ վարձ էին ստանում նրանք, — հայտնի չէր: Միայն հայտնի էր, որ Ակու ամին, նրա հարևանը և Բաղամ Բախշին երբեմն տասը-տասնհինգ օր, նույնիսկ մի ամիս ժամանակով ինչ-որ գումարներ շահով տալիս էին մյուս մանրավաճառներին, և նրանք ճիշտ ժամանակին վերադարձնում էին ձեռաց փոխ առած գումարը: Երբեմն էլ, երբ գյուղից Բաքու կամ Անդրկասպյան երկիր ուղարկում էին մի ծանրոց, մեջը չորաթան, ձավար, փոխինձ, բրդե գուլպա, — ուղարկողը մի թաշկինակ ձավար կամ մի տասնյակ ձու բերում էր Ակու Ամուն, ասելով.

— Էս էլ քո բաժինը, Ակու ամի... Քույրդ խնդրեց երեխայի հասցեն լավ գրես...

Այսպես էր այն հին շուկան՝ նավթի ամբարներից մինչև Նազար բեյի տունը, որ արդեն դարձել էր Գորիսի իսկական շուկայի արհամարհված ծայրը, որտեղ դեռ բուրում էր հին Կյորեսը և Շենը՝ նրա մեռնող միջնաբերդը...

5

Այլ էր իսկական շուկան՝ Գորիսի սիրտը:

Նազար բեյի տնից մինչև դավթարխանան, այնտեղից ուղիղ գծով մինչև Մաթևոս բեյի տունը, ապա մինչև դրուժինայի զորանոցը և հայոց եկեղեցին, — մի կատարյալ քաղաք էր, փոքր Մոսկվա, ինչպես ասել էր քաղաքագլուխը մի խնջույքի, — Այսրկովկասի Հայդելբերգը, — ըստ բժիշկ Տիկրան Պետրիչի («բժիշկ Տիկուշ»), — որը նույնպես քաղաքի զարդն էր, ինչպես «Սասուն» տպարանը, լիմոնադի գործարանը, ինչպես Սպիտակ բանտը և ռուսաց եկեղեցին:

Այդպես էին քաղաքի հռչակավոր վաճառատները, ինչպես, օրինակ՝ Կիզիրինի մագազինը («Նադեժդա»), ֆրանսիական ապրանքների մագազինը, «Դրուժբա» ընկերությունը, Ավագիմովների վաճառատունը և Պասաժը՝ նորագույն շուկան, ակնեղենի և զոհարեղենի խանութներով: Իրար ետևից ձգվում էին հարյուրավոր խանութներ միայն ռուսական մանուֆակտուրայի, ապա գալիս էին մանրուքի խանութներ, այնպես ճոխ զարդարված, որ մինչև անգամ խանութի դռներից կախված էին ժանյակներ, մետաքս թել, գույնզգույն երիզներ և ուլունքներ՝ այնքան առատ, որ խանութի դուռը չէր երևում: Շատ խանութների առաջ, հենց հրապարակում դարսված էին ապրանքի հակերը, որովհետև խանութները լիքն էին, և լիքն էին պահեստները... Շուկայի բազմությունը խռնվում էր հարուստ խանութների առաջ, մոլորվում էին անցքերի լաբիրինթի մեջ, գնում էին հակերի կամարների տակով և հանկարծ դեմ էին առնում ավելի շքեղ խանութի:

Մի խանութի առաջ ռուսական ալյուրի բուրգեր են՝ այնքան բարձր, որ խանութից երևում է միայն գավառապետի դիվանի վերին հարկը: Բուրգերի շուրջը խռնված մարդիկ մրջյունի մեծության և մրջյունի պես կրում են ալյուրը, որ թեև մի քիչ կծված է, բայց Ամբարի կատու Սողոմոնը, Ավագիմովների ավագ եղբայրը, երդվում է, որ ֆուրգոնները ջուրն են ընկել, և ալյուրը մի քիչ խոնավացել է, «թե չէ ալյուրն իսկական Կուբան է և սա մեռնի, եթե վնասով չեմ ծախում»... Ամբարի կատուն ասում է «սա մեռնի» և ձեռքը խփում է մոտ այտին: Նա երդվում է, ըստ սովորության, ինչպես բոլոր վաճառականները, թեև կարող է չերդվել, որովհետև գիտի, որ Սիսիանի, Տաթևի և Գորիսի մահալներում արտերը խանձվել են, և հաց չկա: Ամբարի կատուն այդ շատ լավ գիտե, ինչպես և լավ գիտե, որ յուրաքանչյուր փութի մեջ ունի երեսուն կոպեկ մաքուր շահ: Նրա գործակատարները կշռում են, վաճառում են, իսկ ինքը դախլի գլխին՝ առավոտից մինչև երեկո մատները խաղացնում է փողի մեջ:

— Քեզ թաղեմ, խնամի, եթե մի քոռ կոպեկ օգուտ ունեմ էս գործում... իմ օգուտս այ էն առաջին տեսակ ալյուրի մեջ է, որ չեն առնում, — խոսք է ասում մի մարդու, որն ուզում է խնամի Սողոմոնին առանձին տեսնել և ալյուրը ապառիկ խնդրել: Ամբարի կատուն վաղուց է նկատել այդ, բայց ուշացնում է առանձին խոսելը և խոսում է նրանց հետ, որոնք դմակով են: Նա և՛ դրամ է ընդունում, և՛ հաշվում է, և՛ խոսում է հաճախորդի հետ:

— Չե՞ս երևում դայօղլի... վեց աբասի, վե՛ց աբասի երկու մանեթ, վեց աբասի, էս էլ մի վեց աբասի: Կնունքն էլ մենակ կերար... վեց աբասի... Ա՛յ բարով, հազար բարի... — և Ամբարի կատուն ձեռքը մեկնում է զեյվեցի Խաչանին. — որ սա էլ է եկել՝ ուրեմն Ղափանի մահալում էլ հաց չկա, — և գործակատարին կարգադրում է. — Տաքուրետ տուր Խաչանին... Ո՞նց ես, քեֆ, հալ... Վեց աբասի, վեց աբասի...

Խաչանը դեռ անտարբեր նայում է դախլի առաջ հավաքված մարդկանց, որոնք վճարում են ով երկու փութի, ով երեք, ով նույնիսկ մի փութի գին:

— Դու ես պահում էս հացապակաս ժողովրդին... Օրհնյալ լինես, Սողոմոն... — Ամբարի կատուն ժպտում է:

— Կարո՞ղ եմ չպահեմ, Խաչան... Շան չարչարանք եմ քաշել, մինչի

Արմավիրից ալյուրը բերել եմ... Տալի՞ս են որ: Չեն տալիս, ասում են չկա: Էնտեղ էլ պինդ սով է: Բայց ի՞նչ արած. որին խնդրելով, որին տեսնելով, մի կերպ հասցրել եմ էստեղ, թե ինչ է բարեկամներս կուշտ մնան: Էն կանաչ մեռնը վկա, որ վնասով եմ ծախում:

Ավագ գործակատարը քթի տակ ժպտում է: Միայն նա գիտե, որ Ավագիմովները ալյուրը Կուբանից չեն բերել, այլ Շուշի քաղաքից և ջրի գնով գնել են կայազորի համբարակից, որը զորքի համար ստացել է նոր ալյուր... Միայն գործակատարը գիտե և քթի տակ ժպտում է:

Մանուֆակտուրայի խանութներից ելնում է լաստիկի, սատինի և գունավոր չիթերի բույր: Ներսում հատակը, դիմացի պատը և երկար զաստոյկան պատած են հաստ գորգերով: Դրանից է, որ այդ խանութներում ձայները խլանում են և նույնիսկ լեռնցի մարդիկ շշնջում են, ինչպես մեռելատանը: Գորգերի վրա փափուկ աղմուկով փռում են կտորների հակերը, ապա մի թոփի ծայրից բռնելով ծաղկավոր շալը ծալ-ծալ նստում է, և գույները ծփում են: Լսվում է մկրատի զնգոց. «Շնորհավոր լինի, բարով մաշես...». և ուրիշ անկյունից է լսվում խուլ աղմուկը, չթի կտորի ծաղիկները մարմանդ փայլում են, և նորից է ծփում գույների ծովը:

Ներսը կիսամութ է: Արևի լույսը մինչև խորքը չի հասնում. խորքում կապույտ ցոլքով վառվում է մի ճրագ, որից ավելի խորունկ է թվում ճոթի մաղազան: Այնտեղ ինչ-որ դռնակ բացվում ու փակվում է: Ձայներն իջնում են գետնի տակ, ձայները կորչում են և ապա նորից բարձրանում են խորքից: Մաղազաների տակ խորունկ պահեստներ են, որտեղ գիշեր-ցերեկ մութ է: Ի՜նչ գանձեր կան այնտեղ… Ահա հեռու անկյունից, որտեղ կապույտ ցոլքով վառվում է ճրագը, դեպի դուռն է գալիս գործակատարը, ուսին կտորների հակեր: Հաճախորդներին այնպես է թվում, թե գետնի տակ մաղազայի չափ տասը մաղազա կա՝ խորունկ, շատ խորունկ, որտեղ զառ-ատլասները մթնում լույս են տալիս, ինչպես ոսկու շեղջեր: Զրընգ-զրընգ ոսկին և արծաթը և պղինձը կաթկթում են դրամարկղի մեջ, թղթադրամը խշխշում է, ինչպես ծաղկավոր չիթը:

— Դրեի չորս չարեք… իսկական Ցինդելի՝ արջանշան: Սրանից լավ վերմակի երես կլինի: Ուզո՞ւմ ես բութա-մախմուր տամ, — և բաց է անում թավիշը՝ կանաչ-ոսկեգույն, նշաձև պուտերով: Մի այլ գործակատար ձեռքին խաղացնում է պարսկական թաշկինակների փունջը: Ինչպե՛ս են խշխշում, ի՜նչ նախշ, ի՜նչ բույր: Մի հաճախորդ, որ հարսանիք ունի, գնել է ինչ որ տանը պատվիրել են և դեռևս նայում է դարակներին՝ չի՞ մոռացել ոչինչ, իր պառավ մոր համար արդյոք չգնի՞ այն սև շալը, թե մայրը հին շալը մինչև մահ հագիվ մաշի...

Գործակատարի աչքից վրիպում է նրա տարակուսանքը: Եվ ահա փափուկ քայլերով մոտենում է ինքը, մաղազայի տերը, անվանի խոջա

Մակիչը: Նա բրդի նախշուն գուլպաներով է, ինչպես տանը, — քայլում է՝ ասես ման է գալիս իր պարտեզում:

— Անխիղճ, էսքան ապրանք որ ծախել ես, ինչո՞ւ մի վարդ թաշկինակ չես նվիրել, — գործակատարին հանդիմանում է խոջան: Հաճախորդները հետ են քաշվում: Խոջա Մակիչը գործակատարի ձեռքից խլում է թաշկինակների փունջը:

— Էս էլ իմ խալաթը... Ուրախ ժամի լինի, — և նա, որ հարսանիքի համար ամեն ինչ գնել էր, ընդունում է նվերը, խոջա Մակիչին և նրա ձեռ-ոտի մարդկանց հրավիրում է հարսանիքի, — պառավ մոր համար գնում է սև շալը, նաև ուրիշ ապրանք, խոջա Մակիչի նիսիայի դավթարում իր անվան դիմաց թողնելով մի թեթև պարտք:

— Հազար անգամ ասել եմ, մի թողնեք մուշտարին դատարկ ձեռքով խանութից գնա, — խոջա Մակիչն ինքն է անցնում զաստոյկայի ետևը, իսկ մուշտարին, որ արդեն մոտեցել էր դռանը, ետ է վերադառնում:

— Առքի գնից էլ պակաս տուր, միայն դատարկ ձեռքով մի թողնի գնա... Մեզ համար է ամոթ: Գինը քանի՞ ես առել...

— Գյազը վեց շայի, — վախեցած պատասխանում է գործակատարը:

— Բա սրա գինը վեց շայի է՞, որ ասել ես, — խոջա Մակիչը զայրանում է, որ գործակատարը գյազն ութ շայանոց մահուդվարի ռեբենակը առաջարկել է վեց շայի:

— Սխալմունք է, կպատահի, Մակիչ ապեր, — այն կողմից միջնորդում է ավագ գործակատարը:

Իսկ նա, որ այդ գնից դժգոհ գնում էր ուրիշ խանութ, արդեն տնտղում է կտորը:

— Սա խալիս մահուդվարի է, քո իմացած թանձիֆը չի: Դե որ բերանից դուրս է թռել վեց շայի, թող վեց շայի լինի: Էդ էլ քո բախտը: Ես կհամարեմ, թե ջեբիցս փող եմ կորցրել. քանի՞ գյազ կտրեմ:

— Կտրի ինը գյազ...

Խոջա Մակիչը գյազը շուլալում է կտորի մեջ, ծալ-ծալ թափվում է կարմիր հալավացուն: Ապա խոջան վերադառնում է մաղազայի խորքը, որտեղ մարմանդ ցոլք է տալիս կապույտ ճրագը:

Իսկ ի՞նչ է կատարվում արհեստավորների խանութների առաջ և խանութների մեջ... Կարծես լեռներից մի ամբողջ զորաբանակ է իջել՝ բոբիկ, մերկ և առանց գլխարկի, և մի օրում հարկավոր է այդ բանակը հագցնել:

Ահա թափվել են դերձակների խանութների վրա: Քսան–երեսուն կարած արխալուղ է դուրս հանել Դարզի Հաննեսը. «Պա՛հ-պա՛հ-պա՛հ... Եղար խանի տղա», — կանչում է դերձակը, արխալուղը հագցնելով մի լեռնցու: Իսկ նա զմայլված կանգնել է, և շողում են նրա առողջ ատամները: — «Իսկը քեզ վրա է կարած...»: Լեռնցին թևերը չի շարժում ու թեն թևերի տակ սեղմում է, բայց արխալուղն այլևս ուսերից չի հանում, այլ ուզում է այդպես, իբրև խանի որդի երևալ հայրենի լեռներում:

Մի ուրիշ տեղ Չաքմաչի Վեսկանը նստեցրել է մի թուրք սարվորի, և երկու հոգով նրա ոտքին են քաշում սապոգը. «Հը՛...», — և երկուսով տնքում են, տնքալով քաշում են: «Մտավ հա՛, մտավ... Մատներդ մեջը խաղացրո՛ւ, խաղացրո՛ւ...» — և նորից են քաշում, զոռով հագցնում են, և ահա սարվորը զարմացած նայում է, թե ո՞ւր կորան ոտները:

«Մի քիչ ման գաս կբացվի», — քրտինքը սրբելով ասում է Չաքմաչի Վեսկանը, մի ուրիշին նստեցնելով:

— Վեսկան քիրվա, ա՛յ Վեսկան քիրվա, — ներս է մտնում մի վիթխարի հովիվ, ետևից շունը. — կոշիկ կկարե՞ս...

— Կարեմ, կարեմ... Մատներդ մեջը խաղացրո՛ւ, խաղացրո՛ւ — և Չաքմաչի Վեսկանը քաշում է ութերորդ զույգը. — կարե՛մ, կարե՛մ...

— Համա մի քիչ ճռռճռռ կդնես տակը:

Ճռճռան կոշիկն առանձնապես հարգի էր սարվորների մոտ: Նրանք սիրում էին, երբ կոշիկը ձայն էր հանում, և հովիվը, որ շունն ետևից մտել է խանութ, այդ է խնդրում:

— Էդ մի քիչ դժվար է:

— Ինչի՞ է դժվար, չաքմաչի քիրվա:

— Դրա համար հարկավոր է քսան ձու, մի գրվանքա յուղ... — և հովիվը բերում է քսան ձու և մի գրվանքա յուղ:

— Հիմա կլինի՞:

— Հիմա որ կլինի... Երեք օրից կոշիկներդ պատրաստ են: Էնպես ճռռճռռ դնեմ մեջը, որ մինչի Ղարաբաղ ձայնը լսվի, — և հովիվը, ոտքի չափը թողած, գնում է: Իսկ Չաքմաչի Վեսկանը աշակերտներից մեկին պատվիրում է «մի լավ ձվածեղ քսան ձվից»: Հովվի բերած ձվերը և յուղն ուտում են, ապա կոշկակար վարպետը դանակով կտրատում է մի բարակ կաշի, թաթախում կեղտոտ նավթի մեջ և շպրտում աշակերտին.

— Էս կդնես էն հայվանի կոշիկի տակ: Էնպես ճռճռա որ...

Մայր հրապարակում ուրիշ առևտուր է: Սարերից և գյուղերից քշած բերել են հազարավոր ոչխար, կով, ձի, եզ: Չողարները գործի են: Նրանք մոտենում են ոչխարի հոտին, ձեռքով տրորում են ոչխարի մեջքը և կողքը, մի ակնթարթում հաշվում են հոտը և հարցնում են. «Հիսուն ոչխարին ի՞նչ տամ»... Միջնորդները, որոնց ձեռքով են առնում և վաճառում անասունները, իսկույն մոտենում են:

— Աստված բարի տա, — և իրար են միացնում չողարի և ոչխարատիրոջ ձեռքը:

— Հատին չորս մանեթ, որը հավանեմ:

— Հատին հինգ մանեթ:

— Լավ գին է, ես իմ աստված: Առավոտյան Հաջի Բաղիրը ծախեց չորս մանեթով:

— Չորս մանեթ մի աբասի:

— Աստված բարի տա, — և միջնորդը համարյա զոռով իրար է միացնում նրանց ձեռքերը և բղավում է.

— Չորս մանեթ երկու աբասով հիսունը ջոկիր:

Կանչ, աղմուկ, շների կլանչոց: Հովվական շները, որոնք ոչխարի հետ սարից իջել են, անհանգիստ են, երբ օտար մարդիկ քշում են ոչխարը, և տերը նրանց չի կանչում՝ «Չամբար քո՛ւ, Ալաբաշ հասի», — այլ բարկանում է շների վրա և նույնիսկ նրանց վրա մահակ է բարձրացնում: Շները լռում են և գլուխը կախ միտք են անում, թե ի՞նչ կատարվեց, որ տերը իրենց վրա մահակ բարձրացրեց, այնինչ ուրիշները ոչխարը քշեցին:

Մի այլ անկյունում ձիերը վրնջում են, և նրանց հետ զիլ և արծաթահնչյուն վրնջում են քուռակները... Շո՞գ է, ծարա՞վ են, նրանց ճնշում է բազմության աղմո՞ւկը, անհանգի՞ստ են այն խորթ ձեռքերից, որ ահա քանի անգամ բաց արին ձիու բերանը, — թե՞ նրանք կարոտել են լեռնային արոտները, որտեղ փռփռում է խոտը, և ոչ սանձ կար, ոչ այսքան մարդ:

Հրապարակում կլանչում է մի շուն, կով է բառաչում, մարդիկ բարձրագոչ աղաղակում են հայերեն, թուրքերեն, ժխորը հետզհետե սաստկանում է, ժխորը հասնում է մինչև Մեղրաքերծ, և ժխորին խառնվում է զինվորական փողը, որ հնչում է զորանոցի կողմից... Երբեմն հանկարծ լռում են, ինչպես ճնճղուկների երամը, երբ գետնի երեսով անցնում է անգղի ստվերը: Ձիավոր ոստիկանների գլուխն անցած, հրապարակը ճեղքելով սլանում է գավառային պահակախմբի պետ Ավթանդիլ Խուրշուդ բեյը... Ավազակները սարից նախի՞ր են քշել, մա՞րդ են սպանել, հարձակվել են փոստի վրա՞, թե՞ ուրիշ դեպք է եղել, — դեռ ոչ ոք չգիտե, և ժողովուրդը ճանապարհ է տալիս. «Խուրշուդ բեյը Բարկուշատ գնաց», — ասում են իրար և բոլորը հասկանում են, որ այն կողմերում «բան կա»...

Երբեմն շուկայի հրապարակով անցնում էր Պենզայի 686-րդ դրուժինայի ջոկատը՝ թմբուկի սուր կտկտոցով, բահերի ու զենքերի զրնգոցով... Առջևից գնում էր երիտասարդ սպան, որ դիտմամբ ծռել էր ճանապարհը, որովհետև ձանձրալի էր անցնել Գորիս քաղաքի խուլ փողոցներով:

Ջոկատը վերադառնում էր զինվորական վարժությունից, կամ երևում էր բանտարկյալների խումբը գորշ խալաթներով, ուսներին շղթա (նրանց տանում էին հող փորելու) կամ սլանում էր Ավթանդիլ Խուրշուդ բեյը՝ ետևից ձիավորները, — հրապարակում աղմուկը դադարում էր, ինչպես ճնճղուկների ծվծվոցը, երբ գետնի երեսով անցնում է անգղի ահարկու ստվերը:

Այդ ժխորից՝ մարդկանց և անասունների կանչերից ազատ էր Պասաժը: Այնտեղ ազնիվ լռություն էր: Այնտեղ ամեն ինչ ազնվացեղ էր և առաջին պրոբի: Ակնեղենի և զոհարեղենի խանութների կողքին կային խմիչքի և նպարեղենի մեծ խանութներ, որտեղ չէին վաճառում ոչ տեղական գինի և ոչ տեղական ձուկ, այլ վաճառում էին ֆրանսիական լիկյորներ, Հավանայի սիգար, Հռենոսի գինի և այսպիսի կոլոնիալ ապրանքներ, որոնց գնորդները բեյերն էին և չինովնիկ մեծամեծերը, նաև ռուս քահանան, որի մասին ժամհար Պարսեղը լուր էր տարածել, թե նա եփած խխունջ է ուտում:

Երբեմն մի լեռնցի կամ քոչվոր մի թուրք մոլորված մտնում էր այդ խանութներից մեկնումեկը, օրինակ, Կուրդը բեժա, որ Պասաժի հարուստ խանութներից էր. — «Բաշլըղ ունի՞ս, քիրվա», — և հովիվը շշմած նայում էր շողշողուն դարակներին: — «Ա՛յ, էնտեղ կա...» Կուր դը բեժայից ցույց էին տալիս ժամագործ Սանդրոյի խանութը. — «Էնտեղ լավ բաշլըղ կա, լավ ծամոն կա, էշի փալան էլ կա...»:

Պասաժի վաճառականները բուխարա փափախ չէին ծածկում, ինչպես բուն շուկայի առևտրականները, որոնց ժողովուրդը վաղեմի սովորությամբ անվանում էր խոջա: Պասաժում մահուդ չուխա չէին հագնում, այլ կոստյում և ծածկում էին շլյապա, իսկ Եփրատ Երեմը խանութ էր մտնում սպիտակ ձեռնոցներով և այնպես անթերի հագնված, որ Լյուդմիլլա Լվովնան, զավառային նոտարի կինը, ամուսնուն հանդիմանում էր, օրինակ բերելով Եփրատ Երեմին: Պասաժում ամեն ինչ ազնիվ էր և ազնվացեղ. այնտեղ ռուսերեն էին խոսում, և նույնիսկ Հայոց կոնսիստորիայի քարտուղարը, որ ռուսերեն չգիտեր, Պասաժի կողքով անցնելիս խոսում էր այդ լեզվով:

Երբեմն խոջաներից մեկն այցելում էր Պասաժի խանութը, որի տերը նրա որդին էր՝ նոր վաճառականը, հին վաճառատան ոսկե ճյուղը: Խոջան նստում էր... վենսկի աթոռի վրա, որ նրան մատուցում էր որդին. — «Ապեր, լիկյոր բաց անե՞մ...»: Ապերը լուռ նայում էր դարակներին՝ անհայտ, անծանոթ իրերին:

— Ա՛յ տղա, էն զիզի-բիզի բաներն ի՞նչ են, — և խոջան մահակը մեկնում էր դեպի Ժորժ Բորմանի շոկոլադները:

— Ապեր, շոկոլադ են... էս էլ Դեզի կանֆետ է, էս էլ Դվարժօղլու հալվա է Աղեսից, — և որդին արծաթե պատառաքաղով մեկնում էր մի կտոր Դվարժօղլու հալվա:

— Հալվան ի՞նչ է, նրա տված օգուտն ի՞նչ լինի, — ապերը վերադարձնում էր հալվայի կտորը. — դանավուզ կտոր լիներ, Իրանի զաղաք լիներ հա՛... Կանֆետ ծախելով մարդ չես դառնա, ա՛յ որդի...

Բայց այդ խոսքին ներս էին մտնում Լյուդմիլլա Լվովնան և բժիշկ Տիկրան Պետրիչի կինը՝ Սառա Կասպարովնան, նաև մի փոքրիկ շնիկ՝ կապույտ ժապավենով: Ապերը զարմացած նայում էր շնիկին:

— Փառքդ շատ, աստված... Սա էլ կասի, որ շուն է և շան ազգից է… — Շնիկն սկսում էր հոտոտել կանֆետի թղթերը՝ վազվզելով խանութում, ապա հաչում էր մի տղայի վրա, որ դրսից պատուհանով ո՞վ գիտի ինչու նայում էր խանութին:

— Պուշոկ, նե սմե՛յ Պուշոկ... Երեմ Նիկիտիչ, խավիարը հիանալի էր…

Խոջան զարմացած նայում էր տիկիններին, նրանք բուրում էին ինչպես խանութը, և նրանցից յուրաքանչյուրը մի ոսկեզառ կանֆետ էր: — «Երեմ Նիկիտիչ...» և խոջան ինքն իրեն մի քանի անգամ կրկնում էր. «Ուրեմն խոջա Մակիչը, Մուգումին Մկրտիչը դառավ Նիկիտ... Քեզ փա՛ռք աստված...»: Եվ աթոռի վրա խոջան ննջում էր, ու նրան օրորում էին կանանց և յուր որդու կչկչան ձայները:

Այդպես էր Պասաժը, Գորիսի բուն շուկայի ոսկե զարդը:

Բայց և այնպես նա բուն շուկայի ճյուղն էր, ինչպես հին շուկան՝ ներկարարների, համետ կարողների և պայտարների գետնահարկ խանութներով հին շուկան արմատն էր, արդեն զառամյալ արմատը, որ այնուամենայնիվ կապված էր բունի հետ: Եվ այսպիսով, նավթի պահեստներից մինչև Մաթևոս բեյի տունը, այնտեղից դրուժինայի զորանոցը և հայոց եկեղեցին՝ մի ամբողջություն էր, մի ամբողջական շուկա, որ կենտրոնն էր Գորիս քաղաքի և կենտրոնն էր Զանգեզուր ընդարձակ գավառի՝ Սևանա լճից հարավ, մինչև Արաքս:

6

Բացվում է առավոտը:

Ձորերի մթնում հազիվ է նշմարվում Շենը: Բարակ ծուխը խառնվել է գիշերվա մշուշին, և չեն երևում ոչ քարափոր տները, ոչ Կյորեսի հին եկեղեցին, այլ միայն նշմարվում են ժայռերի կատարները մշուշի մեջ: Իսկ քաղաքում արև է... Տների թիթեղյա կտուրները ցոլցոլում են, գոյացնելով կաթնագույն լույսի ծով, որի մեջ, ինչպես դեղին յուղագունդ, լողում է ռուսաց եկեղեցու ոսկե գմբեթը:

Հետզհետե զարթնում է Գորիսը:

Մսավաճառներն առաջինն են բացում խանութները: Ահագին կեռերից գլխիվայր կախված են եզներ և ոչխարներ, որոնք դեռ երեկ մայում էին: Արևն ընկնում է նրանց կարմիր մսերին, և ահագին դմակները, ինչպես պղնձե վահաններ, արևից ցոլքը նետում են դեռ քնած տների վրա: Խանութի հատակին ընկած են եզների գլուխներ՝ վիթխարի եղջյուրներով: Մեկի շնչափողից կաթկթել է արյունը: Մի ոչխարի գլուխ՝

սառած աչքերով զարմացած նայում է արևին: Եզան կճղակի մեջ դեռ կանաչ է խնձորախոտի տերևը:

Ահա գալիս են առաջին գնորդները, որոնք միս չեն առնում, այլ փորոտիք, աղիքներ, ոտքեր և գլուխ: Շուկայի պահակ Կետանը խսիրի մեջ փաթաթում է մի գլուխ և ութ ոտք: Մսավաճառ Պետրուսը նրանից դրամ չի վերցնում, այլ միայն Կետանին պատվիրում է ցերեկով իրենց այգին ջրել: Գալիս է Խարչնևի պահող Թնատորոսը, որի ճաշարանում երկու կոպեկի «կես պորցի» բոզբաշ են ուտում Ամիր Աստանը, սալդաթ Երանոսը, Ճոլուն Կևին, Քյաթառան, քարահունջեցի Ճաղար Պետին և այս կարգի մարդիկ, որոնք գիշերում էին կիսավերակ քարանձավներում, խոտի դեզերի մեջ և բուլվարի ցանկապատի տակ: Գալիս է Թնատորոսը և յուր ճաշարանի համար շալակած տանում է ճարպի կտորներ, աղիք և եզան գլուխ:

Մսավաճառների խանութների առաջ գլխահակ շրջում են շները, որոնք դեռ գիշերն են զգացել թարմ մսի հոտ և անհանգիստ խլրտացել են մսի խանութների շուրջը: Շները գլուխը կախ ման են գալիս, կարծես նրանք ինչ-որ լուրջ բանի են, ինչպես Սպիտակ բանտի պահապանները, որոնք գիշեր-ցերեկ պարիսպների վրա գնում գալիս են: Շներից ոչ մեկը չի համարձակվում մոտենալ մսի խանութներին: Շները հին են, ինչպես Գորիսում հին է «դավթարխանան»: Նրանք սեփական կողերի վրա փորձել են, որ եթե մոտենան մսավաճառների խանութներին, դասաբ Պետրուսը կորող է նրանց գլխով զարկել տասը գրվանքանոց կշռաքարը, քիթը մեծ Իվանը կշպրտի մեծ դանակը, իսկ Դանգա-Բուռուն Ասրին իր երկար ոտքով շանն այնպես կխփի, որ շունը երեք անգամ օդի մեջ կպտտվի և այլևս երբեք չի պտտվի: Շներն այդ լավ գիտեն և դրա համար հեռու են շրջում և կամ չեն շրջում, այլ սովից լիզում են իրենց ոտքը կամ կլափելով բերանը՝ ճանճ են որսում, այն ուռած ճանճերը, որ մինչև անգամ դավթարխանայից առավոտները հավաքվում են մսի խանութների վրա... Միայն երկու շուն հեռվից հեռու, ինչպես հուղարկավոր, հետևում են խարչնևի Թնատորոսին, որ տանում է եզան մորթած գլուխը:

Արևը հետզհետե բարձրանում է, և արդեն երևում են առաջին միս առնողները: — Պետրուս ամի, մի լավ կոլոլակացու կտրի, — ասում է բախկալ Այազը: Ահա եկավ Փոշտի Անտոնը, որից հետո մեկ-մեկ երևում են մանր աստիճանավորները: Շուկայում խանութներն իրար ետևից բացվում են: Առավոտի ջինջ օդում լսվում են մետաղի սուր և անդուրեկան ձայներ: Այստեղ մի դուռ ծալեցին և կպցրին պատին, այնտեղ աղմուկով հետ քաշեցին երկաթե կապը (և բոլորը գիտեն, որ խանութն աղմուկով բացողը մելոչնի Բախշին է), մի այլ տեղ զնգաց ցուցանակի թիթեղը, վերջապես ահա Պասաժի խանութների դռներն էլ բացվեցին, բայց ոչ կողքի, այլ դեպի վեր, որովհետև նրանք հնարով են շինած և հնարով էլ զնգում են:

Արդեն միս, հաց և կանաչի է առել ռուս քահանայի աղախինը՝ քոծ Մառուսյան, որի և ռուս քահանայի մասին անառակ լուրեր էր տարածում տիրացու Պարսեղը՝ Տեր զի բազումի հավատարիմ օգնականը, մոլեռանդ հավատացյալ և խիստ ռուսատյաց: Արդեն միս, հաց և կանաչի են առել Մառուսյան, ստրաժնիկ Վասիլի կինը, Պաչիստի Ավանեսը, կոնսիստորիայի ղալամդանը, Վաղարշակ բեյի ծառան, ֆայտոնչի Իբիշը, Չաքմաչի Վեսկանը կես ոչխար է տարել, որովհետև երեկոյան նշանդրեք կա: Ահա հայոց ուսումնարանի վարժապետ պարուն Արշակը ևս երկու գրվանքա միս առավ և ոսկորից բռնած տուն է տանում՝ ետևից մի պառավ շուն, որը ճանաչում է մսավաճառ Պետրուսի բոլոր հաճախորդներին, որոնց մեջ ամենաբարին պարուն Արշակն է:

Հայոց ուսումնարանի վարժապետ Արշակն էլ միս առավ, և հանկարծ մսավաճառի խանութի առաջ ծանր-ծանր քայլերով երևաց ինքը՝ Ներսես բեյը, ոչ այն Ներսես բեյը, որ կոչվում է Խուրդա կամ Կարճիկ Ներսես բեյ և ծառայում է դատարանում և ոչ էլ այն Պրիստավի կոչված Ներսես բեյը, այլ Հաստ Ներսես բեյը՝ գավառային վարչության սյունը:

— Պետրո՛ս, — կանչում է Ներսես բեյը և կես րոպե այլևս ոչինչ չի ասում:

Եվ կարիք չկար, որ ասեր: Նրա փոխարեն ասում էին նրա ուռած և արյունով լցված աչքերը, հաստ շրթունքը, որ կարծես չորրորդ կզակն էր, ձյունափայլ բրյուկը և նույնպես ձյունափայլ տյուժուրկան՝ խնամքով արդուկած և կոճկած մինչև վերջին կոճակը: Հանդարտ ծփում էր նրա մարմինը, ինչպես ահագին ժայռ, որ ցցվել է ծովի մեջ և շողշողում է արևից: Ներսես բեյը ոչինչ չէր ասում և չէր նկատում այն մանր չինովնիկներին, որոնք նրա կողքից ահով են անցնում: Գարադաբուլղի Մուխանը, նա, որ գրպանները սիրում էր լցնել Օրդուբադի չիրով, արձանացել է և այդպես մի շաբաթ արձանացած կմնա, եթե Ներսես բեյը հրամայի: Բայց Ներսես բեյը ոչ մանր չինովնիկներին է նկատում, ոչ տեսնում է Մուխանի արձանը, այլ խոր հազում է՝ խռռալով և շատ խոր, — Ներսես բեյը դեռ հազում է «հարուստի հազով», իսկ մսավաճառ Պետրուսը բարձրացրել է սպիտակ քաթանը, որի ետև, մյուս գնորդների աչքից հեռու, կախված էին երկու ոչխար՝ ոսկեգույն դմակներով:

— Դոլմացու ուղարկի, — և Ներսես բեյը երեսը շրջում է դեպի դավթարխանայի շենքը՝ շուկայի դիմաց: Ներսես բեյը գնաց, և գավառային վարչության առաջ խռնված ժողովուրդը պատկառանքով դեռ նոր է նրան ճանապարհ տվել, այնինչ դոլմացուն արդեն նրա տանն է և գարադաբուլղի Մուխանը քրտինքը սրբելով խանումի՝ տիկին Վարսենիկի, առաջ զովում է միսը:

Մսավաճառ Պետրուսը Հաստ Ներսես բեյից ևս դրամ չէր առնում, ինչպես շուկայի պահակ Կետանից, որը ոչխարի մի գլխի և ութ ոտքի դիմաց ցերեկը պիտի ջրեր Պետրուսի այգին: Իսկ դոլմայի, կոլոլակի, բոզբաշի, յախնիի մսացուի դիմաց Հաստ Ներսես բեյը տարվա սկզբին, երբ բոլոր առևտրականները պատենտ էին առնում, հարկային տեսչին ի միջի այլոց ասում էր.

— Ի՞նչ առևտրական է այդ Պետրոսը որ... խեղճ աղքատի մեկն է, սիրելի Նիկիֆոր Վասիլիչ, և դուք ինքներդ եք իմանում...

Ահա երևաց ինքը՝ քաղաքի հայրը, քաղաքագլուխ Մաթևոս բեյը, նրա ետևից կիսահամր-կիսախուլ Կիրին, որ քաղաքային այգու պահակն է, քաղաքային ինքնավարության (դումա) ծառան և միաժամանակ տիկին Օլինկայի սպասավորը՝ ծանրություններ տեղափոխելու, գորգերը լվալու, Շոր աղբյուրից կժերով ջուր բերելու շաբաթ օրերը, երբ տիկին Օլինկան իբրև երեք լվացարարուհու կարգադրիչ, սկսում էր լվացքը... Այն ի՞նչ էր կատարվում քեզ հետ, իմ հայրենի քաղաք: Այդ օրերին չէր կարելի անցնել ոչ միայն նրանց տան առաջով, այլ նույնիսկ հարևան փողոցով չէր կարելի անցնել... Անհամար բարձերից միլիոն բմբուլ թռչում էր քաղաքի և տների վրա, ինչպես ուռենու սերմերը մայիսին: Բմբուլը թռչելով հասնում էր մինչև դատարանի շենքը և նստում էր խեղճ գրագրի ունքերի վրա: Եվ ամբողջ քաղաքը գիտեր, որ նրանց տանը լվացք կա: Իսկ երբ բմբուլի ամպերն անցնում էին, բակը, ցանկապատը, նույնիսկ փողոցի պատերը սպիտակում էին փռած լվացքից:

Մինչդեռ մենք զբաղվեցինք տիկին Օլինկայի լվացքով, արդեն շուկա մտավ քաղաքագլուխը և նրա անբաժան թիկնապահ Կիրին: Մաթևոս բեյը, մոտենալով մսավաճառների խանութին, միայն վերահասու է նրանց մաքրության: Նա գերադասում է մրգավաճառների խանութները, որոնց տերերը, նրա անձնական թույլտվությամբ, գրավել են նաև հրապարակի և մայթի մասը՝ ձմերուկի և՛ սեխի դեզերով և խաղողի կողովներով: Խանութի ճակատից մինչև հրապարակը, որտեղ ձմերուկներն են, — փռված է հաստ կտավ, մրգերն արևից պաշտպանելու համար: Այդ անուշահոտ բուրգերի և մրգավաճառի խանութների միջև ընկնում է մի նեղ անցք, այնքան նեղ, որ երկու մարդ կողք-կողքի դժվար են անցնում: Բայց հենց այդ նեղ անցքն էլ քաղաքագլխի սիրած վայրն է ամբողջ քաղաքում:

Մաթևոս բեյը, նրա հետևից Կիրին շտապում էին ոչ թե մսավաճառների մոտ, այլ անմահության այդ դրախտը: Առանց զմայլանքի չի կարելի նկարագրել այն տեսարանը, երբ Բիժո Ակյալը, նշանավոր մրգավաճառը, Մաթևոս բեյի քթին էր մոտեցնում դեղին կանաչ սեխը, որի վրա դեռ մնում էր ցողի մի քանի կաթիլ: Եվ Մաթևոս բեյը, որ ալեհեր էր, երեխայի նման հիանում էր, Բիժո Ակյալի ձեռքից սեխն առնում և հոտոտում էր: Ապա այդ սեխը խանութպանն առանձնացնում ու բերում էր ձմերուկ, ի՛նչ ձմերուկ... Իսկ Մաթևոս բեյն արդեն մտել է հարևան խանութը, որովհետև նրա աչքին են ընկել մուգ մանիշակագույն սալորները: Եվ նա մանրամասն հարցնում է, թե ո՞ւմ այգուցն է, արդյոք սառը մառանում կդիմանա՞ մինչև նոյեմբերի 4-ը (տիկին Օլինկայի ծննդյան օրը), կարելի՞ է մուրաբա եփել այդ սալորից, այդ ֆենոմենալ շլորից, ինչպես ասում էր Մաթևոս բեյը:

Օրվա այն ժամն էր, որին ժողովուրդն կոչում էր դատավորի թեյի վախտ, այսինքն ժամը 11-ը անց էր և դատավորները դեռ նոր էին գնում դատարան, որի առաջ խռնված սպասում էր հազար մարդ: Դատավորի թեյի վախտն էր, բայց Մաթևոս բեյը դեռ չէր հասել մրգավաճառի վերջին խանութին: Հակառակի նման այդ խանութները շատ էին, բոլորը մի շարքի էին և կարծես դիտմամբ հավաքվել էին, հենց դումայի շենքի տակ, քաղաքագլխի ճանապարհի վրա: Քաղաքում՝ դումայի մի քանի անդամներ, որոնք պրոգրեսիստ էին, բամբասում էին Մաթևոս բեյի այդ պակաս կողմը և պատրաստվում էին նոր ընտրություններին նրան սև քվե տալ: Բայց այդ միայն բամբասանք էր, իսկ Գորիսում ո՞ւմ չէին բամբասում, մինչև անգամ նավթավաճառ Գեորգուն էին բամբասում, թե իբրև նավթի պահեստը նա կառուցել է ջրաղացների առվի մոտ, որպեսզի... Զարմանալի քաղաք էր Գորիսը:

7

Առավոտից լսվող առանձին ձայները՝ մի անհանգիստ շան հաչոց, քաղաք մտնող նախիրի բառաչ, քարավանների ղողանջը, Ներսես բեյի հազը, խանութների բացվող դռների աղմուկը, վերջապես այն ձայները, որ հետզհետե բարձրանում են դարբնոցներից և թիթեղագործների արհեստանոցներից, — այդ ամենը, դեռևս անախորժ աղմուկ են, նման այն աղմուկին, որ արձակում է նվագախումբը վարագույրից առաջ: Բայց ահա դիրիժորը բարձրացնում է ձողիկը, և նվագախումբը ներդաշնակ հնչեցնում է բարդ սիմֆոնիան:

Այդպես էլ ժամը 11-ից անց, երբ քաղաքագլուխն ստորագրում էր առաջին թուղթը, քաղաքի անկարգ ձայներն իրար հարմարելով սկսում էին ներդաշնակ հնչել, գոյացնելով մի քաղցրալուր նվագ: Պատահում էր, որ մի ձայն դուրս էր թռչում այդ աղմուկից, ինչպես կեղծ հնչյուն նվագախմբում: Պատահում էր, որ մի հովիվ սարերից իջնող մարդկանց և անասունների հեղեղի մեջ կորցնում էր իր շանը և հենց փողոցում կանչում էր, «Ալաբաշ, հե՛յ, Ալաբաշ...»: Այդ ձայնին իսկույն պատշգամբ էր դուրս գալիս քաղաքագլուխը, որպեսզի խլացնի այդ աններդաշնակ ձայնը և մինչև անգամ զայրանում էր, ինչպես զգայուն դիրիժորը, բայց նույն մարդկային ժխորն ինչպես հեղեղ խլացնում էր այդ անպատեհ և անհարիր կանչը: Եվ նույնիսկ եթե այդ ժամանակ բոլորովին մոտիկ մի աքլոր շոգից կատաղած կանչեր, եթե երկու չարաճճի գիմնազիստներ, անցնելով դալլաք Բոզու վարսավիրանոցի կողքով, կանչեին՝ «դալլաք Բոզի, գլուխդ խոզի» և ինքը՝ հին շուկայի պատվելի վարսավիրն ընկներ նրանց հետևից և բարձրաձայն ասեր. «Այ, ես ձեր խրատողի...», — միևնույն է, ոչինչ այլևս չէր խանգարի այն ռիթմը, որով ընթանում էր քաղաքի աղմուկը:

Նա շուկա էր մտել յոթ ճանապարհով, նա հոսում էր դավթարխանայի, քաղաքային ինքնավարության, դատարանի, ոստիկանական վարչության, հարկային տեսչի, պետական գանձարանի և սուքահանոցի՝ նախնական կալանատան յոթ դարպասներից, որոնք բացվում էին շուկայի վրա: Ինչպես բարակ առու, այդ աղմուկը գալիս էր ճոթի մաղազաների խորունկ խորքերից, որտեղ լեռնցիների խրոխտ ձայները խլանում էին... Եվ ինչքան արևը բարձրանար, այնքան զորեղանում էր նվագը և արևի թեքվելու հետ, երբ դեպի լեռներն էին վերադառնում գյուղացիները և քոչվորները, — այդ սիմֆոնիան մոտենում էր իր վախճանին:

Այդ պահին քաղաքի ամենահետաքրքիր անկյունները ոչ մանուֆակտուրայի խանութներն էին, ոչ պետական հիմնարկները և ոչ էլ նույնիսկ Պասաժը: Դատարանում դատավորներն առանձնացել էին խորհրդակցության, և մի ամբողջ ժամ նրանք չէին կարողանում քրեական դատավարության Կոճղ օրինացի մեջ գտնել այն հոդվածը, որով կարելի է հարևանի գոմշի պոչը թրով կտրող հանցագործին պատժել, և արդեն երդվյալ հավատարմատար Ֆեոկտիստ Իվանիչն առաջարկում էր գործն ուղարկել նոր քննության, որովհետև շատ մութ էին հանցագործության հանգամանքները... Գավառային ինքնավարության մեջ այն ժամն էր, երբ Համզա բեյ Մահմուդբեկովը թավ ձայնով «անառակ» անեկդոտներ էր պատմում, իսկ Նազար բեյը աղվեսահաչ էր տալիս... Այդպիսի ժամ էր քաղաքային ինքնավարության մեջ և հայոց վիճակային կոնսիստորիայում, այդպիսի խաղաղ ժամ էր, որովհետև Տեր զի բազումը վաղուց էր կնքել ծննդյան երկու վկայականները:

Նույնիսկ փողոցները խաղաղ էին: Ծառի շվաքում կարելի էր հանդիպել մի քանի գյուղացիների, որոնք կամ սեխ էին ուտում, կամ փոել էին գնած ապրանքը և նորից նոր հաշվում էին՝ անընդհատ կրկնելով. «Հո չխաբե՞ց մեզ էն շան որդին...»: Բայց հետաքրքիր չեն սեխ ուտող գյուղացիները և կամ նրանք, որոնք իրար երեսի նայելով դժվարանում են գտնել, թե գուղը 27 կոպեկով մահուդավարին ինչքա՞ն կանի, եթե իրենք գնել են 5 գյազ և մի չարեք:

Քաղաքում այդ պահին ամենահետաքրքիր տեսարանը խոհանոցներումն էր և ոչ թե սենյակներում, որտեղ նույնիսկ Հերսեյան՝ «Թևը կոտրած հրեշտակը» շրջում էր տնային զգեստով և չուներ այն հմայքը, որ ուներ, երբ հագնում էր խշխշան շորերը և պահում էր երկնագույն մետաքս հովանոցը:

Ամենահետաքրքիրը խոհանոցներում էր...

Ներս մտնենք Հաստ Ներսես բեյի տան դարպասով: Արդեն դարպասի մոտ զգացվում է այն բույրը, որով անսխալ կարելի է որոշել, թե ի՞նչ վիճակումն է դոլման: Արդյոք ա՞յն, երբ փակ կոկոնի նման հազիվ է երևում մի կտոր վարդագույն միս, երբ հետզհետե փքվելով իր մեջ է կլանում շոգին և չոր մրգերի հյութը, և խաղողի տերևների արանքներում բրինձի հատիկները խաղում են... Կաթսան փրփրում է, շոգին երբեմն բարձրացնում է կափարիչը պուֆ անելով, և կափարիչը զնգալով նստում է: Կաթսայի այդ շնչառությունը հիշեցնում է Ներսես բեյի հետկեսօրյա քունը, երբ հաստ շրթունքները ուռցնելով քնի մեջ նա պուֆ էր անում, արձակելով հոտավետ շունչ:

Մեծ կաթսայի կողքին շար են ընկել բազմաթիվ ջամեր, բաղյաներ, կոթավորներ, պղնձե պնակներ, որոնց պարունակությունը և կետ նպատակը նույն դոլման է: Մեկի մեջ տաքանում է սերկևիլի և նռան ջուր, որ պիտի եռա միայն միանգամ, ապա ծաղկավոր կոթամանի մեջ աղախինը պիտի իջեցնի մառանը, սառեցնելու: Նա պիտի երևա այն րոպեին, երբ մեծ ափսեի մեջ խոհանոցից դուրս կգա դոլման, և Ներսես բեյը նրա գոլորշին կհանգցնի նռան և սերկևիլի սառած ջրով: Նրա կողքին տաքանում է հիլի և դարչինի լուծույթը, ավելի հեռու չորանում է այն կարմիր հացը, որ Ներսես բեյը մատներով պիտի փշրի դոլմայի ջրալի հյութի մեջ: Խոհանոցում այլ պնակների մեջ կանաչի է՝ քաղցր սոխ, կինձ, կոտեմ, առանձին դարսված են սպիտակ բողկի պահունակները, — ոչ այն բողկի, որ հասնում է մի ամսում, այլ այն, որ մի տարում հազիվ է հասնում, բայց երեք տարի համը պահում է:

Խոհանոցում Ներսես բեյի կինը ձեռքի աղացով սուրճ է մանրում և գանգատվում է, որ ֆրանսիական ապրանքների մագազինից այլևս հարկավոր չէ սուրճ առնել, այլ հարկավոր է առնել Եփրատ Երեմից, որի սուրճը Լյուդմիլլա Լվովնան շատ է հավանել: Նա գանգատվում է, բայց ականջը կաթսայի կողմն է. յուրաքանչյուր քլթոց, կափարիչի յուրաքանչյուր զրնգոց նրա համար նշաններ են դոլմայի ձևավորման: Տանտիկինը ձեռքի փոքրիկ շերեփով չափ է տալիս այդ բարդ շարժման: Ինչպես նավավար նա վարում է ճաշի նավը մինչև վերջին նավահանգիստը, մինչև...

Բայց այդպես էր բախտը Գորիսի շատ առաքինի և անվանի տիկինների, նրանց այդ էր վիճակված՝ բմբուլի բարձերը փքված պահել, անկողինը փափուկ, ճաշն անթերի և առատ, տունը հարուստ, — իմանալ սուրճ եփել և հյուրերին զբաղեցնել մինչև սուրճը և ապա լոտո կամ թուղթ խաղալ: Այդ էր նրանց վիճակը, և նրանցից շատերը նույնիսկ ամուսնու պաշտոնը չգիտեին, այլ միայն գիտեին, որ նա դավթարխանայի մեծերից է և նրանից բարձր միայն երկու բեյ կա՝ այսինչը և այնինչը, իսկ մնացած բոլոր բեյերը նրանից քաշ են, նրանց կանայք իրենից քաշ են, նրանց երեխաներն ի՞նչ են, որ խաղան իր երեխաների հետ: Նրանք կարող են ունենալ գիլանառի մուրաբա, իսկ իրենք՝ սերկևիլի, նրանց սերվիզն արծաթից է, իրենցը արծաթ ոսկեջրած, — մի խոսքով, մի աստիճան պիտի բարձր լինեին այն բեյերից, որոնցից աստիճանով բարձր էր տան տերը:

Այդպես էին այդ կանայք՝ բազմաթիվ երեխաների մայր, խոհանոցի տնօրեն, հյուրընկալուհի և դեռևս ինչքան պարտականություններ ունեին նրանք... Ահա դիմաց-դիմաց պատուհանից խոսում են երկու այդպիսի տանտիրուհի.

— Վարսենիկ, էդ ինչո՞ւ ձեր լույսերը ամբողջ գիշեր վառվում էին... Հյուրերդ ուշ գնացին, հա՞...

— Ի՞նչ ուշ, սհաթի տասներկուսին չարեք էր պակաս, որ գնացին... Աղջի, տաք էր, տաք... Միրտս ուզում էր ճաքի:

— Է, տաք ասում ես պրծնում... Գիշերը աչքերս չեմ փակել: Դու դեռ լավ ես: Ուզում եմ գնամ Շուշի. ասում են պրոֆեսոր Բահաթուրովը եկել է... Ժենսկիյ հիվանդությունից նա լավ է...

— Բախտավոր ես... Ես էլ կգայի, եթե երեխան չլիներ...

Պատուհանները փակում են, և երկու սիրելի հարևանուհիները իրար հասցեի շշնջում են.

— Հողեմ գլուխդ, թե քո մարդը քեզ Շուշի կուղարկի... Դու երեխան մահանա բռնի:

— Էդ դեղնած կերպարանքիդ Բահաթուրովն էր պակաս...

Եվ միայն կարելի է զարմանալ, թե որքան խելոք էին այդ կանայք և ինչ եռանդի տեր էին, որ այդքան զբաղմունքից հետո դեռևս ժամանակ էին գտնում կտրելու փողոցը, որպեսզի փորձեն հարևանի մուրաբայի համը, այն մուրաբայի, որի եփելու կերպը քաղաքներից բերել է Վարվառա Մինաևնան, տիկին Վառինկան, Վառի-բաջին, ինչպես նրան կանչում էր լվացարարուհի Մինան: Նրանք ժամանակ էին գտնում վերջին մոդայի պելերինայի ձևսն ընդօրինակելու, նույնիսկ մտնում էին կանացի դերձակ Մացակի տունը, իբրև թե պատահմամբ, բայց նպատակ ունենալով տեսնել այն կոֆտան, որ պատվիրել է տիկին Օլինկան և որի մասին այնքան շատ էին խոսում Լալազարանց տանը: Եվ ինչի՛ մասին կարծիք չէին հայտնում և ինչ կարծիքներ չէին հայտնում նրանք...

— Ստուղենտ Ռուբենը շատ կսխալվի, եթե Հերսեկյային առնի: Նրա մեջն առողջ չի...

— Ամբրումովի տղան չի բարիշում խորթ մոր հետ: Ասում են տեր Զավենը գնացել է հաշտեցնի...

— Սահակ Սերգեիչի մեծ աղջիկը լկստված է... Երեկ գիշեր նրան բուլվարում տեսել են ռուս օֆիցերի հետ...

— Է՜, ժամանակս փոխվել է, զարգացել են, լուսավորվել են... Մեզնից ծնվածն էլ մեզ չի հավանում...

— Տեղն է, Սահակ Սերգեիչի կնոջ տեղն է... Ասում էին աղջկաղ հեռու մի ուղարկի, կլկստվի, թե թող ուսումը տեղ տա, բժիշկ պիտի դառնա: Դե հիմա թող բժիշկ դառնա... Կդառնա՛, ինչպես չէ:

Այդպիսի կարծիքներ հայտնում էր նաև տիկին Վարսենիկը, ոչ միայն պատուհանից զրուցելով հարևանուհու հետ կամ այդ նպատակով հյուր գնալով մի տուն, որտեղ իրար էին փոխանակում լուրերը, լուր էին փոխ առնում, ինչպես փոխ էին առնում մի աման նավթ, որովհետև ցերեկով մոռացել էին գնել, — առժամանակով առնում էին լուրը, ինչպես մի անգամի համար հարևանից վերցնում էին փլավ քամելու պղնձե մաղը: Տիկին Վարսենիկն այդ բանով զբաղվում էր նույնիսկ խոհանոցում, դոլմայի ձևավորման ամենապատասխանատու րոպեին, երբ կրակի հզորացումը կամ մի ավելորդ համտես կարող էր փչացնել ամեն ինչ, ինչպես եթե նավավարը աչքը դեպի ծովային ճայերը, նավը հանկարծ զարկեր ստորջրյա քարի...

Բայց տիկին Վարսենիկի ձիրքն էլ հենց այն էր, որ նա կարող էր ֆրանսիական ապրանքների մագազինի սուրճը վատաբանել և նույն ժամին կրակից հանել մի փայտ, որի ջերմությունից նռան և սերկևիլի ջուրը կսևանար: Տիկին Վարսենիկն իր աղախինին պատմում էր.

— Ասում են երեք օր առաջ Շենում մի կին գնացել է բանջարի, հասել է մինչև Մատուռի ձորը... Քանի միտս է, գինու փարչը դիր առվի մեջ, մի քանի էլ դամբուլ քաղի էն ծայրի ծառից, — իսկ ինքը բաց է անում կաթսայի կափարիչը և գոլորշուց, բույրից, ավելի ճիշտ, եռացող ջրից հասկանում է, թե ինչ է կատարվում կաթսայի խորքում:

— Գալիս է, պապան գալիս է, հետն էլ մի մարդ կա, — ճչալով ներս է վազում տիկին Վարսենիկի փոքրիկ աղջիկը, որին մայրը պահակ է դրել փողոցի անկյունում:

— Գալիս է, պապան գալիս է և հետն էլ Նազար դյադյան է, — ճչալով ներս է վազում տիկին Վարսենիկի փոքր տղան, որ ավելի հեռվում էր դիրք պահել:

— Գալի՛ս են, — ճչում են երեխաները, ինչպես նավաստիները կկանչեն.

— Ցամաքը երևաց, ցամաքը...

Այստեղ տիկին Վարսենիկի ձիրքը հասնում է կատարելության, մինչև տանտիկնության արվեստի բարձրունքները:

— Կաթսան մի կողմ դիր, — և հյուրի համար ավելացնում է ճիշտ այնպիսի գավաթ, ինչպիսին դրել է ամուսնու համար:

— Բողկը ջրից հանի, — և շտապում է հինգ րոպեում զգեստը փոխել, հարդարել իրեն, փոքր տղայի գոտին շտկել, աղջկանը հիշեցնել, որ Նազար դյադյային հարկավոր է բարևել և այդ տագնապի մեջ մոռանում է բութ մատի մուրը, որ կնկատի երեկոյան, երբ շարունակի պատմել այն կնոջ մասին, որ երեք օր առաջ գնացել էր Մատուռի ձորը...

Ներսես բեյի և նրա հյուրի՝ Նազար բեյի, ներս մտնելուց հետո ճաշն իսկույն չի սկսվում, թեև Ներսես բեյը դեռևս ռապորտ գրելուց էր քաղց զգացել, ավելի ճիշտ նրա քթովն էր ընկել դոլմայի հոտը, ինչպես տիկին Օլինկայի բարձերից մի բմբուլ հասել էր մինչև դատարան և նստել խեղճ գրագիրի ունքին: Ներսես բեյը քաղցած էր, բայց կային անխուսափելի ծեսեր. ինչպես բողկը անխուսափելի էր դոլմայից: Այդ ծեսերից վեհագույնը կատարվում էր այգում, երբ Ներսես բեյն իր սեփական ձեռքով, վարունգի թփերի մեջ փնտրում էր երկու-երեք փոքր վարունգ, ծաղիկը դեռ պոչին, փոքրիկ փշիկներով, ինչպես երեխայի աղվամազը, այն նուրբ վարունգը, որ բերանի մեջ հալվում է և որին Ներսես բեյը մեծարում էր տասնյակ փաղաքշական բառերով՝ պիկուլիա, կուլուլիա, պիծի-միծի Բաղդասար, Կլապիդոն Իվանիչ, բիբուլի և այլ այսպիսի բառերով, որոնցից մի քանիսը յուր ժամանակ ուղղված էին տիկին Վարսենիկին: Բայց ահա նա գտավ այն վարունգները, որոնց, Ներսես բեյի ասելով, աստված Քարահունջի օղու հետ միաժամանակ աշխարհ է ուղարկել, որպեսզի մարդկային հոգին չձանձրանա...

Եվ ճաշը սկսվում էր...

Սկսվում էր այն ճաշը, որից հետո տիկին Վարսենիկի աղախինը կանչում էր լվացարարուհի Մինային, և երկուսով միասին առվի ջրում մոխրով լվանում էին պնակները, կաթսաները, մեծ ու փոքր ափսեները... Եվ մինչև արևը մայր մտներ, նրանք լվանում էին: Իսկ ներսը, հով սենյակում, դիվանների մեջ ընկղմած քնել էին Ներսես բեյը և Նազար բեյը, — տիկին Վարսենիկը գնացել էր իմանա, թե արդյոք չե՞ն այրվել տիկին Վառինկայի գաթաները, մեծ տղան պապայից ծածուկ ընկուզենու տակ ծխում էր, փոքրը փետտում էր թիթեռի թևերը, մեծ աղջիկը պատուհանից ո՞վ գիտի ինչու նայում էր դուրս, իսկ փոքրն սպառնում էր պապային ասել, որ Ժորժիկը ծխել է և մամային ասել, որ մեծ քույրը դարձյալ պատուհանից չէր հեռանում:

Փողոցում լռություն էր: Լսվում էր միայն ամանների զնգզնգոցը և Ներսես բեյի միալար պուֆերը, կարծես դեռևս կաթսայի մեջ դոլման եռում էր:

8

Ամբողջ քաղաքում բեյերը քնել են հետկեսօրյա քնով, և քանի նրանք քնած են, հարկավոր է պտույտ անել քաղաքի փողոցներում, որովհետև շներն էլ քնած են: Իսկ Գորիս քաղաքի շները կատվի ձագեր չէին, ինչպես Լյուդմիլլա Լվովնայի շնիկը, որի մասին խոջա Մակիչը մի անգամ ասել էր.

— Փառքդ շատ, աստված... Սա էլ կասի, որ շուն է և շան ազգից է:

Գորիսում հայտնի շներ կային, ինչպես օրինակ՝ Սիմոն բեյի Թոբուշը, որից ամբողջ թաղը դողում էր, և նույնիսկ մուրացկանները սիրտ չէին անում նրանց բակը մտնել: Նրանք շներ չէին, այլ շղթայած առյուծներ և վագրեր, ինչպես Խանլար բեյի Ջինդառ շունը, որ տիրոջ հետևից գնում էր գյուղերը հավ հավաքելու, այսինքն աչքին ընկած հավը կուլ էր տալիս և մնում էր անպատիժ, կարծես թագավորական խարջ հավաքող էր: Հապա պրիստավ Աղալոյի Զանգի– Զրանգին. նրանց փողոցով անց ու դարձը դադարում էր, երբ լուր էր տարածվում, որ պրիստավ Աղալոն էլի մեղք է եկել շներին և նրանց արձակել է: Վերջապես փաստ է, որ 1913 թվի դեկտեմբերի 4-ին Գորիսի քաղաքային դուման քննության առավ շների հարցը, որովհետև Սիմոն բեյի Թոբուշը կծել էր Փոշտի Անտոնի քիթը՝ պարտականության կատարման, այսինքն նամակատարության ժամին: Այդ առթիվ դումայում մեծ կռիվ ծագեց պրոգրեսիստների և հետադիմականների միջև, և միայն արհեստավորության դեպուտատ Չաքմաչի Վեսկանը, որ ոչ առաջադիմական էր և ոչ հետադիմական, այլ պաղվալական էր (նա այդպես էր ասել Բարի աջողումի գինու նկուղում), — և միայն Չաքմաչի Վեսկանի առաջարկով դուման որոշեց դեղամահ անել քաղաքի անտիրական շներին (պարոն Արշակի ասելով՝ այդ էլ ուներ իր բուն արմատը. շներից մեկը ցերեկով գողացել էր դուրսը տակառի մեջ թրջոց դրած պաղոշը):

Այդպիսի անվանի շներ կային Գորիսում, որոնք որդոց որդի ապրելով միևնույն տանը, վարժվել էին իրենց տերերի բնավորության, իսկ մի քանիսն այնքան էին երես առել, որ իրենց վարքն ու բնավորությունը նմանեցնում էին տերերին: Օրինակ, Նազար բեյի շունը, երբ գյուղացին փափախով մտներ նրանց բակը, աղվեսահաչ էր տալիս՝ արագ-արագ և սուր ձայնով և ձայնը կտրում էր, երբ գյուղացին փափախը հանում էր: Տեր զի բազումի Չամբարը ոռնում էր, երբ լսում էր ռուսաց եկեղեցու զանգերի ձայնը: Զիլֆուզար բեյը (հայ) մի շուն ուներ, որ երբեք չէր հաչի, եթե նույնիսկ կես գիշերին գյուղացիները թափվեին նրանց բակը: Բայց եթե նրանք գային առանց ոչխարի, առանց պանրի և յուղի, շունը քիչ էր մնում շղթան կտրեր, կարծես նա էր կաշառք հավաքում:

Գորիսում այնպիսի շներ կային, որոնք լափում էին դոլմայի

մնացորդը և տիրոջ նման հետկեսօրյա քնով քնում էին և նույնիսկ քնի մեջ պուֆ էին անում, ինչպես Ներսես բեյի շունը: Շները զարթնում էին, երբ հնչեր տիրոջ ձայնը: Այնուհետև նրանք արթուն պահակ էին մինչև լուսաբաց: Տերը կարող էր կանաչ սեղանի շուրջը նստել մինչև վերջին ռուբլին, կարող էր բիլիարդ խաղալ, կարող էր հարբած տուն գալ, — ամեն ինչ ապահով կարող էր անել, քանի շունը կար... Մի խոսքով, եթե դատական հին գործերում ձեզ պատահի հանդիպել այսպիսի արտահայտության՝ «նա ինձ համար շուն չէր, այլ բերդ էր», — իմացեք, որ այդպես ասողը գործիսեցի էր:

Քանի շները քնած են, հարկավոր է պտույտ անել քաղաքի փողոցներում և մի քանի տուն մտնել: Բայց հարկավոր չի մտնել Հաստ Ներսես բեյի հարևան տունը, որտեղ ապրում է Խուրդա կամ Կարճիկ Ներսես բեյը, որովհետև այստեղ էլ ամեն ինչ նույնն է՝ աննշան տարբերությամբ: Կարճիկ Ներսես բեյը դոլմա չի կերել, այլ կոլոլակ, նա մեջքի վրա չի քնած, այլ կողքի, և նրա շան երկու աչքերը կապույտ են, իսկ Հաստ Ներսես բեյի շան մի աչքը երկնագույն է, մյուսը՝ կապույտ: Մնացածը նույնն է, նույն այգին, նույն չորս երեխան, որից մեծ աղջիկը պատուհանի առաջ սպասում է, թե երբ կանցնի հարևանի գիմնազիստ տղան, — այն բակից էլ մի աղջիկ տեսնում է Ժորժիկի ծխախոտի ծուխը:

Հարկավոր չի ներս մտնել այս տունը նաև այն պատճառով, որ երկու հարևաններ իրար թշնամի են, և դառն է պատմել նրանց թշնամությունը, որովհետև կարող են կարծել, թե երկու Ներսես բեյերը չնչին մարդիկ էին, եթե նրանց երկարամյա գժտության առիթը եղել էին նրանց շները, ավելի ճիշտ՝ Հաստ Ներսես բեյի շունը, որ մի գիշեր կապը կտրել և թռել էր հարևանի այգին և այնտեղ հարևանի շան հետ շնություն էր արել և այդ ոչ թե այգու մութ խորքում, այլ նոր մարգերի մեջ, այնտեղ, ուր Կարճիկ Ներսես բեյի կինը ցանել էր Երուսաղեմի լոբի, ռեհան, կինձ և գլխավորն է՝ կատաղած վարունգ, այն վարունգը, որի սերմերը Քութաիսից ուղարկել էր հարկային տեսչության ավագ ռևիզոր իշխան Այլախիարին, երբ պաշտոնական գործով եկել էր Գորիս և յոթ օր հյուր էր եղել Կարճիկ Ներսես բեյին: Իշխանը դեռևս Գորիսումն էր, երբ ամբողջ քաղաքը խոսում էր Քութաիսի կատաղած վարունգի մասին, որը բերանում չի հալվում, ինչպես Հաստ Ներսես բեյի սիրած պիծի-միծի Բաղդասարը, այլ հասնելու մոտ պայթում է ահագին աղմուկով, ինչպես նկարագրել էր իշխանը, — պայթում է ինչպես ռումբը, և ամբողջ քաղաքն անհամբեր սպասում էր այն օրվան, երբ ինչպես ռումբ պիտի պայթեր առաջին կատաղած վարունգը, որի սերմից Կարճիկ Ներսես բեյի կինը հինգ հատիկ էլ չէր տվել իր հարևանուհուն և մինչև անգամ Լալազարանց տանը այդ առթիվ ասել էր.

— Անցյալ տարի կոֆեն կրակի վրա մի քցելու ցիկորիա ուզեցի, թե՝ ես էլ հյուր ունեմ, ինձ հերիք չի... Հապա ես էդ կմոռանա՞մ...

Բայց գժտության առիթն այդ չէր, այլ շների մոլությունը, որի ընթացքում կատաղած վարունգի ծիլերը արմատախիլ տրորվել էին: Կարճիկ Ներսես բեյի կինն այդ համարել էր նախանձից տրաքված հարևանուհու գործը, և յոթ օր երկու հարևան պարտեզներից լսվում էին մերթ հանդարտվող և մերթ բորբոքվող կռվի աղմուկ, անեծք և անվայել խոսքեր... Յոթ օր, յոթ գիշեր երկու տունը նման էին երկու բերդի, որտեղից լսվում էին ռմբակոծության ձայներ: Հաստ Ներսես բեյը նիհարեց, որովհետև նրա կինն այդ օրերին ոչ դոլմա էր եփում, ոչ կոլոլակ, այլ եփում էր այնպիսի խառնափնթոր կերակուր, որ կվայելեր խարչնի պահող Թեատրոսին: Ներսես բեյը միայն սովից խեղճացավ և խեղճանալով հանձնառու եղավ, որ Կարճիկ Ներսես բեյը մի ոչինչ մարդ է, գնչու է և նույնիսկ ասաց, որ հարկային տեսուչ Նիկիֆոր Վասիլիչը նրանից շատ է անգոհ...

Իսկ հարևան բերդում ռմբակոծությունը դադարեց միայն այն ժամանակ, երբ Կարճիկ Ներսես բեյը խոստովանեց, թե անցյալ տարի իշխան Այլախիարին գիշերվա կեսին գնաց պարտեզ և որովհետև շատ ուշացավ, ինքը ևս գնաց պարտեզ և ջրածակի մոտ, ասինքն այնտեղ, ուր առուն պատի միջով մտնում է հարևանի պարտեզը, — այդտեղ ինքը տեսավ իշխանին և տիկին Վարսենիկը նմանապես իրենց պարտեզումն էր — Կարճլիկ Ներսես բեյն ուրիշ ոչինչ չխոստովանեց իր կնոջը, որովհետև նախ այդ նկատելուց հետո նա անմիջապես տուն էր վերադարձել և ապա նա չկամեցավ անառակ պատմությունով վարակել իր կնոջը: Նա միայն այդ խոստովանեց, որովհետև կինն իսկույն դեմքը ձեռքերով ծածկեց, ինչպես ամոթխած կին, որ այդ ձևով պաշտպանում է իր կուսական լռությունը:

Դրանից հետո երկու բերդերի միջև սկսվեց խրամատային խուլ կռիվ, և երբ տիկին Վարսենիկը մի աղջիկ ծնեց, թվաց թե նրա կողմը հաղթեց, և հույս կար, որ կնունքի առթիվ կարող էր վերջանալ նրանց կռիվը, բայց երկու շաբաթ հետո Կարճիկ Ներսես բեյի կինը ևս մի աղջիկ ունեցավ, և նրանք այդպես էլ չհաշտվեցին:

Ի պատիվ երկու Ներսես բեյերի պետք է ասել, որ անձնատուր լինելով իրենց կանանց, նրանք այնքան հեռու չգնացին և իրար ոչ մի անվայել խոսք չասացին: Նրանք նույնիսկ իրար հետ խոսում էին, երբ հարկային տեսչության տեղեկագրերը Կարճիկ Ներսես բեյը ռապորտով ուղարկում էր իր հարևանին: Մինչև անգամ չինովնիկների կլուբում, երբ բարակա էին խաղացել, Հաստ Ներսես բեյը հարևանին շատ ազնիվ և քաղաքավարի ասել էր.

— Թուղթը ձերն է, հավաքեցեք...

Ահա այդ չնչին թշնամության պատճառով հարկավոր չի մտնել Կարճիկ Ներսես բեյի տունը: Նաև կարող ենք խանգարել Լուսիկին Կարճիկ Ներսես բեյի մեծ աղջկան, որը օգտվելով հետկեսօրյա խաղաղությունից, Ժորժիկի նամակի պատասխանն ահա տանում է դեպի պատը՝ ջրածակի գլխին: Իսկ Ժորժիկն ընկուզենու տակ անհամբեր ծխում է և սպասում է ազդանշանին:

Կարճիկ Ներսես բեյի տնից վերև դարձյալ բեյի տուն է՝ Խուրշուդ բեյի տունն է: Այդպես էր Գորիս քաղաքում. երբեմն մի շարքի ընկնում էին քսան-քսանհինգ բեյի տներ, ինչպես ճոթի մաղազաները: Երբեմն այդ շարքն ընդհատվում էր վաճառականների տներով և նաև մի այնպիսի տնով, որի տերը ոչ բեյ էր, ոչ վաճառական, այլ օրինակ՝ Ափունց Ակու ամին էր, ձորկեցիների նամակառուն:

Չորրորդ տունը, որ երկու միանման ճակատ ուներ, որովհետև նայում է երկու միանման փողոցների, — նշանավոր էր և՛ տան տերով, և՛ տնկեցով, ինչպես Գորիսում անվանում էին ուրիշի տանը վարձով ապրողին: Այդ տան ներքնահարկում, ճիշտ այնպիսի զերզամբայում, որտեղ տիկին Վարսենիկը ձմեռվա համար պահում էր կարտոֆիլ, թթու կաղամբ, սոխ, ձմռան բողկ, նաև այնպիսի իրեր, որ ամառ-ձմեռ այդ կիսամութ ներքնահարկում էին հնաձև թամք, կոտրած տակառ, թիթեղի կտորներ, որ մնացել են տան կտուրից, պարսկական լազան և այլն, — ճիշտ այդպիսի զերզամբայում ապրում էր Հայաստանցի Ավետիսի ընտանիքը:

Ինչպե՞ս էր նա ընկել այդտեղ և ո՞ր գավառից էր, — հայտնի չէր. միայն եթե նրա մասին հարցնող էր լինում, պատասխանում էին, որ Ավետիսը փախստական է Հայըստունի կողմերից, և նրա խոսած լեզուն այն կողմի լեզուն է: Այդքան էին պատասխանում, որովհետև Գորիսում խեղճ մարդկանց մասին երկար չէին խոսում: Միայն պարոն Արշակը հայոց պատմության դասին պատմելով Մշո երկրից՝ ծխական դպրոցի սաներին հարցնում էր.

— Կարդացել եք չէ՞ Ահարոնյանի «Արցունքի հովիտը»...

— Կարդացել ենք, բոլորս միաբերան կարդացել ենք, — գոռում էր մի չարաճճի:

— Ահա Հայաստանցի Ավետիսն այդ երկրից է: Այդ արցունքի հովիտից, որ կոչվում է Հայաստան, իսկ հնում՝ Նաիրի երկիր. — և պարոն Արշակը շարունակում էր դասը:

Հայաստանցի Ավետիսը Մուշի՞ց էր, թե Վանից, թե Ալաշկերտից էր, — ո՞վ գիտեր, որովհետև Գորիսում միայն պարոն Արշակը և Սաասուն գրախանութի մարդիկ գիտեին Մուշը և Վանը և Ալաշկերտը, իսկ մնացածների համար այդ ամենը յոթը սարից այն կողմ մի մութ երկիր էր, մի անհայտ Հայըստուն, որտեղից երբեմն գալիս էին մաղ ծախող գնչուներ, լարախաղներ, որոնք խաղից առաջ խաչակնքում էին հանուն Մշո Սուլթան սուրբ Կարապետի, գալիս էին օտարոտի տեսքով մարդիկ, որոնք ոչ ռուս էին, ոչ զիլանի քուրդ, ոչ կլայեկ անող լեզգի, ոչ խոյեցի կլլան էին, այլ Հայըստոնցի էին:

Ինքը՝ Հայաստանցի Ավետիսը, ոչինչ չէր պատմում: Նրանից այդ մասին չէին հարցնում: Նրան միայն ասում էին.

— Ավետիս, մի սաժեն քար է պետք... Հի՞նչ ես ասում, — իսկ Ավետիսը ոչինչ չէր ասում, այլ տաս օր իր էշով գետից մի սաժեն քար էր կրում:

— Ավետիս, անտառապահին ես ասել եմ փայտի համար... Քանի եղանակները լավ են... — և ասողն ուրիշ ոչինչ չէր ասում, որովհետև գիտեր, որ Խուրշուդ բեյի փայտը կրելուց հետո Ավետիսը պիտի կրի նրա փայտը, էշի և յուր սեփական մեջքով թագավորական անտառից պիտի կրի նրա փայտը:

Իսկ մոտիկ հարևանները միայն այն գիտեին, որ Ավետիսի ապրած զերզամբան լիքն է գեշ, սև և պեպենոտ աղջիկներով, որոնք երբեմն արևի տակ նստում էին, և ով նրանց տեսներ՝ միտք էր անում, թե Հայըստունցին ինչպես պիտի տեղաց անի այդքան աղջիկների, և նրանց ո՞վ կառնի:

Բայց առնում էին: Երկու տարին մի անգամ Ավետիսը տուն գալով, հետը բերում էր կոշկակարի մի աշակերտի, որ մանկուց քել էր, մի կաղ երիտասարդի, որ բրուտի արհեստանոցում կավ էր շաղախում, — վերջապես մի նախրապանի, որը, լսելով, ուներ իր սեփական կովը և նույնիսկ Խուռոփի ձորում ուներ սեփական այգետեղ: Միայն մի անգամ կոշկակարի քել աշակերտը, բրուտի մշակը և նախրապանն աչքի տակով նայում էին Ավետիսի մարդու գնացող աղջկան, և մի շաբաթ հետո ներքնահարկում հարսանիք էր... Վերի հարկից մի գիշերով տալիս էին մեծ կարպետը, մի քանի ափսե, պղինձը, հարևանները ով մի քիչ յուղ, ով բրինձ, ով մի հնամաշ զգեստ, որ եթե հարսնացուին փոքր էր, Ավետիսի կինը պահում էր նրանից կրտսեր աղջկա համար:

Ծախքի մեծ մասը հոգում էր տիկին Օլինկան, Հայ Կանանց Միության երկարամյա նախագահուհին: Եթե քրքրենք այդ Միության ժապավինյալ հաշվեմատյանը, գրանցված կգտնենք հետևյալը. «Հայաստանցի Ավետիսի դստեր կնունքին, հինգ ռուբլի դրամով» և կամ «Հայաստանցի Ավետիսի դստեր ամուսնության տասը ռուբլի»: Անարդարացի կլիներ կասկածել այդ գրանցումների ճշտության, — նախ որ բոլորի դիմաց կա Ավետիսի սհռելի բութի դրոշմը և ապա դեռ մինչև այժմ էլ ոմանք գորիսեցիներից հիշում են, թե երբ Հայաստանցի Ավետիսին աղջիկ էր ծնվում, հարևաններն ասում էին.

— Ավետիսն էլ մի հինգանոց աշխատեց...

Եվ վերջապես Կյորեսից մինչև Նորրու, այնտեղից Ձորեկ և Ցաքուտ այժմ ինչքան գեշ, սև և պեպենոտ աղջիկ ու կին կա, ամենքը սերվել են Հայաստանցի Ավետիսից:

Կարելի է նաև այլ վկայություն բերել, այդ գյուղերում, ինչպես և Կյորեսում, կա հայըստունցու հարսանիք արտահայտությունը, որ նշանակում է անաղմուկ հարսանիք առանց կերոնների, առանց մակարների, այսինքն հրավիրված հարսանքավորների, որոնք ունեին իրենց նշանը վառած մոմը և ունեին մակարապետը, որի նպատակն էր խմել և խմեցնել մակարներին, ջարդել և փշրել գավաթները, երբ հարկ լիներ, պարել տալ ամենաամոթխած աղջիկներին, հարսանիքը ձգձգել, եթե հարսանքատանը գինին սպառելու վրա էր, իսկ աղջկա հայրը ժլատ էր, կռվեցնել երկու տոհմի և հաշտեցնել հին թշնամիներին, — մի խոսքով մակարները հրոսախումբ էին, որ տիրում էին հարսանքատանը և տնեցիներին այնքան, մինչև գինու զորությունից պարտվեին: Եվ երբ պատահում էր, որ գինին քիչ էր, մակարապետը կանչում էր.

— Մենք հո հայըստունցու հարսանիք չենք անում...

Եվ գինին գալիս էր, ով գիտե, որտեղից և ինչպես, աղջկա հոր բարեկամներն էին օգնում, թե՞ հենց ինքը՝ մակարապետը ուղարկում էր մի նշան, որով Շոր աղբյուրից էլ կարելի էր գինի հանել, — բայց գինին գալիս էր, և հարսանիքը շարունակում էր բորբոքվել:

Այդպես էր այն տունը ներքնահարկում, որի տերը թեև Գորիսի բնակիչ չէր հաշվվում և ոչ էլ կյորեսեցի էր, այլ միայն Հայաստանցի, — սակայն 1897 թվից ապրում էր միևնույն զերզամբայում: Ու թեպետ Ավետիսը մի էշով քսան տան քար էր կրել, բայց ինքը ոչ տուն ուներ, ոչ տնատեղ, այլ ուներ յոթ աղջիկ, միշտ յոթը, որովհետև մեկին մարդու տալուց հետո, դեռ տարին չբոլորած, ծնվում էր նրա նման մի աղջիկ, և նույնիսկ պատահում էր, որ հարսնամայրն աղջկա հարսանիքին պարում էր երկու հոգով:

— Հերիք է, մեղք ես, աղջի, — ասում էին հարևանուհիները Ավետիսի կնոջ, երբ Ավետիսը նորից մի հինգանոց էր աշխատում, իսկ կինն սկսում էր անիծել ամուսնուն: Կինն այնպես դառն էր դժգոհում և այնպես էր նկարագրում ամուսնու զորությունը, որ հարևանուհիները՝ տիկին Վարսենիկը, Խուրշուդ բեյի կինը, Անիկա տյոտյան երբ լսում էին քար կրող Ավետիսի ոտնաձայնը, բարձրանում էին պատշգամբը՝ լոտո խաղալու:

Հայաստանցու բնակած զերզամբայի գլխին ապրում էր ինքը տանտերը՝ Պավլի բեյ Օրբելյանը: Ամեն կողմից նշանավոր այդ բեյը ոչ միայն «Մշակի» անխափան ընթերցողն էր և չէր ծառայում պետական հիմնարկում, այլ առանձնացած ապրում էր տանը, ինչպես իշխանը դղյակում, — Պավլի բեյը ոչ միայն հայտնի էր ռուս քահանայի հետ ունեցած ընդհարումով, այլն ուներ իր անձնական նպատակը: Ինչպես Հասա Ներսես բեյը, նա միայն ռապորտ չէր գրում, չէր ուտում և չէր քնում և քնելուց հետո բարակա չէր խաղում, այլ ուտելուց և քնելուց հետո Պավլի բեյն առանձնանում էր այգու խորքը և այնտեղ մտածում էր ... Սյունյաց նախարարության հին և գալիք ժամանակների մասին:

Գորիսի բեյերի մեջ նա միակն էր, որ պատրաստի ծխախոտ չէր ծխում, այլ Եփրատ Կրեմի խանութից գնում էր դատարկ գլանակներ, որոնց Պավլի բեյն իր ձեռքով լցնում էր մեղրաջրով թրջած ծխախոտ: Այդ գլանակների տուփի մեջ լինում էր մի անակնկալ՝ թղթի թիթեռ, գունավոր դրոշակ և այլն... և ահա ամբողջ փողոցի երեխաները հավաքվում էին Պավլի բեյի բակը, երբ նրանք լսում էին, թե Պավլի բեյը բաց է անում նոր տուփ: Եվ այդ օրերին վա՛յ էր Հայաստանցի Ավետիսի աղջիկներին, որովհետև մինչև անգամ վեց տարեկան տղան կծեծեր հարսնացու աղջկան, եթե նրանք չմտնեին ներքնահարկը: Իսկ Պավլի բեյը սպասում էր այնքան, մինչև բակը լցվեր տղա երեխաներով և տուփը բաց էր անում: Տուփի միջի գունավոր դրոշակը կամ թղթի թիթեռը Պավլի բեյը պատշգամբից գցում էր ներքև, երեխաներն իրար վրա էին թափվում, իսկ տան տերը զվարճանում էր: Ամեն կողմից նշանավոր Պավլի բեյը եթե երեխաների մեջ նկատում էր 12-14 տարեկան տղաների, նրանց մեկ-մեկ կանչում էր պատշգամբ և նրանց ականջը թեթև ոլորելով, պատվիրում էր.

— Ականջդ կկտրեմ, եթե լսեմ, որ ուրիշ ազգից ես աղջիկ առել... Հայ աղջիկ կառնես, իմացա՞ր...

Իսկ տղաները՝ ականջները քորելով իջնում էին և միտք էին անում, թե ի՞նչ պիտի անեն Հայըստունցի Ավետիսի գեշ, սև և պեպենոտ աղջիկը:

9

Այն փողոցը, որտեղ մեծ մասամբ բեյերի տներն էին և նրանցից մեկի՝ Պավլի բեյի ներքնահարկում ապրում էր Հայաստանցու ընտանիքը, — այդ փողոցը կոչվում էր Մանուչար Բեյի փողոց: Որքան էլ քաղաքը փոքր էր և չուներ ոչ մի ծխնելույզ և գործարանի շչակ չուներ, այլ ուներ հարուստ շուկա, զորք, բանտ, եկեղեցի և ներկայացուցչական վայրեր, այսինքն պետական հիմնարկներ, — այնուամենայնիվ քաղաքը քաղաք էր, ուներ քաղաքագլուխ, քաղաքային դումա, փողոցներն անուններ ունեին հաստատված քաղաքային դումայի և նորին գերազանցության՝ գեներալ նահանգապետի կողմից: Այսպես՝ մի փողոցը կոչվում էր Մանուչար բեյի փողոց, մյուսը՝ թագավորական, երրորդը՝ նահանգապետ Կավալյովի անվան, չորրորդն այն առաջին զավառապետի, որ ռազմա-աչքաչափով նկարահանել էր գետահովիտը, ապա քանոնով բաժանել հավասար վանդակների, յուրաքանչյուրը չորս հարյուր քառակուսի սաժեն: Բայց թեև գեներալ նահանգապետը հաստատել էր, և փողոցների անունները փակցրած էին պատերին, տները համարակալած էին (և դեռևս պրոգրեսիստները դժգոհ էին քաղաքագլուխ Մաթևոս բեյի պակաս կողմից), — այնուամենայնիվ ժողովուրդը, այսինքն Կյորեսը՝ Շենը իր բոլոր թաղերով և հարևան գյուղերը ոչ փողոցի անուն էին տալիս և ոչ տան համար. նրանք ասում էին՝ Կալին պա, և բոլորը պատկերացնում էին հին կալերը քարափների գլխին, որ դարձել էր քաղաքի զբոսավայրը, ավելի ճիշտ, այն վայրը, որտեղ գիմնազիստները մեջքի վրա պառկում էին և կամ նվագում էին կիթառ, ձանձրույթից թքելով դեպի ձորը, դեպի ձորի հին մարագները:

Կյորեսեցիք, եթե ցույց էին տալիս մեկի տան տեղը, ասում էին՝ Սիմոն բեյի տան գլուխը, և բոլորը գիտեին, որ խոսքը այն Սիմոն բեյի տան մասին է, որի շան ահից մինչև անգամ մուրացկանները մուտք չունեին, Միրաքին թումբը, — և նույնիսկ նրանք, որոնք երբեք չէին տեսել այդ երբեմնի բլուրը, գտնում էին քաղաքի այն մասը, որտեղ Ավագիմովների տներն էին, ռուսաց դպրոցը և փոստը, Գոմշի փոսեր՝ շուկայի նոր մասն էր, Պասաժը՝ մինչև քաղաքային դումայի շենքը: Այդ տեղն այդպես էին կոչել շատ հնում, այն ժամանակ, երբ այնտեղ աղբյուրներ կային, որոնց ջրերում նստում էին Կյորեսի գոմեշները: Այժմ ոչ գոմեշներ կային, ոչ նրանց աղբյուրները, բայց հին անունը մնացել էր և դեռ հնչում էր այդ անունը, ինչպես Պասաժի հիմքերի տակ խոխոջալով գնում էին հին աղբյուրները...

Այն փողոցում, որ կոչվում էր Հին ճանապարհ, ապրում էին արհեստավորներ, մեծ մասամբ բնիկ կյորեսեցի: Նրանք ընտրել էին այդ գետափը գուցե նրա համար, որ հեղեղման վտանգի պատճառով այդ փողոցի տնատեղերն աժան են եղել, — գուցե և այն պատճառով, որ գետից այն կողմ նրանց հայրական բոստաններն էին՝ բակլայի, կարտոֆիլի և դդումի անսպառ բերքով, որ այնուամենայնիվ զարնանամուտին սպառվում էր, որովհետև արհեստավորների մեջ այնպիսի ուտողներ կային, ինչպես օրինակ, Չաքմաչի Վեսկանը, հյուսն Ասանը և թամբագործ Թևին, որոնք եթե երեքով միասին մակար գնային, հարսանքատիրոջ շունը սոված կմնար:

Այդ փողոցում ապրում էին հյուսներ, քարտաշներ, կոշկակարներ, թիթեղագործ, ներկարար, նաև մի քանի բեյեր, որոնք մյուս բեյերի շրջանից դուրս էին, ինչպես օրինակ՝ երրորդ Ներսես բեյը, որ կոչվում էր Պրիստավի Ներսես բեյ, որովհետև մի ժամանակ նա եղել էր պրիստավի գրագիրը: Բայց այժմ մնացել էր միայն անունը, և ոչ ոք նրան բանի տեղ չէր դնում՝ ոչ իրենք բեյերը, ոչ կինը և ոչ հարևանները: Մի ռուբլուց ավելի նրան կաշառք չէին տալիս, ավելի հաճախ տալիս էին մի արծաթ աբասի և երբեմն ոչինչ չէին տալիս, այլ միայն ասում էին.

— Ներսես բեյ, էս անգամ կներես...

Հին ճանապարհի տները մի հարկանի էին՝ առանց բացառության:

Թեև այնտեղ էլ տնատեղերը գնել էին հավասար մեծության՝ յուրաքանչյուրը չորս հարյուր քառակուսի սաժեն, բայց որովհետև եղբայրներն իրար մեջ բաժանել էին միասին գնած տնատեղը, ուստի տների թիվն ավելի էր: Եվ երբ ծայր էր առնում երեխաների մահլակռիվը՝ կռիվը տարբեր փողոցների երեխաների միջև, ձմեռը՝ ձյունագնդերով, աշնան դեմ՝ արևածաղկի գլուխներով, եգիպտացորենի կոթերով, նետ-աղեղով, երբեմն քարերով և նույնիսկ շներով՝ երբ յուրաքանչյուրն իր շան շղթան թևին փաթաթած գնում էր կռվի, — Հին ճանապարհի տղաները միշտ հաղթում էին և պատահում էր, որ հաղթողները հակառակորդին քշում էին մինչև շուկա և մանկական մի նետ դիպչում էր զարադաբուլղի Մուխանին, կամ դդումի կլեպը թռչում էր քաղաքային դումայի պատշգամբը:

Նրանք կռվում էին «ռուսների» դեմ, այսինքն բեյերի և վաճառականների տղաների դեմ, որոնք սովորում էին թագավորական դպրոցներում՝ Գորիսում և այլ քաղաքներում, իսկ Հին ճանապարհի տղաները՝ Կյորեսի հայոնց ուսումնարանում: Վերջիններս չունեին ոչ համազգեստ և ոչ էլ դպրոցի նշան՝ գլխարկի և գոտու վրա: Հայոնց դպրոցի երեխաները տրեխներով էին, տարվա մեծ մասը գլխաբաց: Դպրոցից հետո նրանք աշխատում էին տանը և բանջարանոցներում, օգնում էին ծնողներին՝ արհեստանոցներում, և պատահում էր, որ դպրոցից վերադառնալով, ներկարար Նեսու տղան հագնում էր հոր մեծ կոշիկները և ներկի դույլերը ձեռքին հոր հետ գնում էր աշխատանքի:

Եվ դեպք էր լինում, որ տուն գալուց Մանուչար բեյի փողոցում «ռուսները» կտրում էին Նեսու տղայի առաջը... Այն կողմից մեկը լուր էր բերում, և ահա Հին ճանապարհից թռչում էին նրա ընկերները շներով, քարերով, նետ-աղեղով, մահակներով, և նույնիսկ մեծերը դժվար էին դադարեցնում նրանց քարե կարկուտը:

Ամառը կռվի վայրը գետն էր, Հին ճանապարհի տակով անցնող գետը: «Ռուսները», այսինքն գիմնազիստները, որոնք ամառային արձակուրդին տուն էին եկել, — խմբերով գալիս էին լողանալու, որքան էլ շատ լինեին նրանք և նույնիսկ իրենց հետ բերեին մեծահասակ մեկին, այնուամենայնիվ այդ էլ նրանց չէր փրկում կռվից, երբ նրանք մտնում էին Հին ճանապարհի տղաների կառուցած լողարանները:

— Մեր ջրերից դուրս եկե՛ք, — գետի մյուս ափից բղավում էր այդ տղաներից մեկը, երբ վաճառականների և բեյերի տղաներն արդեն հանվում էին, ավազի վրա շարելով իրենց փայլուն գոտիները, սպիտակ գլխարկները, որոնց պղնձե նշաններն արևից փայլփլում էին:

— Կորի, ռա՛դ իլ, — բղավում էր մի գնդլիկ գիմնազիստ՝ ձյունաթույր մարմնով, ինչպես ձյունաթույր էր նրա սպիտակեղենը, որ տաժանելի աշխատանքով լվացել էր լվացարարուհի Մինան:

— Ասում եմ դուրս եկեք մեր գյուղից, — զայրացած բղավում էր Հին ճանապարհի տղան, որ առավոտ կանուխ տնից փախել էր, որովհետև գետափի ազատ պարտեզները նրան կանչել էին կեռաս ուտելու, փրցնելու մի քանի պատիճ բակլա, մի բանջարանոցից գողանալու կարտոֆիլ և գետափին՝ քարակույտերի հետևը խորովելու բակլան և կարտոֆիլը, որ նրա և՛ ճաշն էր, և՛ ընթրիքը:

— Չե՞ք գնում, — և զայրույթից նրա դեմքը կարմրում էր, ինչպես եթե տղան երեսին քսեր գողացած բալը: Ապա առաջին քարն այն կողմից վզզալով ընկնում էր գետի մեջ, լողացողներից մեկ-երկուսը, որոնք սրտով էին, դուրս էին թռչում և նրան քշում էին դեպի պարտեզների խորքը: Եվ հաղթանակով վերադառնում էին...

Բայց նրանք դեռ նոր էին մտել ջուրը, երբ պարտեզներից Հին ճանապարհի տղաների խումբը, որ մինչ այդ, ո՛վ գիտի, որի պարտեզն էր ասպատակում, — նրանց խումբը, ինչպես վայրենիների ցեղ, շրթունքները բալի հյութից կարմրած, բոբիկ և ցնցոտիների մեջ, իսկ ոմանք առանց ցնցոտիների, այլ մի շապիկով, — և արևից սևացած մարմիններով այդ սևամորթներն, ինչպես վայրենիների ցեղ, դուրս էին թռչում պարտեզներից, մոշի թփերից, թրմփալով վայր էին ընկնում ծառերից և վազում էին դեպի գետը՝ ով ձեռքին արևածաղկի կոթ, ով բանջարանոցից պոկում էր մի ձող, որի վրա փաթաթվել էր լոբին, ով կտրում էր ուռենու ճյուղը, ով վազում և գոգը լցնում էր մանր քարերով, և նրանք թռնում էին՝ պատերի վրայով, շամբուտների միջով, բոբիկ ոտքերով կոխելով և՛ ավազ, և՛ խոտ, և՛ փուշ: «Ուռռա՛»... հնչում էր նրանցից մեկի ձայնը, և սևամորթները սլանում էին: Սպիտակներն ահաբեկված իրենց զցում էին մյուս ափը, ոմանք շորերն առած փախչում էին հեռու, ոմանք քարերի ետև դիրք մտած՝ փորձում էին ընդդիմանալ հեղեղին, որ գալիս էր աղմուկ-աղաղակով...

Նրանց բաժանում էր գետը, բայց հաճախ Հին ճանապարհի տղաները գետին չէին նայում, և շոր չէին հանում, այլ շորով իրենց զցում էին ջուրը և լողում էին՝ ջրի մեջ բարձր բռնած ուռենու ճյուղը և արևածաղկի ցողունը, որով մյուս ափին նրանք պիտի ծեծեին:

Երբեմն կռիվը բորբոքվում էր, անցնում էին ձեռնամարտի կամ խլում էին նրանցից մեկի գոտին, մյուսի գլխարկը կամ զերի էին վերցնում մի սպիտակ գիմնազիստի, որ վախից թարս էր հագել շապիկը և չգիտեր ո՞ւր է կոշիկի մեկը: Սպիտակը լալիս էր, կանչում էր մամա... Իսկ Հին ճանապարհի տղաները խոսում էին, թե ինչո՞վ ծեծեն նրա բաց մեջքը՝ եղինջի թփո՞վ, թե՞ եզիպտացորենով: Սակայն պատահում էր, որ նրանցից մեկը մեղքանո՞ւմ էր, թե՞ հիշում էր իր մորը, որ այդ գիմնազիստի հոր տան լվացարարուհին էր կամ նրանց վաղեմի հացթուխն էր: Եվ նա երեսը շրջելով ասում էր.

— Թողեք կորչի գնա… — և նրանք թողնում էին, որ գերին արցունքը սրբելով շորերը հագնի:

Նրանցից ոմանք զարմացած նայում էին նրա սպիտակ շապիկին՝ եզերքը կարմիր կար, նայում էին մաքուր կոշիկներին, գուլպաներին և նախանձում էին: Նրանց մեջ տղաներ կային, որոնք միայն մի շապիկ ունեին, քաթանե հաստ շապիկ, որ հագնում էին միայն ձմեռը: Եվ այդ փոքրիկ վայրենիներն այնպես էին նայում, ինչպես նախամարդը կնայեր Տեր զի բազում ավագ քահանային:

«Ռուսները» հեռանում էին, սպառնալով հեռվից, երբեմն ապահով հեռվից քար էին շպրտում, և այն ժամանակ Հին ճանապարհի տղաները նրանց քշում էին մինչն թագավորական փողոցը, մինչև Մանուչար բեյի փողոցը և վերադառնում էին գետափ, որտեղ նրանք թագավոր էին:

Հին ճանապարհը թեև խուլ փողոց էր, բայց նշանավոր էր իր ալամ եսիր տղաներով: Նրանց հայրերը՝ արհեստավորներ, ապա խարչնի Թնատորոսը, որի ճաշարանում երկու կոպեկով «կես պորցի» բոզբաշ էին ուտում Ամիր Աստանը, սալդատ Երանոսը, Ճոլուն Կնին, Քյաթառան, նաև Բազարնիկ Խաչին, որ սեփական տուն ուներ Հին ճանապարհի վրա, — այդ մարդիկ կազմում էին մի առանձին խավ, մի քարացած շերտ, որ գալիս էր հին Կյորեսից, ինչպես Հին ճանապարհը Կյորեսի հին ճանապարհն էր դեպի Միջնահանդ, դեպի Սպիտակ քարերը՝ այն խոտհարքներն ու արտերը, որ վաղ ժամանակ եղել էին Կյորեսի հողագործների կալվածքը:

Այդ փողոցը տանում էր դեպի Շենը հին շուկայի հրապարակով, այնտեղ, ուր ներկարարի կարասներն էին, Մանգասար դայու հնաձև խանութը, համեմ կարողներ և դարբիններ և որտեղ Ափունց Ակու ամին աշխարհի չորս ծայրից ստանում էր ձորկեցիների տխուր նամակները…

Հին ճանապարհով էր անցնում Շենի նախիրը, երբ տավարածը նախիրը քշել էր Սանդ աղբյուրի ձորը: Կյորեսեցիներից նրանք, որոնց կալերը ջրաղացների մոտ էին, այդ փողոցով էին խուրձ կրում, որովհետև քաղաքի մյուս փողոցներում արգելված էր երթևեկությունը խոտ և հունձ կրողների, նախրի և նախրապանի: Հին ճանապարհը Կյորեսն էր Գորիս քաղաքի մեջ, Կյորեսն էր երկարաձոր լեզվով, դժվար անուններով և խրթին բարբառով, իր գերի երեխաներով, որոնք Շենի տղաների հետ միացած կռվում էին բուլկի ուտողների դեմ, շարունակելով հին կռիվը, որ գալիս էր Ղաթրինի Աղալոյի առասպելական ժամանակներից:

Այդ հին փողոցում հին էին այն մի քանի տները, որոնց մասին դժվար է ասել, թե ինչպես էին ապրում, բայց խոսք պիտի ասել, որովհետև նրանք ըստ ամենայնի հետաքրքիր մարդիկ էին, նրանք հին կյորեսեցիներ էին և իրենց գործերով անուն էին հանել, ինչպես Ջիլֆուղար բեյը՝ կաշառակերությամբ, Դավլի բեյը՝ «Մշակ» կարդալով,

Քյալլա Ծատուրը՝ ձեռագիր շարադրություններով, լիմոնադի գործարանի տերը՝ Շոր աղբյուրի ջրով և այլն:

Հին ճանապարհի այդ բնակիչները ո՛չ արհեստավոր էին, ո՛չ վաճառական և ո՛չ բեյ: Նրանք երբեք մաճ չէին բռնել և ոչ էլ գիտեին իրենց պապեկան կալի տեղը: Նրանք միայն լավ գիտեին Բարի Աջողումի գինետունը, որի առաջ մեծ ընկուզենին նրանց համար միշտ ստվեր ուներ, ինչպես Բարի Աջողումը՝ գինի: Նրանք լավ գիտեին գետը և գետափի պարտեզները, Կյորեսի բոլոր ձորերը՝ հեռու և ահավոր, գիտեին անտառը, որ ինչպես մութ ճանապարհ սկսվում էր քաղաքի կողքից և անընդմեջ գնում էր մի օր, երկու օր, տասն օր գնում էր և անցնում էր Արաքսը՝ ռուս-պարսկական սահմանը և այնտեղից էլ ով գիտե ուր էր գնում անտառն իր գաղտնի ճանապարհներով:

Նրանք գինի խմողներ էին, նրանք անվանի մակարապետ էին, գլխավորն այն հրոսախմբի, որը երբ հարսանիքի գինին պակասում էր, բղավում էր՝ «մենք հո հայըստունցու հարսանիք չենք անում...»:

Նրանց սննդատու մայրը գետն էր և անտառը: Գարնանամուտին, երբ գետը պղտոր գալիս էր, հունը մինչև ափերը լի և պատահում էր, որ ափերից դուրս գալով գետը հեղեղում էր եզերքը, քանդում էր թույլ կամուրջները, արմատահան պոկում էր ծառերը և խորքում քարեր գլորում այնպիսի դղրդոցով, որ թվում էր թե փլվում են լեռները, — այդ ահարկու ժամին, երբ Հին ճանապարհի բնակիչներն ահ ու դողով էին լսում գետի որոտը, — նրանք՝ աղ ու հացի եղբայրները, ջրերի մեջ որսում էին այն ձուկը, որ հարավից բարձրանում էր դեպի լեռնային աղբյուրները:

Գարնանամուտին Սալյանից, Ղարաբաղի տափաստաններից, մինչև անգամ շոգ Լենքորանից հազար-հազար մարդ, ոչխար, ուղտ, ձի քոչով և քարավաններով բարձրանում էին Զանգեզուրի լեռնային արոտները: Այդ ահագին բազմությունն անցնում էր Դոլուն՝ Կարիի, Խանձատ Խուդու և աղ ու հացի մյուս եղբայրների կառուցած փայտե հասարակ կամուրջով: Նրանք կամուրջի վարձ էին հավաքում, բուրդ, ոչխար, դրամ և այդ ամենը գնում էր գինու և զվարճության:

Նրանք փորձված ձիավարներ էին, և պատահում էր, որ Հաստ Ներսես բեյը կամ մի ուրիշ բեյ Բարկուշատի խաներից ընծա էր ստանում այնպիսի հրեղեն նժույգ, որին բեյը վախենում էր մոտենալ: Եվ ահա կանչում էին Հին ճանապարհի վարժ ձիավորներին, բազմությունը հավաքվում էր հրապարակում և Դոլուն Կարին, մահն աչքի առաջ, խեղճացնում էր կատաղի նժույգին: Վերջապես նրանք որսորդներ էին խուլ ծմակներում և ձորերում, որտեղ ոչխարի մոռացված աղաքարի վրա գիշերով իջնում էին պախրաները:

Ձմեռը գետը սառչում էր, ձուկն իջնում էր հարավ, որսը թաքնվում էր, ով գիտե, ինչ որջերում, և պակասում էր նրանց գինեդրամը: Այն ժամանակ լուրեր էին պտտվում, թե Ձորեկից կորել է մի երինջ, կորել է խոջա Բաղիրե̀նց կովը, գիշերով մարդ է մտել Տեր զի բազումի մեղվանոցը, և ձմեռն ի՛նչպիսի լուրեր չէին տարածում Գորիս քաղաքում: Եվ նաև շշնջում էին, թե Խուռուփի ձորում գտել են կորած երինջի գլուխը, կովի հետքերը գնացել են մինչև գետափ և իբր թե Տեր զի բազումի մեղվանոցից մի արկղ մեղու թափել են ջուրը և ջրի ափին թողել են դատարկ արկղը: Եվ ով շշնջում էր, ավելացնում էր նաև Դոլուն Կարիի, Խանձատ Խուդու և մյուս եղբայրների անունը և լռում էր:

Ճի՞շտ էր այդ, թե չար բամբասանք էր, — դժվար է ասել... Բայց ստույգ է, որ ամառ-ձմեռ, ամեն երեկո Հին ճանապարհով հարբած տուն էին վերադառնում եղբայրներից երկուսը, երեքը, երբեմն մի ամբողջ խումբ: Նրանք քայլում էին, չուխաների փեշը կրծքով պատած մինչև ուսը, գդակները ծուռ, դանդաղ օրորվում էին, օրորալով երգում էին հանկարծ փողոցի մեջտեղը կանգնելով, անհայտ է ինչու, հայհոյում էին, ինչպես մի ժամանակ Գյուրջի Օբին հրապարակում հայհոյում էր:

Երբ որոտում էին նրանց ձայները, Ներսես բեյը, — այն, որ կոչվում էր Պրիստավի Ներսես բեյ, — նա էլ թաքնվում էր դարպասի անկյունում կամ շտապում էր տուն մտնել: Նրանք բեյերին չէին սիրում, նաև չէին սիրում, երբ իրենց փողոցում հանդիպում էին մի վաճառականի, որին մի մութ քամի բերել էր այդ խուլ փողոցը:

— Թող կորչի գնա՛... — ասում էր ընկերն ընկերոջը, իսկ վաճառականն արագացնում էր քայլերը, ինչպես սպիտակ գիմնազիստը, որ ահից կանչում էր մորը...

10

Մենք սկսեցինք հին ջրաղացներից, որոնք գետի աջ ափին են, ընկուզենիների տակ, և որտեղ ծերունի ջրաղացպանը, երբ չէր ննջում, պատմում էր Ցուլ Օհանի ժամանակներից, երբ ցորենն իբր թե հոնի կորիզների չափ էր, և չկար այն հավի կուտը, որ շալակով ջաղաց էր բերել մի աղքատ կին: Ապա անցանք նավթի պահեստի մոտով, որտեղից սկսվում էր քաղաքը և նկարագրեցինք հին շուկան՝ Գորիսի շուկայի արհամարհված ծայրը, որտեղ առևտուր անելը հավասար էր կոտր ընկնելուն:

Այնտեղ կային ներկարարներ, որոնք ներկում էին կարասի կապույտ և թուխ մրուր և տորոնի կարմիր և ապա ներկած կտավները զոլ-զոլ փռում էին քարափների վրա և գույների խաղով զվարթացնում էին հին շուկան: Այնտեղ կային կանացի չմուշկ կարող վարպետներ, որոնք կարմիր քոշ էին կարում նորահարսի համար, կանաչ՝ միջահասակ կնոջ և նռան կլեպի գույն՝ այն պառավ այաների համար, որոնք գուցե հագնում էին վերջին զույգը: Այդ շուկայում էր այն ղանավուզը և թիրմահին, որ ամբողջ քաղաքում այլևս չկար, և միայն Մանգասար դային ուներ:

Այնտեղ էին հին դարբինները, որոնք անիվ կապել չգիտեին, բայց խոփը զոդում էին ինչպես պողպատե թուր և այնպիսի շղթաներ էին կռում, որ յոթ զույգ եզ քառասուն օր ծանր գութանը քաշում էին քար հողերում, — և շղթան չէր կտրվում: Այդ շուկայում էին դալլաք Բոզին և նույնպես դալլաք Ասրին, որոնց երբեմն կանչում էին հիվանդից արյուն առնելու, նաև կանչում էին զարդարելու նորափեսայի մազերը:

Շատ հին մանրավաճառներ կային այդ հին շուկայում՝ ընտիր ծամոնի, մեղրամոմի, մախաթ ասեղների, ոսկրե կոճակների, ծիլավոր կանֆետի և քթախոտի այնպիսի մանրավաճառներ, որոնք մի ծամելու ծամոնը փոխում էին երկու ձվի, կես գրվանքա մեղրամոմը՝ մի ծաղկավոր գուլպայի հետ: Նրանք գիտեին, որ ձորկեցի Աղի դային քաշում է ղարա բոնոթի, իսկ նորուեցի Բաղի դային՝ կապույտ բոնոթի:

Այստեղ նաև կային երբեմնի մանրավաճառներ Ափունց Ակու ամին և Բադամ Բախշին և նրա հարևանը, որոնք ոչ լամպի ապակի էին ծախում և ոչ Ղազանի սապոն, այլ նամակը հեռու բռնած կարդում էին խանգարված ձայնով, կարծես ճռռում էր խանութի ժանգոտ դուռը.

«Եվ կհարցնեմ ձեր որպեսությունը, նաև ինձ բարի հիշողաց...»:

Այդպես էր Կյորեսի հին շուկան՝ խեղճ և խարխուլ ու թեև այնտեղ շաքարի գրվանքան մի կոպեկ թանկ էր բուն շուկայից, այնուամենայնիվ, Ցաքուտ, Նորու, Մեզար և Ձորեկ գյուղերում, ինչպես և Շենում՝ Կյորեսի մեռնող միջնաբերդում գյուղացիներ կային, որոնց ասելով նոր շուկայի շաքարը երեխաների բերանում շուտ է հալվում, և նրանց ատամների տակ կապույտ կայծ չի տալիս, ինչպես հին շուկայի շաքարը: Իսկ ձորկեցի Աղի դային ասում էր.

— Կյորեսի ղարա բոնոթին որ չլիներ, հիմա Աղի դային չկա՛ր...

Այդ գյուղերովն էր ապրում Կյորեսի հին շուկան: Նրան պահում էր Շենը, որ ամենքից մոտիկն էր: Պատահում էր, որ երեկոյան Շենից մի երեխա վազելով բարձրանում էր հին շուկան:

— Վարդան դայի, նանին ասաց մի չերթ շաքար տա:

— Դու ո՞ւմ տղան ես:

— Ցամաք Ավանի տղան եմ:

— Հիվանդ ունե՞ք...

— Չէ՛, Վարդան դայի, տունը մարդ է գալու...

— Չլինի՞ մեծ քրոջդ ուզող կա:

— Եսի՛մ... — և երեխան նիհար ուսերն իրար էր անում, և նրա տխուր աչքերի մեջ Վարդան դային տեսնում էր իր հարցի պատասխանը:

— Նանուդ ասա՝ թե ձու կա, ձու ուղարկի... Ուզող կա: Հա, էն սապոնի պարտքն էլ թող ուղարկի:

— Էգուց նանին գնալու է Սիմոն բեյի տանը խմոր հունցի…

Այդպես էր առուտուր անում հին շուկան, որի մանրավաճառները երբ ձանձրանում էին, բերանն էին զցում ծամոնի մի կտոր կամ սկսում էին լույսի դեմ պահել ձվերը, որոնց անարատությունը նրանք ստուգել էին քսան անգամ... Եվ կամ վերցնում էին եզան պոչից ճանճաքշին, և ճանճերի հետ բարձրանում էր փոշու ամպը: Երբեմն Բադամ Բախշին քոշերը քստացնելով մոտենում էր պայտարին, որը ծառի ստվերում ննջում էր.

— Հերիք քնես, հարևան...

— Է՛... — և պայտարը ճմլթկալով հորանջում էր, հորանջում էր կոտրտելով մեջքի և բազուկների մկանները, և չէր վերջանում նրա հորանջյունը, ինչպես արձագանքը, որ գալիս է բարձր սարից՝ նախրապանի կանչից և դեռ յոթ ձորում յոթ անգամ պիտի դրնգա:

— Տաքը զոռում է, հա՛...

— Մի բադյա նոր քաղած թութ լիներ, ի՛նչ կուտեի...

Մոտենում էր երրորդ հարևանը՝ ասիական դերձակ Դարզի Վաները, որ շալե շալվարի աղվեսիքի վրա նեղվել էր քաղցր նինջից և ջրակալած աչքերով այլևս չէր ջոկում ասեղը:

— Վաներ, ասում եմ մի բադյա թութ լիներ...

Իսկ Վաները դեռ ննջում էր: Եվ հանկարծ քնից զարթնելով, Դարզի Վաներն ասում էր.

— Ա՛յ թե մի բադյա նոր քաղած թութ էր եղել...

Բայց պատահում էր նաև, որ Բադամ Բախշին, Դարզի Վաները և այն պայտարը վճռում և գնում էին Մեղրաքերծի տակ թութ ուտելու և հետո, մի քանի ամառ, նրանք պատմում էին, թե ինչպես մի անգամ երեքով գնացին Մեղրաքերծի այգիները...

Մենք սկսեցինք գետափի ջրաղացներից և Կյորեսի հին շուկայի միջով մտանք իսկական շուկան, որ Գորիսի թագն էր, նաև տեսանք այդ թագի գոհարը՝ Պասաժը, գոհարեղենի և ակնեղենի խանութներով, Եփրատ Երեմի կոլոնիալ մագազիններով՝ Կուր դը բեժա, Դրուժբա, Նադեժդա և նույնիսկ Սասուն անունով, որ մյուս անունների մեջ օտարոտի էր, ինչպես Հայաստանցի Ավետիսը բեյերի և վաճառականների փողոցում: Որքան մեր ուժն էր, աշխատեցինք ճշմարիտ նկարագրել Ավագիմովների ավագ եղբայր Սողոմոնին, որին մենք չենք անվանել Ամբարի կատու, այլ գործ ենք ածել ժողովրդական անունը, — Ամբարի կատու Սողոմոնի ծանր զբաղմունքը և անկաշառ մտահոգությունը՝ սոված գյուղացիներին ապահովելու ալյուրով և այն վաճառել առքի գնից պակաս, ինչպես երդվում էր նա, ձեռքը խփելով մեռոնաջրած երեսին: Ոչինչ չենք ավելացրել խոջա Մակիչի բնածին բարության վրա և նորից վկայում ենք, որ նրա սահմանած հաստատուն կանոնն էր հաճախորդին դատարկաձեռն ետ չվերադարձնել, որովհետև այդ նրա համար անպատվություն էր, ինչպես եթե հյուրը նրա սեղանից վեր կենար առանց մի կտոր հաց կտրելու: Իսկ ինչ վերաբերում է նորահարսին նվիրած վարդ թաշկինակին, այդ կարող է հաստատել հենց, օրինակ, նորուեցի Սիմոն Նարինյանը («Նարինի թոռ Սիմին»), որն ի տրիտուր երեք արշին պատանքի կտավի, երեք տարի հետո խոջա Մակիչին նվիրել էր իր միակ կովը, նաև ասել էր.

— Աստված թող գլխիդ խռով չանի իմ կովը, խոջա Մակիչ...

Նույն արդարամտությամբ նկարագրեցինք Եփրատ Երեմի առնտրական կշիռը Գորիս քաղաքում, նրա խոսակցությունը Լյուդմիլլա Լվովնայի հետ, հոր՝ խոջա Մակիչի ներկայությամբ: Ասում ենք առնտրական կշիռը, որովհետև Եփրատ Երեմը քաղաքում այլ կշիռ ևս ուներ, ավելի ճիշտ՝ կշիռներ ուներ: Նա պարագլուխն էր երիտասարդ վաճառականների, քաղաքային դումայի դեպուտատն էր, և պրոգրեսիստները, որոնք դժգոհ էին քաղաքագլուխ Մաթևոս բեյից և սպառնում էին նոր ընտրություններին նրան սև քվե տալ, իրար մեջ գաղտնի խոսում էին, որ նոր քաղաքագլուխ պիտի լինի Եփրատ Երեմը՝ Լյուդմիլլա Լվովնայի բարեկամը և գավառապետի հետ բակարա խաղացողը:

Նրա խանութը հավաքատեղի և կենտրոն էր քաղաքի բարձր մտավորականության՝ բժիշկ Տիգրան Պետրիչի, անտառապետ Արամ Արկադիչի, թագավորական դպրոցի տեսուչ Սահակ Սերգեյիչի և հաշտարար միջնորդ Սուղակինի, որը լիբերալ էր, հիանալի գիտեր լատիներեն և իբրև թե ոտանավորներ էր գրում... Այդ ընտիր հասարակության ժամադրավայրն էր Եփրատ Երեմի խանութը: Իսկ ինչ վերաբերում է Լյուդմիլլա Լվովնային, նա այդտեղ միշտ գալիս էր իր շնիկի հետ, տիկին Սարրա Կասպարովնայի ընկերակցությամբ և սուտ է, թե իբր Եփրատ Երեմը այգիներում շոշափել է Լյուդմիլլա Լվովնայի պատիվը:

Գավառային պահակախմբի պետ Ավթանդիլ Խուրշուդ բեյի և Պենզայի 686-րդ դրուժինայի երիտասարդ սպայի մասին հարևանցի ակնարկեցինք, ինչպես հարևանցի հիշեցինք այն հովվին, որ հրապարակի ժխորի մեջ կանչում էր իր կորած շանը՝ անհանգստացնելով քաղաքագլուխ Մաթևոս բեյին: Այդ այն պատճառով, որ նրանք՝ Ավթանդիլ Խուրշուդ բեյը, երիտասարդ սպան և շուն որոնող հովիվը, պատահական էին շուկայում, ինչպես գետնի երեսով անցնող անգղի ստվերը: Այդ սակայն չի նշանակում, թե Ավթանդիլ Խուրշուդ բեյը աննշմարելի անձնավորություն էր Զանգեզուրում... Նա այնքա՜ն ահարկու էր, երբ, օրինակ, անտառից գաթանի փայտ կտրած գյուղացիներին կանչում էր հարցաքննության: Նա ծառ շատ էր սիրում և մինչև անգամ ափսոսում էր դալար ճյուղին, ուստի և գյուղացիներին ծեծում էր եզան ջիլերից հյուսած մտրակով…

Գորիսում առավոտն էլ այդպես էր բացվում՝ մսագործների խանութների հետ միաժամանակ: Արևն ընկնում էր դեղին դմակների վրա և առաջինը մոտենում էր շուկայի պահակ Կետանը, ապա մյուսները միևնույն կարգով ու ծեսով, ինչպես նույն ծեսով ճաշում էր Հաստ Ներսես բեյը: Գուցե միայն կիրակի՛ օրերն այդ կարգը խանգարվեր, որովհետև երբեմն կիրակի օրերը միս էին առնում ներկարար Նեսին, լվացարարուհի Մինան, և պատահում էր, որ Հայաստանցի Ավետիսն էլ մի գրվանքա միս էր առնում: Այդ ժամանակ խոջաներից մեկն ասում էր.

— Շեն քաղաք ես, Գորիս, որ մինչև անգամ դարիբ Հայըստունցին էլ է միս առնում...

Գարադա-բուլղի Մուխանի ձեռքով միսն ուղարկեցինք Հաստ Ներսես բեյի տունը ոչ այն դիտումով, որ ցույց տայինք, թե ինչքան սերտ բարեկամություն կար Ներսես բեյի՝ գավառային վարչության դիվանապետի՝ Զանգեզուրի կես-գավառապետի և մի խեղճ պաշտոնյայի միջև, որը թեև ոստիկան էր և թուր ուներ նարնջե ծոպերով, բայց լինելով բուն կյորեսեցի, երբեմն տրեխ էր հագնում և գնում էր խոտհնձի: Մեր դիտումը չէր ցույց տալ երանելի համերաշխությունը սանդուղքի երկու ծայրերի, որովհետև այդ նպատակով կարող էինք ասել, որ Ներսես բեյը, հետկեսօրյա քնից առաջ, երբ արձակում էր տուժուրկայի կոճակները, հարցնում էր կնոջը.

— Վարսեն, Մուխանին բան-ման տվի՞ր…

— Տվի, Ներսես բեյ, մի հին շալվար ունեիր, տվի...

Միսը Մուխանի ձեռքով ուղարկելով՝ մեր բուն նպատակն էր խոհանոցի խորքից լույս աշխարհ հանել տիկին Վարսենիկին, որը թեև Հաստ Ներսես բեյի կինն էր և ուներ չորս երեխա, բայց միևնույն ժամանակ Գորիսի Հայ կանանց միության փոխ-նախագահուհին էր, և շնորհիվ նրա եռանդուն ջանքերի, Զանգեզուրի գավառապետը մուծել էր տասը ռուբլի՝ հօգուտ որբերի և այրիների... Պատահում էր, որ տիկին Վարսենիկը ճաշից հետո շտապում էր իմանա, թե արդյոք չե՞ն այրվել տիկին Վառինկայի գաթաները, բայց միաժամանակ տիկին Վառինկայից նա տեղեկանում էր Միության առկա գումարի մասին, որովհետև տիկին Վառինկան կանանց միության գանձապահուհին էր և դրամը պահում էր իր սեփական դրամների հետ, հնաձև սնդուկի մեջ, որի բանալին ոսկե շղթայով կախված էր տիկին Վառինկայի կրծքից, իսկ նրա կուրծքը՝ ամենաապահով վայրն էր Գորիս քաղաքում:

Ներկայացնելով Պավլի բեյ Օրբելյանին, նպատակ ունեինք ցրելու այն կարծիքը, թե Գորիսի բեյերը միայն ուտում և քնում էին, որպեսզի երեկոյան բակարա խաղան, մի քիչ բամբասեն, ապա կուշտ ուտեն և քնեն խոր քնով: Այդ կարծիքը կարող էր ստվեր գցել Օրբելյանների տոհմի վերջին շառավիղի՝ Պավլի բեյի անվան և մոռացության տալ այն, ինչ նրա պատմական արժանիքն էր: Պավլի բեյը «Մշակ» էր ընթերցում և ոչ «Ելիզավետպոլի նահանգային տեղեկատու» ռուսերեն լրագիրը. փողոցի տղաներին նա քարոզում էր հայ աղջիկ առնել և վերջապես նա էր հայաստանցու ընտանիքին օթևանել, որովհետև այն ամեհի ժամանակ, երբ Զանգեզուրն ռուսանում էր, Պավլի բեյ Օրբելյանն օր ու գիշեր մտածում էր հայոց թագավորության, ավելի ճիշտ, Սյունյաց նախարարության վերականգնման մասին:

Նրա մահից հետո մնացած գրությունները և մանավանդ անձնական օրագրերը վկայում են, որ երբ Հասա Ներսես բեյը փոխ-նահանգապետին ռապորտով զեկուցում էր, թե Ծիծեռնավանքի ուխտագնացության օրն անհայտ ավազակներ հարձակվել են ուխտավորների մատաղացու անասունների վրա, և երկու կողմից հրացանաձգություն է եղել, — նույն այդ դեպքի մասին Պավլի բեյ Օրբելյանը, գուցե հենց նույն օրը, այսպես է գրել.

«Արյունարբու և զազանաբարո ավազակներ, ազգով թուրք և դարա-մամադ ցեղից զինված հարձակվեցան ուխտավորաց վերա, և քաջն Ավան Ղուրդանց ի գեղջեն Մխիթարա սպարապետի, Թորոս Թելունց նույն գեղջեն, Աբեթնակ Տաթևացի և երևելի Ջոհրաբ, մականվանյալ Զինջիլ-Ղռան՝ Աղվանից գեղջ, միահամուռ արշավելով դարբադաղ արին ավազակներաց, հետ խլելով զերի վարյալ ոչխարն և ուխտն կատարեցին Սյունյաց Սահակ իշխանի գերեզմանի վերա: Նաև այս իմանալի է, որ Հաջի Սամլուի գավառամասի պրիստավն Վոսկրեսենսկի, ազգով ռուս, հովանավոր է վերոգրյալ դարա-մամադ ավազակաբարո ցեղին և ինքն է մեծ կաշառու և հայյատյաց: Ուրիշ փաստեր նմանապես կիհիշատակենք ժամանակին»: Այդպես է գրել Պավլի բեյն այդ սովորական դեպքի մասին, իսկ շատ բեյերի նա այնպես է պախարակել, որ նրա գրածը, ինչպես Գորիսում էին ասում, գազեթ քցելու բաներ են:

«Մելիք-Հյուսեինյանց Խանչալ բեյի պապն եղած է մատուռից մոմ գողացող և Մուհամմեդի կրոնն ընդունելով եկած է հայրենիքն մեծ անիրավությամբ: Ռուսաց տիրապետության օրոքն նա կրկին հավատափոխ է լինում. բայց ժողովուրդն նրան միշտ անվանում է հաջի Հյուսեին... Խուրշուդ բեյի հայր Աթա բեյը յուր կոչումն ձեռք է բերած յուր կնոջ ջանքերովն, որն եղած է գեղեցկադեմ և թեթևաբարո...»:

Պավլի բեյի օրագրերից հայտնի է անում և այն, որ նա մասամբ ծանոթ էր հին Սյունիքի պատմության: Վարարակնի կառուցումը նա մանրամասն է գրել, ըստ երևույթին նյութեր քաղելով տոհմական ինչ-որ ձեռագրերից: Պավլի բեյը հետաքրքիր բացատրություններ է տալիս Զանգեզուրի հարավում ապրող այրումների մասին, նրանց համարելով վաղեմի արևորդիների մնացորդներ: Տաթևի շարժական սյունի մասին նա մի մեկնություն ունի, որ վերջանում է այսպես.

«Փիլիպպե Տեր Սյունյաց, դու որ քո սուրն խրեցիր հայրենի հողն և քարե սյուն դարձավ քո սուրն, այժմ մինչի երբ պիտի ճոճես այն և երբ պիտի հասանի այն օրն, երբ Սյունյաց ազատանին նորից տիրե Գողթան երկրին, Երնջակին, Վայոց ձորին, Կապանին և Հաբանդին մինչև Փայտակարան...»:

11

Բայց մենք վերջին անգամ դարձյալ դառնանք Գորիս քաղաքի երկսեռ հասարակության:

Առաջին հարցը, որ ինչպես ասում են ծառանում է մեր առաջ՝ այն է, թե ի՞նչ մարդիկ էին Գորիսի բնակիչները, և այդ ոչ այն իմաստով, թե ինչպես էր նրանց արտաքինը, — որովհետև աշխարհի բոլոր անկյուններում էլ կան հաստ ու նիհար մարդիկ, մարդիկ, որոնք հոգնում են քնելուց և որոնք իրենց կյանքում մի անգամ կուշտ քնելու կարոտ են:

Գորիսում էլ կային տեսակետ ունեցող տիկիններ, ինչպես օրինակ, տիկին Օլինկան և տիկին Վառինկան, որից առաջինը գերադասում էր մաղաշար թթուն, իսկ երկրորդը՝ չոր թթուն: Եվ նույնիսկ նրանք կարող էին վիճաբանել և մինչև անգամ կարող էին իրար ծանր խոսք ասել:

Սակայն մեզ ոչ այդ է հետաքրքրում և ոչ էլ այն, որ Հաստ Ներսես բեյը մի քանի գավաթ խմելուց հետո երբեմն յուր կնոջն անվանում էր բիբուլի և պիկուլիա, — անվանում էր նույնիսկ հյուրի ներկայությամբ, որից շառագունում էր տիկին Վարսենիկի երեսը: Մեզ հետաքրքրում է Գորիս քաղաքի բնակիչների հոգևոր շահերը և թե հանուն ինչի նրանցից շատերը պուֆ անելով մրոտում էին այն փիրուզե երկինքը, որ քաղաքի վրա կախվում էր արծաթ և ոսկի աստղերով, և որին մի անգամ անարգել էր նույն Հաստ Ներսես բեյը, Ճաղար Մուղրովի մեդալներով զարդարված կուրծքը նմանեցնելով Գորիսի երկնքին:

Ի՞նչ հոգևոր շահեր ունեին Գորիսի բնակիչները և ի՞նչ ազգի մարդիկ էին և ի՞նչ լեզվով էին խոսում... Ոչ մի հոգևոր շահ չունեին Գորիսի բնակիչները, ընթերցող, և նույնիսկ քաղաքի ավագ քահանա Տեր զի բազում տեր Զավենը՝ լուսավորչական հավատի գավազանը, երկու Ջիլֆուղար բեյերի տները կօրհներ, եթե թուրք Ջիլֆուղար բեյը նրան աջահամբույր տար: Իսկ ինչ վերաբերում է բեյերի հոգևոր շահերին, ապա նրանք հոգի չունեին, որ հոգևոր շահ ունենային: Միայն Պավլի բեյն էր, Օրբելյանների վերջին շառավիղը, որ առանձնության մեջ ակնկալում էր Սյունյաց նախարարության վերադարձը: Իսկ Հաստ Ներսես բեյը և մյուս բեյերը գիտեին, որ աշխարհում կա պետ և ստորադրյալ և արանքում հարկավոր է թուղթ խաղալ, ուտել և ձանձրանալ. ձանձրույթից հորանջել, հորանջելով բամբասել, աղջիկներին տեղաց անել, տղաներին դարձնել ավելի բարձր պաշտոնյա, այսինքն դարձյալ տեղաց անել նահանգային դեպարտամենտներում:

Նույնն էին նաև խոջաները, և միայն նրանց որդիները, որոնք պրոգրեսիստ էին և Պասաժում խանութ ունեին, — պատահում էր, որ Եփրատ Երեմի խանութում զրուցում էին Պետական դումայի օրինագծերի մասին և հաշտարար միջնորդ Սուղակինը՝ սարսափելի լիբերալ, ինչպես նրան անվանում էր Լյուդմիլլա Լվովնան, — կարծիք էր հայտնում, թե Մարկով 2-րդի ճառից հետո զեմստվոյի իրավունքները կսահմանափակվեն, այնինչ Տիկրան Պետոիչը, որ ոչ պրոգրեսիստ էր և ոչ լիբերալ, այլ անկախ մտածող էր, հակառակ կարծիքի էր:

Պատահում էր, որ Եփրատ Երեմի խանութում ծայր էր առնում այդպիսի վեճ համապետական խնդիրների և ոչ, օրինակ, մաղաշարի և չոր թթուի շուրջը, բայց այդ վեճն էլ վերջանում էր հորանջյունով և եթե նույնիսկ հորանջյունով չվերջանար, այլ վերջանար մի շիշ խերեսով, որ Եփրատ Երեմը բաց էր անում ի նշան հաշտության, — դարձյալ հոգևոր շահից չէր այդ վեճը, այլ այն աhռելի ձանձրույթից, որ քաղցր ծորում էր ամբողջ Գորիսում:

Նույնիսկ եթե ասենք, թե տարին մի անգամ Հաստ Ներսես բեյն ունենում էր հոգևոր շահ, երբ, օրինակ, պարոն Արշակը նրան մատուցում էր մի պատվավոր տոմս, որի վրա գեղեցիկ գրչագրով նույն պարոն Արշակը գրել էր. «Մեծապատիվ պարոն Ներսես բեյ, Գորիսի հայոց ծխական դպրոցի սիրող– սիրողուհիների խումբը խնդրում է Ձեզ Ձեր ներկայությամբ պատվել թատերական հանդեսը հօգուտ...» — երբ Ներսես բեյը հետ կեսօրյա քնից հետո ընդունում էր պատվավոր տոմսը, հարցնում էր, թե ուրիշ ո՞ւմ են հրավիրել, համեմատում էր իր աթոռը և կարգը մյուս բեյերի աթոռների ու կարգերի հետ և ապա մի արծաթ ռուբլի էր տալիս, — տարին մի անգամ հոգևորը ստվերի նման երևում էր, և այդ կարելի է մանրամասն պատմել, որովհետև այդ պատահում էր տարին մի անգամ, — բայց դարձյալ չի կարելի ասել, թե ի՞նչ ազգի էր Ներսես բեյ Ջումշուդովը և ի՞նչ լեզվով էր խոսում և առհասարակ ի՞նչ լեզվով էին խոսում Գորիսի բեյերը, որոնց տները տարին երկու անգամ օրհնում էր քաղաքի ավագ քահանան, և տնեցիները՝ մեծից մինչև փոքրը կռանում և համբուրում էին հայ լուսավորչական խաչը:

Այդ ամենադժվարն է ասել, թե ի՞նչ ազգի էր Ջիլֆուղար բեյը, որ վարժ խոսում էր թուրքերեն և ռուսերեն, իսկ հայերեն թեմական հաջորդին ասում էր աճուրդ, հայ դպրոցի աշակերտին՝ մոնթ, հայ գյուղացուն՝ էշ հայվան, հայ ուսուցչին՝ վարժապետ, Գորիսի Հայ կանանց միությանը՝ Տիկին Օլինկայի կլուբ, հայերեն թերթին՝ վարժապետի գազեթ, որի տան դահլիճի պատերը զարդարված էին Էջմիածնի, Լոռիս-Մելիքովի, Մադաթովի և այլ գեներալների նկարներով, որոնցից մեկին՝ ֆլիգել-ադյուտանտ Բեժանբեգովին զարմանալի նման էր Ջիլֆուղար բեյը. նույն նեղ ճակատը, ունքերը՝ ոզնու փշերի նման ցից, քիթը բարձր, բայց ոչ մոտ, այլ չոր և կաշին պիրկ, այնպես որ, երբ Ջիլֆուղար բեյն ասում էր՝ «իմ հորս պապը Խաչենի Մելիք-Թունյանն էր», — ձայնը քթի մեջ դմբդմբում էր, ինչպես կարասի մեջ:

Իսկ Աստուր բեյը ոչ մի լեզվով չէր խոսում, այլ արձակում էր հնչյուններ և ձայներ՝ բը՛ռռ... որ նշանակում էր, թե նա ճաշից դժգոհ է, որովհետև Աստուր բեյը ոչ ասունաս էր խաղում և ոչ նարդի, այլ սիրում էր որձ այծի միս. դա՛աս, որ նշան էր հավանության, նաև վկայում էր աշխարհի ունայնությունը, որովհետև այդ ասելով Աստուր բեյը հառաչում էր: Քառասուն տարի նա եղել էր գավառային արխիվարիուս, և ոմանք դրանով էին բացատրում նրա լեզու չիմանալը, որովհետև քառասուն տարի նա մեռած թղթերի հետ էր խոսել, այսինքն ասել էր բըռռ, երբ գտել էր, որ ժամանակին նոտարը սխալ էր վավերացրել հողի վկայագիրը. ասել էր դա՛աս, երբ ձեռքն էր ընկել քանիհինգ տարի առաջ գավառապետի ռապորտը Գորիս գետի վրա կամուրջ կապելու անհրաժեշտության մասին և վերջապես՝ հը՛մմ էր ասել, որ նշանակում էր, թե կասկածում է հաշտարար միջնորդի հաշվետվության՝ աղետյալներին հատկացրած նպաստի մասին:

Այդպիսի լեզվով էր խոսում Աստուր բեյը, և ոմանք այդ բացատրում էին գավառային արխիվի միջավայրով, բայց Աստուր բեյի կնոջ ասելով նա հենց սկզբից այդպես էր: Այդ կարծիքը ճշմարտության մոտ է, որովհետև երբ վրա հասավ Աստուր բեյի վախճանը, այսինքն երբ ուրիշ մարդիկ նրան կանչեցին հարցաքննության, Աստուր բեյը ոչ մի բառ չկարողացավ արտասանել և միայն ասաց՝ հոլ-հոլ-աբի-հոլ: Այնքան ասաց, որ նրան ազատ թողեցին, և նա յոթ օր էլ իր տնեցիներին ասաց այդ մութ հնչյունները և մեռավ, իր հետևից հավիտյան անմեկնելի թողնելով չորս հնչյունը՝ հոլ-հոլ-աբի-հոլ:

Ավագ գրագիր Նազար բեյը ոչ մի լեզվով չէր խոսում, այլ աղվեսահաչ էր տալիս: Բալասան Կներ բեյն ասում էր՝ «Սե-բիր-Սիբիրըստա՛ն... Ջառ, դու բարա, քարերը թուփ արա...»: Եվ միայն Պավլի բեյ Օրբելյանն էր խոսում և գրում գրոց լեզվով, որից մի նմուշ արտագրեցինք: Բայց այդ լեզուն մեռած լեզու էր՝ ինչպես Տեր զի բազումի լեզուն, երբ նա թագի և շուրջառի ծանրությունից քրտնած սկսում էր իր քարոզը.

— Ժողովուրդ հավատացյալ, որպես տեր մեր Հիսուս Քրիստոս ասացյալ է օղտն ոչ անցանի ասղի ծակովն, նմանապես և...

Իսկ ինչ վերաբերում է վաճառականներին, ապա նրանց երիտասարդ սերունդը, որ պրոգրեսիստ էր, խոսում էր չալ հայերեն, այսինքն ռուսախառն հայերեն, ինչպես, օրինակ, Եփրատ Երեմը, որ այսպես էր խոսում, երբ ի նշան հաշտության բաց էր անում խերեսի շիշը.

— Դա մոեմու դրուժբա լուչշե ղալմաղալ... Տիկրան Պետռիչ, համարի թե մի ոչինչ դարազումեննի էր էդ Մարկով վտարոյի ասածը... Խմենք, զասպաղա...

Մենք արդեն տեսանք, թե ի՞նչ լեզվով էր խոսում Ավագիմովների ավագ եղբայրը՝ Ամբարի Կատու Սողոմոնը. յուրաքանչյուր խոսքից հետո նա ասում էր՝ վեց աբասի, վեց աբասի, — և ինչպես պատմում էին, առավոտյան, երբ բացում էր խանութը, նա հարևանին ասում էր.

— Բարի լույս... վեց աբասի, վեց աբասի:

Իսկ Քյալլա Ծատուրը՝ դեղագործ և փիլիսոփա, խոսում էր մի հազվագյուտ լեզվով և միայն նա էր այսպես խոսում.

— Բարոնայք, Զանկազորու կավառի Կորիս քաղաքն լու սավորյալ է...

Իսկ խոջաները՝ խոջա Մակիչը, Միրումով Կյուքին, Ֆրանգուլով Բադալ ապերը, մինչև անգամ Զամբա Ծատուրը, որ խոջա չէր, այլ վաշխառու էր, — նրանք բոլորը խոսում էին թուրքա և պարսկախառն մի լեզվով, որ պրոգրեսիստ վաճառականների լեզվից տարբերվում էր այնքան, որքան Իրանի և Մոսկովի կտավը. մեկն ասում էր սանաղ, մյուսը՝ վեկսել, մեկը դրամը թումանով էր հաշվում, մյուսը՝ ռուբլիներով, հայրը կտավը չափում էր գյազով, որին ասում էր խան արշին, իսկ որդին ռուսական կտավը չափում էր ռուսական արշինով: Այդքան էր զանազան նրանց լեզուները, որոնց Աթա ապերն անվանում էր շան լեզու:

Ուրիշ էր Կյորեսի լեզուն, որով խոսում էին Հին ճանապարհի բնակիչները, հին շուկայի արհեստավորները, և խոսում էին կամուրջից այն կողմը՝ Շենի բոլոր թաղերում, Ցաքուտ, Նորու և Զորեկ գյուղերում, — այն լեզուն, որին տիկին Օլինկան անվանում էր շենավարի լեզու, ստորադասելով իրենց քաղաքավարի և բլաղարոդնի լեզվին:

Ինչ չքնաղ լեզու էր կյորեսերենը... Չուտեիր և չխմեիր, այլ միայն այդ լեզվով խոսեիր կամ լսեիր, թե ինչպես քաղցր և նուրբ հնչյուններով խոսում էր լվացարարուհի Մինան, ինչպես էր ծոր տալիս, ասես ոչ թե խոսում, այլ ճախարակի առաջ բարակ երգ էր ասում, և բառերը նստում էին, ինչպես փափուկ մալանչները: Հապա Դոլուն Կարին... Կռանում էր սառն աղբյուրի վրա, կուշտ խմում և, ջուրը բեղերից կաթկթելով, ասում էր խուվա՛յ... և այնպես էր ասում, այդ բառն այնպես էր զրնգում, որ եթե աղբյուրը նորահարս լիներ, ամոթից քողը կքաշեր երեսին... Իսկ Աթա ապերը, երբ բարկանար, այնպես մի ըմբո կասեր, որ Մեղրաքերծը կդրնգար:

Գորիսի ոչ մի փողոցում լեզուն այնքան վճիտ չէր, ինչպես Հին ճանապարհի վրա: Այդ լեզու չէր, այլ կարոտ, տխրություն, զայրույթ.

այդպես Ղաթրինի ձորում երգում էր կաքավը և մթնում կարկաչում էր Ցուրտ աղբյուրը:

— Տիեզերի հացերը մրսել են, — կասեր Աթա ապերը, չուխայի փեշից պոկելով փուշը, որ կպել էր արտի մեջ, — բայց այնպես կասեր, կարծես խնդրում էր մի կարպետ, որ ծածկի արտերը:

— Հորա՛ է, հո՛րա, — և էլ ուրիշ ոչինչ չէր ասի Աթա ապերը, բայց այդ մի բառը կասեր դանդաղ, ծանր և արքայավայել, կասեր ինչպես հանդերի պատրիարք, և ով կյորեսեցի էր, նա հասկանում էր, թե ո՞ւր կորան վաղեմի պարարտ հողերը և շարմաղ այուրը:

Իրան Թուրանում չկար քեզ բարաբար,
Դառն ես դառել, հե՛յ Զանգեզուր...

Աթա ապերը կարտասաներ երկու տող «Գորիսի գովքից», բայց այնպես կասեր, որ իբրև իջնում է խոր ձորերը և բարձրանում է բարձր լեռները, և լեռնային քամու նման լեզուն պտույտք է անում դեպի երկինք:

Այդքան գեղեցիկ և հնչեղ էր Կյորեսի լեզուն: Նա մի չքնաղ գորգ էր նախշերով և վարդ ծաղիկներով մի հին գորգ, ինչպես Մինայի աղջիկ ժամանակ գործած գորգը, որ փռված էր Հաստ Ներսես բեյի դահլիճում: Ինչքան հնանում և մաշվում էր, այնքան շքեղանում էին գորգի գույները, և պատահում էր, որ Մինան, երբ այդ հին գորգը տանում էր գետը և լվանում էր, — Մինան լաց էր լինում, և նրա հետ լաց էր լինում Կյորեսի լեզուն...

ՑԱՆԿ

www.ingramcontent.com/pod-product-compliance
Lightning Source LLC
Chambersburg PA
CBHW030524260626
47157CB00005B/1871
9781604448351